I0831601

TEA
BOOKS

Za izdavača
Tea Jovanović
Nenad Mladenović

Glavni i odgovorni urednik
Tea Jovanović

Lektura
Jelka Jovanović

Korektura
Agencija TEA BOOKS

Prelom
Agencija TEA BOOKS

Dizajn korica
Agencija PROCES DIZAJN

Izdavač
TEA BOOKS d.o.o.
Por. Spasića i Mašere 94
11134 Beograd
Tel. 069 4001965
info@teabooks.rs
www.teabooks.rs

ISBN 978-86-6142-072-6

Milica Jakovljević Mir-Jam

Časna reč muškarca

Priče

Prosedi laf

Njihov kvartet imao je četiri različita tona: plav, kao cvet lipe, bakarast kao jesenji list, kesten i abonos... I sad da ta abonosova kovrdžava glavica nije bila niža od ostalih, mogle bi po uzrastu biti četiri gerle, tako su bile slične figure... Ali kolika razlika u temperamentu! Plavuša s kosom lipovog cveta, čudna stvar, bila je pomalo pesimista; bakarna kosica umela je da kolerično zatrese svaki pramen; dok je garavuša bila sva od pokreta, veselosti i prkosa kao Karmen... Taktičnost je održavala u tom kvartetu kestenjava gospođica. A zvale su se: Olga, Branka, Lila i Dušica.

Te karakteristične crte iščezavale su i dobijale jedan zajednički ton mladalačkog raspoloženja tu, na plaži jednog malog primorskog mesta, gde dolaze porodice, i ima uvek puno mladih devojaka i dece, a tek pokatkad zaluta neki kavaljer, kome ne pada na pamet da čitavo jato devojaka čezne za kavaljerima i provodom. Ipak se nije tugovalo... More sa svojom misterioznom lepotom umelo je da zabavi sav taj mladi svet, da ih grli svojim talasima, da im pruža razna iznenađenja i svoje ćudi, čas umiljato, čas razljućeno, kapriciozno kao dete ili lepa žena, da ih sve skupi i sutradan razjuri, kad mu dođe ćef da izvodi svoje bahanalije...

Šarmantni kvartet voleo je more, gnjurao i ronio ispod vode koja klizi niz njihove mišiće, gaze elastično po terasi, i sunčaju svoja već pregorela tela. Voda se suši, tek poneka kap još blista na telu kao kristalna suzica, a njima je slatko, tako opruženim, s rukama više glave, u elegantnom ritmičkom stavu, prijatno od tog povetarca koji hladi kao lepeza, uvek vragolast, da se poigra s pramičcima kose i da im povrati sjaj...

Terasa je bila ispunjena polunagim telima... Pokraj vitkih silueta videla su se neka gojazna leđa, bela i elastična kao nafatirana, koja su tek primila prve zrake sunca, što prlje i pregorevaju... Na nekim leđima sunce kao da je razvilo svu svoju vatru i neki očajnički izraz video se na licu zbog bolova, i ti su bežali uvek u hlad pokrivajući naga pleća da ih opet ne bi povredio neki zrak... Trbušaste dame, naročito

Čehinje, valjuškale su se u vodi kao akovčići nadajući se uspehu kao mladi donžuani, i niko se nije stideo svoje nagosti, čak ni ona gospođa neproporcionalnih dimenzija. Mladost se ipak najviše šepurila, mlade devojke šetkale su se uvlačeći još više trbuh da bi istakle svoju vitkost i bistu svesne da su lepe, rado gledane i mlade...

Razdraganost umora, dok se pliva i juri za loptom, stišavala se na terasi, pri sunčanju, i laki dremež hvatao je sve, dok je sunce odavalo svoju milostivu toplotu.

Kvartet je ležao već čitavih pola sata, ućutao i uspavan... Prva se diže garavuša Lila, sede, pogleda more... Nešto kao da razveseli njene oči... Gledala je nešto nasmešena. Onda se okrete drugaricama:

– Deco, dignite se da vidite nešto.

– Šta?

– Pogledajte tamo onoga što je sinoć došao u onom crnom i plavom kostimu.

– Oho-ho! – uzviknu bakarasta Branka.

– Zar nije laf?

– Obožavam ovako prosede vlasi, a mlado lice...

– Vidite kakva su mu ramena.

– Pa vrat, kao u atlete... Sad će da me gnjavi ovaj Staša... Pravi žutokljunac! – uzviknu Lila.

– Što si takva? – grdila je plavuša Olga. – Kad nema boljih kavaljera, dobri su i oni... Vozaju nas čamcem svakog dana...

Staša i Nika, jedan Srbijanac, drugi Hrvat, sprijateljeni na plaži i nerazdvojni sada, uputiše se kvartetu.

– Hajdemo u vodu – predloži Lila kad vide da im se približavaju.

– Nemoj biti tako rđava... Pomisliće da bežimo od njih.

– Pa, eto ti ih, zabavljaj se s njima, a ja idem da vidim izbliza onog lafa...

– I ja ću – reče Branka.

One druge dve, zainteresovane isto tako da bolje vide tu novu ličnost, ostaviše Niku i Stašu, i kao sirene zagnjuriše u more.

Na plaži se uvek lako prave poznanstva. Kao da ona nagost uništava etikeciju i stvara intimniji ton... Sve je tu zajedničko. More, lopta, sport... Jedan zamah loptom i jedan osmejak u pravcu onoga s kim se želi poznanstvo, već je povod da se progovore prve reči... Kvartet su svi poznavali... Onako, u grupi, one su predstavljale skup draži, bile su upadljivije, uvek najlepša grupa, koju rado pogleda svaki muškarac...

Ali to prepodne nisu se upoznale s lepim, prosedim gospodinom. Bio je nekako povučen, gord, plivao je daleko, sunčao se sâm i kao da nije obraćao pažnju na četiri mlade devojke... Bile su malo razočarane, ali nijedna nije govorila drugoj o svojim utiscima...

U podne su se vratile u hotel, izgladnele, nestrpljive da dobiju ručak, sve u istom hotelu, sa svojim porodicama, i sve radoznale da vide da li će se pojaviti njihov laf...

Bio je postavljen jedan mali sto, za kojim niko nije sedeo, i one očima pokazaše na taj sto. Posle nekoliko minuta pojavi se „on"... Kako je samo lep! Belo letnje odelo s košuljom robespijer. Imao je onu interesantnu plavoću muškarca. Zagasitoplave oči s dugim trepavicama, crne obrve, svež ten, i ta proseda kosa, gusta i talasasta, zabačena unazad, davala je još više svežine njegovom licu.

Njegov sto je bio baš vizavi Lilinog, i ona je mogla da ga gleda koliko god hoće... Uzalud se siroti Staša sa svoga stola trudio da uhvati poneki njen pogled, pravila se kao da ga ne vidi.

Posle ručka svi su žurili na terasu. Kao da je svaki zrak sunca skupocen i treba ga iskoristiti... Nikad se ne može zasititi lepotom mora... Ko jednom oseti čar njegovu, postaje hipnotisan njime, a ono kao da sve to oseća, pa se trudi da pruži sve svoje nijanse, sve lepote i tonove, kakvih nigde nema, sav svoj safir, smaragde i ametist, sve zlato i misterioznu tminu...

Četiri mlade devojke sunčale su se posle podne, pri zalasku sunca.

Vodile su razgovor o nepoznatom gospodinu... On je uvek bio usamljen, gotovo nije ni obraćao pažnju na mlade devojke. Bile su pomalo iznenađene, pomalo ljute i rasejano su slušale brbljanja njihovih mladih kavaljera, pravnika druge godine.

– Jelte, ko je onaj gospodin s prosedom kosom? – zapita Branka.

– Ne znam – odgovori ravnodušno Staša ne obraćajući pažnju na njega, smatrajući da nema nikakve interesantnosti.

Lila ustade.

– Hoćemo li da se oblačimo...

– Možemo.

Sve četiri su imale jednu kabinu.

Ogrnuše svoje mantile i kepove i požuriše kući da se obuku, jer se tek uveče pojavljuju u elegantnim toaletama, od bureta i muslina, s ružom i puderom na licu, kojem su uvek verne i, iako preko dana želele da pocrne, uveče ipak vole da pobele.

I posle nastupa šetnja na molu, iščekivanje lađa sa izletnicima, vožnja čamcem, posmatranje ribarskih mreža, koje ribari izvlače iz čamaca sa obilnim ulovom koji se presijava ili još praćaka u mreži... Puno je zanimljivosti na moru. Mali ribar je uhvatio ogromnog polipa, još je živ, uvija svoje ljigave pipke kao zmijica i odvratan je u svojim pohlepnim pokretima koji kao da traže žrtvu da je zgnječe... Stare primorkinje nose smokve, ili prvo grožđe, a mali primorci nude one velike školjke kao lepeze, iznutra crvene a spolja kao krečna kora, i sasušene morske zvezde. Najinteresantniji događaj je prispeće lađe koja donosi nove putnike. Oni se iščekuju radoznalo i svaka lepa dama ili gospodin odmah su zapaženi.

Te večeri nikog interesantnog nije bilo.

I kvartet se šetkao, a šetao se i prosedi laf.

Posle večere je bio dansing uz gramofon... Lila je znala rumbu i odigrala ju je sa Stašom, koji je bio odličan igrač i na jednoj utakmici izvodio je rumbu... Ipak, sve se ponavljalo svake večeri, s lepim kavaljerima, ali im je bilo dosadno. Nepoznati gospodin je malo posmatrao igru, pa je izašao, i sala je za kvartet izgubila zanimljivost.

– Deco, hoćete li da prošetamo po molu? – predloži Lila.

– Ovde je zagušljivo, bolje da idemo...

A sve su imale jednu tajnu želju: da vide gde se onaj šeta...

Spaziše ga baš ispred svetionika na kraju mola... Stajao je, posmatrao more i pušio... Bila je noć bez mesečine, i more se gubilo kao neki beskrajni crni katafalk, bez fosforisanja i sjaja... Iz tog crnog prostora izdizao se u daljini grad sa osvetljenim vilama i upaljenim uličnim osvetljenjem svuda po bregovima, u daljini, koje je svetlucalo i migoljilo se kao neke zlatne bube ili žiške...

Devojke su govorile glasno, kao i uvek kad su htele da ih neko čuje.

– Kako je mistično more!

– Jel' bi smela sad da se kupaš...?

– Zašto da ne... Smela bih...

– Ja ne bih smela...

– Čini mi se da je puno utvara.

– Ala si luda. Kakve utvare...? Sirene ne postoje više...

– Nisu nikad ni postojale...

– Hvala lepo, ja to nisam znala.

– Eno, ona je klupa prazna...

Sedoše...

Gospodin pokraj njih pogleda ih...

– Uobraženko.

– Zašto uobraženko?

– Možda je otmen...

– Elegantan jeste.

– Da li biste mogle u njega da se zaljubite...

– Ja bih mogla – uzviknu Lila.

– Znam, ti uvek voliš četrdesetogodišnjake.

– Pa to je tek pravi muškarac.

– Ovaj nema četrdeset godina.

– Ja mislim da ima još i više.

– Da li je oženjen?

– Ne menja stvar... Može se zabavljati i sa oženjenim... On je ovde sâm.

– A ako se zaljubiš u oženjenog?

– A kakvu ti tu vidiš opasnost? Zar se sve za mladiće udajemo...? Još je i bolje sa oženjenim. Diskretan...

– Ja ne cenim oženjene koji varaju svoje žene – govorila je taktična kestenjava Dušica. – To isto i nas čeka u braku.

– Zar ti je to nešto novo? – zapita Lila.

– Nije novo, ali ja ne želim da me muž vara...

– Ti si oličenje vrlina, ali ti garantujem da ćeš pretrpeti najveća razočaranja kad se udaš...

– Pogledajte, vraća se naš laf.

– Deco, ja se bogami zaljubljujem u njega.

– A što samo ti, mogu i ja – dobaci Branka.

– Da vidim koja će pobediti – smeškala se plavuša Olga.

– Dobro, videćemo koja će uspeti prva da se upozna s njim...

– Da se kladimo da ću ja biti prva – reče Branka. – Sutra se moram upoznati s njim.

– A ako on ne želi poznanstvo?

– Koješta. Onda je trebalo da ide u neki manastir. Ne liči nimalo na nekog pustinjaka...

– Čim se on ovako udešava... Večeras, već drugo odelo...

– Jelte da mu dobro stoji prugasti kaput, plavo i belo?

– Jaoj, eno opet one dvojice! Sad će nam sve pokvariti.

– Hajde da se sakrijemo ispod palme.

Mladići su išli brzo po keju i tražili ih... Prema svetioniku, one videše kako zagledaju svaku klupu...

– Što ste takve? Baš su simpatični – prekorevala ih je Dušica.

– Meni ih je žao. Bogami, bolji su i naivniji od nas.

– Ne sporimo da nisu simpatični... Ali zamisli šta me večeras pita Staša! Hoću li da se udam za njega! Tek prvu godinu prava završio i misli čovek da se ženi. I to da ga čekam dok ne završi.

– I ako se ne udaš za to vreme.

– Ah, deco, ja se moram na zimu udati.

– Hoćeš li da ti navodadžišem za lafa?

– Nije potrebno. Upoznaću se ja s njim pre tebe, videćeš – smejala se garava Lila.

Tako je i bilo...

Sutradan na moru ona kao slučajno baci loptu u pravcu prosedog gospodina. On spazi loptu, udari je rukom i vrati. Lila mu opet posla loptu, a on, kad je vrati drugi put, lopta je udari po licu. Lila gnjurnu pod vodu, a gospodin brzo dopliva i izvini se.

– Jesam li vas udario?

Lila se nasmeši.

– Ništa nije... – i pojuri kroz talase kao sirena, a gospodin za njom.

– Vi odlično plivate.

– Od detinjstva. Odrasla sam pokraj reke. A umete li vi da gnjurate?

– Umem... – on leže na leđa, poče da pliva, Lila isto tako, i lagano su plivali, kao da se vozaju, sve širinom mora. – Oprostite, nisam se ni predstavio.

On reče svoje ime i zanimanje. Direktor banke u unutrašnjosti.

– A vi ste Beograđanka?

– Ne, iz Novog Sada.

– Novosađanke su lepe, čuo sam i video...

– Kako koja...

Htede reći: „Ja, na primer, nisam lepa“, ali oseti da bi to bila koketerija jer je znala da je lepa... Umesto toga, zapita:

– Ostajete dugo ovde?

– Jedno dvadeset dana.

Liline oči blesnuše.

– A vi? – zapita gospodin.

– Pa i mi isto toliko...

– Ovde ste s porodicom?

– Da, s mamom...

– A ono su vaše drugarice?

– Jeste.

– Sve četiri tako interesantne...

– A vi ste sami došli?

– Sâm...

Lila je gorela od želje da zapita: „Jeste li oženjeni..." ali je zaćutala jer je mislila da nema smisla odmah to da pita. Verovala je da je oženjen jer nije u prvoj mladosti.

Plivali su sada natrag takmičeći se ko je brži.

– Vi ste bolja plivačica od mene.

A da se ne bi zastideo, on razmahnu rukama i poče da pliva širokim razmahivanjem ruku, kao da zgrće vodu, te izmiče od nje, pa onda opet uspori i pusti da ga ona pređe...

Izađoše na terasu. Lila se sunča. On priđe i sede pored nje... One tri ostadoše malo dalje, a Lila ih je vragolasto gledala i očima govorila: *Vidite, jesam li kazala da ću se ja prva upoznati...*

U kabini im je ispričala ceo razgovor.

– A jel' oženjen?

– Nisam ga to pitala...

– A što da ga to ne pitaš?

– Ala si ti smešna. Čim sam se upoznala s čovekom da pitam jeste li oženjeni. To nema smisla... Večeras ću to već doznati...

Posle večere, kad nastade igranka, gospodin priđe Lili i pozva je da igra s njim... Posle priđe i odigra s plavušom, nakon čega više nije igrao, već izađe na mol.

– Ala je bezobrazan – primeti Branka. – Baš je mogao i s nama da odigra...

Izađoše i one.

Staša je bio silno ljubomoran. Nije hteo da im priđe i sumorno je sedeo na klupi.

– Siroti Staša, on sad pati...

– Šta sam ja kriva? Nisam nimalo zaljubljena u njega... Nego idite vas dve, pa ga tešite, a ja idem s Brankom... Hoćeš li, Branka? Eno ga naš laf.

– Nema smisla da trčite za njim – opomenu ih Dušica.

– Uh, ti uvek držiš neke moralne propovedi... Šta trčimo? Ovo je šetalište...

I one se udaljiše.

Laf im priđe... I u šetnji one doznaše da je oženjen.

– Deco, imamo da vam saopštimo žalosnu vest. On je oženjen, baš šteta...

– Za tebe, Lila, nije šteta, ti voliš i oženjene, sama si kazala.

– Ovako, na plaži, prijatno je s njim se zabavljati...

– Ali opasno zaljubiti...

– Ne boj se, neću se zaljubiti, ali ću ga ispitati da li je srećan. I kakva mu je žena... To me zanima...

Posle nekoliko dana Lila je sve znala i pričala je drugaricama.

– Siromah, nije srećan u braku... Kaže kako mu žena voli luksuz, on joj sve ugađa, ali ona nikad nije zadovoljna, razočarao se u nju, zamišljao je da će imati ženu koja će ga voleti, a ona je uz to i koketna, samo misli na toalete i provod...

– A je li lepa, jesi li to pitala?

– Jesam... On kaže obična žena, nije ništa naročito... Kazao mi je: „Vi ste lepši od nje."

– E, pa red je da se tako kaže.

– Šta je red? Ala si ti pakosna... Zar bi jedan muž tako govorio o svojoj ženi... Meni ga je baš žao... Vidi se da je divan čovek...

– A zašto nije sa ženom došao?

– Kaže, ona je htela da ide sama da provede leto u nekom drugom predelu...

– Sigurno ga vara...

– Zašto bi inače ostavljala samog ovakvog muža?

– Da je on moj muž, ne bih ga nikad ostavila. Žene ne umeju da cene ovakve muževe, a posle pričaju kako su oni krivi... To je neka besna, našla dobrog muža, pa živi kako hoće...

– Ne verujem mnogo u priče muževa – dodade Dušica.

– Ja verujem – odgovori Lila. – On je baš iskren i ozbiljan čovek. Što neće da se razvede?

– Ti bi se onda udala za njega... Možda ti je nešto i napomenuo o razvodu?

– Nije, ali, po svemu sudeći, neće taj brak biti dugovečan.

– Da to nije kazao?

– Nije, ali mi je pravio komplimente da je uvek voleo ženu kao što sam ja, garavu i veselu...

– Ti si se zaljubila u njega – nasmejala se plavuša.

Lila ne odgovori ništa i opruži se na terasi. Njena sjajna crna kosa sušila se na moru i svaki se pramen odvijao kao spirala a presijavao kao svila. Sunce i mir uzrujavali su čula svim mladim devojkama, i sve su čeznule, i kroz njihove čežnje provlačile su se plave oči i atletska ramena...

* * *

Svi su na pristaništu očekivali dolazak lađe s novim gostima... Prosedi gospodin stajao je elegantan pokraj ljupkog kvarteta. Lađa se lagano približavala pristaništu. Postaviše štek i putnici počeše da izlaze... bilo ih je puno starijih, mlađih, dece. Pojavila se i jedna izvanredno lepa dama u elegantnom kostimu od rosajda. Pogleda po pristaništu kao da nekog traži, ugleda direktora banke i sva zasija od sreće. On ostade za trenutak zapanjen, ne mogavši s mesta da se makne. Ona mu pritrča ushićena i uzviknu: – Branko! – I obesi mu se o vrat.

Pošto ga poljubi, poče da govori brzo:

– Vidiš kako sam te prijatno iznenadila! Nisi ni mislio da ću doći... Ali mama je morala u banju, lekar joj je rekao da može da ide, a pošto je s njom Cica otišla, došla sam tebi. Jel' se raduješ?

Direktor banke bio je sav ošamućen i kao pokisao, kvartet je bio kao gromom opržen pojavom te dame, a naročito Lila. Stajale su na istom mestu. Dama pogleda direktora banke, pa onda gospođice, malo iznenađena, i on se priseti da treba da ih predstavi i jedva progovori:

– Moja supruga.

Ona je bila vrlo mila. Prvo iznenađenje prođe, ona se nasmeši, pruži im ruku, a onda se okrete mužu.

– Ovde ima lepog društva, znači da će i meni biti prijatno.

Taj njen prvi ton, ljubazan, bez ljubomore, imao je silno dejstvo na gospođice, i terazije u ocenjivanju muža i žene namah pretegnuše. Ona ode s mužem u hotel, a mlade devojke ostadoše na keju još zbunjene i prva progovori kestenjava gospođica.

– Zar vam nisam kazala da ne treba verovati muževima... Vidite kako mu je žena izvanredno lepa, a šta je on kazao: „obična lepota"... Pravo da ti kažem, Lila, ništa nisi lepša od nje.

Nije htela da je uvredi, a sve su videle da je mnogo lepša od Lile.

– I kako nije ljubomorna – čudila se Branka – ja bih se odmah narogušila da vidim svog muža sa četiri gospođice...

– Tako je mila i vrlo mlada – ushićivala se plavuša – i vidi se da ga voli, a kako je on govorio. Treba da ga je stid...

Njihovo iznenađenje bilo je još veće kad je sutradan ugledaše na plaži, u kostimu, raskošne figure, kao statua, da je sve zasenila svojom lepotom...

Ona spazi četiri mlade devojke, priđe im veselo i započe razgovor.

Lila je htela lukavo sve da iskuša.

– A zašto vi niste pošli s gospodinom?

– Ah, moja mama je bila slaba. Nisam mogla da je ostavim, a Branko mnogo radi, pa mi je bilo žao da preko leta nikud ne ode, te sam predložila da dođe sâm. Držala sam da uopšte neću moći letos nigde... Sad je mami bolje, otišla je u jednu toplu banju, a ja sam došla da iznenadim svog muža.

– A kako vi živite u vašem mestu? Imate li provoda?

– Nema tu provoda. To je palanka... ali mi imamo divnu kuću, kao vilu, baštu, a ja uživam u kući...

A kako je lagao za njen luksuz i provod... pomisliše mlade devojke.

– Jeste li srećni u braku? – pitale su gospođice.

– Vrlo smo srećni... Moram priznati, on je pažljiv muž, voli me, i ja njega obožavam, nikad nisam imala razloga da posumnjam u njega, nisam ni ljubomorna, zato sam ga i pustila samog.

Bolje bi bilo da ga ne puštaš, mislile su devojke.

I dok su tako razgovarale, muž, kao neki krivac, nije smeo da im priđe jer je znao šta je govorio.

Kad su devojke ostale same, počele su da razmišljaju glasno. Lila je govorila čisto uvređeno:

– Objasnite vi sad meni, zašto je tako govorio o svojoj ženi? Eto, ja to ne mogu da razumem... A ovakva divna žena.

– To nije teško objasniti. Muževi vole da se prave mučenici pred mladim devojkama da bi izazvali njihovo sažaljenje i utehu i da bi opravdali svoje grehove... Hoće ljudi da se zabavljaju i kad kažu da su nesrećni u braku, mi, mlade devojke lako prihvatamo njihovo udvaranje i flert...

– Naravno, prijatnije je provesti se u društvu mladih devojka nego biti sâm...

– Imate pravo. Bezobraznik jedan – uzviknu Lila. – Sad mi je odvratan... Zamislite, juče me je molio da se uveče prošetamo sami kroz tu mračnu aleju i da se iskradem od vas...

– I dolazak njegove žene je to osujetio... Sad možemo videti šta je brak... Najlepša i najbolja žena ne može da očuva vernost svome mužu. Vidite, on je voli, ona bar tako kaže, da je srećna, a čim se odmakao sâm, bio je gotov da je prevari... Tako će i nas naši muževi...

– Ah, izvini, mene neće prevariti... Taj se neće nikud maći od mene. Sve ću u stopu za njim... Nisu sve žene naivne kao ova.

– A možda je i bolje što je takva. Živi u toj zabludi o sreći...

– A šta ti to shvataš kao zabludu? Ima svoju vilu, ugodan život, zadovoljstvo u kući, ovako lepog muža, koji će se samo poigrati s devojkama, i opet se njoj vraća... Možda ona to pretpostavlja, ali neće da pravi pitanje od toga...

– Jest neće da pravi pitanje? Ona njega voli i pravila bi pitanje... Ali ne zna...

– Pa to je njegova veština, on se trudi da ona ne sazna... Vidite kako je sad hladan prema nama. Čak neće ni loptom da se igra... Pa kako ju je sinoć držao nežno ispod ruke, sav zbunjen.

Lila je grizla usnice, samo što ne zaplače. Bila je besna na samu sebe što je poverovala jednom oženjenom čoveku. Nije mogla da se uzdrži i ljutito uzviknu:

– Ah, znate, nikad više neću da pogledam oženjenog čoveka.

Sutradan na kupanju nisu bili ni gospodin ni gospođa. Ne videše ih celog dana... Lila zapita konobaricu:

– Gde je onaj prosedi gospodin s gospođom...?

Ona se nasmeši:

– Oni su otputovali još jutros u pet sati...

To je bila lekcija iz braka mladim devojkama. Videle su da treba muža čuvati, ali biti mila i taktična žena kao ova, jer samo takve žene muževi čuvaju od razočaranja i od njih skrivaju svoja neverstva... Možda sve ovo i nije bila istina o njegovoj ženi, što je govorio, ali zašto je iskoristio priliku i provod. A one su prve bile koje su htele s njim da se upoznaju, i prve su ga navele na iskušenje pred kakvim muškarac ne vidi nikakvu prepreku... Jedina prepreka za oženjenog čoveka je iznenadni dolazak njegove žene... Onda najveći junak postaje najveća kukavica.

Čednost ili miraz?

Čitao je pismo i smeškao se onim ironičnim osmehom lepog muškarca, svesnog svojih pobeda, kome se žene same nameću i izjavljuju ljubav... Nije to bilo za njega ništa novo, ali je uvek voleo interesantnost promena i razmišljao je: koja li to može da bude? Pročitao je opet pismo.

Dugo sam se borila da li da vam ovo pismo napišem. Pobedila sam sebe i reći ću vam: volim vas od prvog dana kad smo se upoznali. Bili ste moj ideal zbog koga sam provela mnoge besane noći... Čini mi se da ste i vi imali simpatije za mene. I to što sam osećala u vama još više je rasplamtalo moju ljubav... I rešila sam se: moram da vas vidim u sredu... Čekaću vas s najvećim uzbuđenjem u onoj istoj osenčenoj ulici gde smo se jednom šetali... A da biste znali ko sam, podsetiću vas na kompliment koji ste mi dali kad ste me poljubili. „Malo moje, vi imate najslađe usne koje sam do danas poljubio"...

On se opet nasmeši: „malo moje". Za njega su sve žene bile „malo moje" i sve su imale najslađe usne, a koliko je njih poljubio u osenčenim ulicama... Ko će samo da se seti?

Bio je veliki ženskaroš, ali inteligentan, upravo intelektualac, diskretni Don Žuan, neodoljivi osvajač, ironičan i korektan, s poznavanjem veštine raskida... Ostavljao je i uzimao žene i nikad ih nije mrzeo. Čak ni one koje napušta. On je bio jedan od srećnih muškaraca koji ne poznaju ljubavni bol, već ga samo zadaju, a od svake ljubavi on uzima samo radosti i osmeh. Nije se nikad ludo zaljubljivao znajući svoju nestalnu prirodu koja voli promene. Zato je iza tih njegovih simpatija dolazilo samo osećanje ravnodušnosti i ironije, katkad malo i preziranja, suprotno ženama, suprotno ženama koje mogu da osete strašnu mržnju ili gnev prema onome koga su ludo volele i, čak i kad se same daju i nameću, smatraju posle raskida muškarca kao uzurpatora njihovih draži i tela.

Mnogo je dobijao pisama od žena, a često je primao i njihove pozive na sastanak. A gde da nađe ovo „malo moje"? Razmišljao je s kim se sve ljubio u prošlosti i sadašnjosti... On je žene delio u tri kategorije: bivše, aktuelne i nastupajući front... Bivše ga nisu mnogo simpatisale. Bile su u stanju da mu se svete, uvek su bile zlovoljne prema njemu, neke su mu se javljale prijatno, iz inata, druge ga nisu ni gledale. A poneka među njima opet bi mu se približila kao da još čuva sećanje na njegove zagrljaje i njene oči tako su mu govorile: *Ako samo hoćeš, možemo opet iznova.* I on ih je uzimao kao onaj cvet iz velikog buketa koji treba da se baci, pa se slučajno zatekao još jedan tako očuvan koji bi se mogao pridodati svežem cveću...

Aktuelne žene već su ga više zanimale. Voleo je da proučava njihovu taktiku približavanja, prividnu otpornost i gordost, maskiranu ravnodušnost, suviše isticano dostojanstvo, koje će se jednog dana srušiti. Te su ga žene najviše zanimale, te snažne, koje ne padaju lako, mada sve moraju pasti, kako je uvek bilo kad je on u pitanju. Voleo je i one lake, frivolne žene, koje mu odmah očima govore: *Zašto mi ne priđeš. Vidiš da te jedva čekam*, a on baš nije hteo da priđe. Voleo je da ih jedi, da im da mogućnost da pokažu do koje granice žena može da zaboravi svoj stid i dostojanstvo. I s tim je uvek brzo raščišćavao, one su za njega bile kao piće koje se samo proba, ali se ne sladi dugo jer nije najboljeg kvaliteta.

A treća kategorija su bile žene koje je izdaleka posmatrao ne trudeći se da im priđe dok ne raskine sa aktuelnim, a znao je da će one doći na red...

Bio je mladić i nije mislio da ostane večito bećar, ali je uvek govorio o svojoj budućoj ženi: *Moja žena mora biti lepa, idealna, inteligentna i s mirazom...*

Jednom je samo sreo takvu devojku, sa svim svojstvima kakve je želeo, onim psihičkim i fizičkim, samo je nedostajalo ono treće, materijalno svojstvo – miraz... I napuštao je svaku misao o njoj. *Šteta što ta devojka nema novaca.*

Misao o ženidbi nije ga mučila i odlagao ju je jer je život za njega bio tako lep, ispunjen promenama, a nije osećao dosadu.

I danas se rešio da potraži to „malo moje"... Šetaće pa će možda naići na nju. Obišao je mnoge ulice... Nadao se da će to biti jedna mlada ženica, vrlo vesela i vragolasta, koja je bez straha naticala mužu rogove, a koju je pre kratkog vremena poljubio. Prošao je kroz jednu ulicu, ali najedared ona prođe pokraj njega s jednim mladićem... On to oseti kao uvredu, pomalo i ljubomoru, javi joj se i okrete za njima... *Gledaj, molim te, ova ima još nekog...* Ta ljubomora trajala je samo nekoliko trenutaka. On odmahnu glavom i pođe u drugu ulicu. Tu je sedela jedna gospođica, koja je uvek obećavala da će ga posetiti u njegovoj garsonjeri i sve je to odlagala. Ali prozori su bili zatvoreni i nikog nije video... Tako je obišao nekoliko ulica i rešio da napusti traganje. *Ko zna kakva je to guščica...*

Išao je jednom ulicom, na čije su trotoare lipe bacale gusti mrak... Bila je to gospodska, mirna ulica, s lepim fasadama i baštama, gde su cvetale perunike i ljubičice, i poneka tuja crnela se kao čempres. Osećao se miris zalivenih bašta i videla se unutrašnjost sobe kroz tanke zavese, obojene svetlošću koja se probijala kroz abažure, crvene, žute, narandžaste, a svaka kuća imala je svoj ton i temperament, sentimentalni ili strastan, pa je ta svetlost bacala svoj mlaz i na baštu, a ograde i sve rešetkaste kapije izgledale su kao čipke... Čuo se klavir, iz druge kuće radio, ili gramofon, ženski smeh i govor, ili plač deteta...

On naiđe pod gustu senku lipa i iz tog mraka izdvoji se ženska silueta...

– Ja sam, bogami, mislila da me nećete naći, jer čekam ovde više od sata... Znam da ste dobili moje pismo.

– Kako, to ste mi vi pisali? – iznenadi se on.

– Ja, zar vi niste pomislili na mene...

– Pa... da... i jesam... i nisam... – slaga on jer, zaista, na nju nikad nije pomislio.

To je bila ona idealna, lepa, mlada devojka, sa svim svojstvima, samo bez miraza...

– Sad ćete mi se smejati što sam vam pisala.

– Ne, kako tako možete da mislite. Meni je prijatno. Ja sam prema vama uvek gajio velike simpatije.

– Samo simpatije? A ja sam prema vama osećala nešto više. Ali neću da govorim. Hoćete li negde da idemo?

– Gde bismo išli u ovo doba? Već je osam sati... U poslastičarnicu možda?

– Neću u poslastičarnicu, vodite me vašoj kući...

– Mojoj kući? Vi to valjda ne mislite ozbiljno?

– Zašto? Zar je to nešto neozbiljno? Razgovaraćemo, skuvaćete mi čaj... Zar jedna mlada devojka ne sme da poseti muškarca?

– Ali vi, gospođice, niste od onih mladih devojaka koje uveče posećuju muškarce po njihovim garsonjerama...

– Nisam znala da ste takav moralista, veći od mojih roditelja. Ako ja želim, zar možete da mi odbijete tu želju?

– Ja to govorim jer poznajem vaše vaspitanje i strogost vaših roditelja... Vi ste uvek žurili kući pre osam sati...

– Večeras ne moram da žurim. Mogu ostati do dvanaest. Kazala sam da idem u operu s drugaricom. Dakle pristajete?

– Vrlo sam srećan...

– Dodajte još „i vrlo iznenađen"...

– Priznajem, iznenađen sam...

– Zato što verovatno nikad niste mislili na mene.

– Šta vi znate? Možda sam više mislio nego na koju drugu devojku...

– Dokazali ste. Od onog poljupca niste me zatražili više. Evo, baš smo se ovde poljubili.

Ona zastade, nasloni se na lipu i ostade ćuteći... Da je mogao videti, video bi njene zamagljene oči... On joj priđe, uhvati je rukom za bradu, podiže joj glavicu... nekoliko trenutaka ju je gledao, a ona se strese, opruži ruke, zagrli ga, sakri mu glavu na grudi i dve suze skotrljaše se. Blizina mlade devojke, lepe i vitke, opi i njega. On zaboravi svoje malopređašnje natezanje, koje su mu diktirale skrupule, i zagrli strasno mladu devojku. Pođoše zatim ispod senki. On ju je držao ispod ruke a mlada devojka od uzbuđenja nije mogla ništa da govori. Ćutali su i išli lagano. Ona se sva naslonila na njega i on je osetio toplinu njene ruke i njen uzburkani puls.

– Ovde ja stanujem, na spratu... Hoćete li da uđete... ili... da vas otpratim do kuće?

– Terate me?!

– Onda hajdete. Ili ne. Čekajte vi ovde, a ja idem prvo da otvorim. Drugi sprat levo...

– Dobro.

On ustrča uza stepenice i pomisli da će se ona predomisliti i otići, što bi bilo bolje. Osećao je da više nije gospodar sebe, a nikako nije hteo da se ogreši prema ovoj dobroj devojci. Bila je iz jedne čestite, otmene porodice, čije je sve bogatstvo bilo u toj otmenosti, ali novčanog bogatstva nisu imali. To je bila jedna od onih porodica koje lepo čuvaju svoj moral, lepo vaspitavaju mlade devojke, one su dobre domaćice, pametne, pune ukusa, ali udaja za njih predstavlja neki srećan slučaj, jer miraza nemaju, a po svom društvenom položaju ne mogu da se udaju za bilo koga, i tako čame, venu, gasi im se mladost, prolaze godine, dolazi pozno doba, a one su i dalje devojke, prosedele kose, usamljene u kući, s jednim prihodom – očevom penzijom... On je predosećao da će to biti sudbina i ove mlade devojke, ali šta je mogao? Da bude žrtva – nije hteo. A možda je bilo krivice i do njenih roditelja, koji su je tako strogo držali, oduzimajući joj čak i koketeriju, koja mnogim devojkama pomogne da osvoje muškarca. U njihovoj kući svaki muškarac priman je korektno i svi su mu napominjali svojim držanjem: *Možeš samo da se oženiš njome, ali nemoj ni da pomisliš da možeš da se provodiš...* I to je možda odbijalo mnoge muškarce, jer provod i zabavljanje nekad su uvertira braku...

On uđe brzo u sobu, upali elektriku, razgleda po sobi da li je sve u redu, skloni u šifonjer kaput koji je stajao na stolici, diže s poda čarape, zateže čaršav na krevetu, skloni i kragnu i mašnu sa stola, i stade kraj prozora... Ču se lako kucanje na vratima... Ne čekajući odgovor, mlada devojka utrča u sobu... Bila je zbunjena, stajala je nasred sobe. On joj priđe, skide joj mantil i šešir, ostavi ih, ona sede na jednu stolicu...

– Eto, hteli ste da vidite kakva je jedna momačka soba.

– Tako je lepo kod vas. Gle, čak i cveće u vazi. A ona slika, vaša ili gazdaričina?

– To sam kupio na izložbi... Nameštaj je moj... Ne volim gazdaričine stvari.

Ona je gledala sliku. On priđe, zagrli je i dugi poljubac pokri njena mala, slatka usta...

Intimnost mladića i devojke puna je opasnosti. Ružna žena nasamo s muškarcem dovodi sebe u opasnost. A lepa mlada devojka uvek predstavlja eksploziv.

A kad je na satu izbilo jedanaest časova, sve je bilo svršeno... Mlada devojka više nije bila čedna...

– Sad idem kući. Vi ćete me ispratiti. Mogu vam reći da sam najsrećnija žena. A vi, da li ste i vi srećni?

– To je sve bilo tako neočekivano s vaše strane da ja ne umem da mislim. Nikad to nisam želeo i bojim se da ćete me vi okrivljavati docnije.

– Ne, ja vas ni za šta neću osuđivati. Dajem vam svoju časnu reč. Samo jedno hoću da vas pitam: dopadam li vam se i da li biste me voleli?

– Vi ste najbolje i najlepše stvorenje na svetu...

– A šta mi samo zamerate?

– Vi ste bez zamerke.

– Varate se... Za mene će svaki da kaže: šteta, dobra devojka, samo nema miraza... Ja dobro znam da se neću lako udati... I šta je moj život? Da čamim u kući i čekam nekog da se smiluje i da me zaprosi. Svesna sam da život i mladost prolaze, a ja imam prava da živim i htela sam vas, samo vas, koga volim. Da, ja vas volim onako kako samo može mlada devojka prvi put da se zaljubi, čista, nepokvarena i koja veruje da muškarac može da voli... Kad sam pošla k vama, znala sam šta hoću, ali sam isto tako znala da ništa ne mogu očekivati od vas.

– Meni je zaista žao, gospođice, ali zašto to sad govorite. Ovo je veče naše ljubavi, zavarajmo sebe iluzijama da je ljubav večna... Ako nije ljubav, ima uspomena koje su večne.

– Vi ćete svakako biti moja večna uspomena, i najlepša čak i kad se budete oženili drugom.

– Ko zna kad će to biti. Uostalom, ljubav je lepša od braka, jer je brak fatalan za ljubav. Sviđa mi se što ste tako pametni i što shvatate život.

– Ja sam već shvatila život kad sam vam napisala ono pismo. A sad me vodite kući. Samo moram još jednom doći k vama.

– Samo jednom? Zašto tako govorite? Onda zašto ste i sad došli?

– To je moj kapric...

– Onda je i ovo moj kapric – uzviknu on i poljubi je.

Ta avantura bila mu je slatka, ali ga nije nikad raznežavala toliko da bi pomislio da se oženi tom devojkom. Sad je još manje to želeo jer je osećao da se skriva malo i avanturizma u toj mladoj devojci, koja je s tom skromnom i lepo vaspitanom spoljašnošću mogla da učini onakav postupak da mu padne u zagrljaj lakše nego što je mislio. Ona je za njega izgubila draž one negdašnje mlade devojke, samo mu je laskala njena ljubav, koja nije postavljala nikakve uslove, niti ocene...

I posle takvog mišljenja, kakvo je bilo njegovo iznenađenje kad je došla opet k njemu mlada devojka i najedared upravila mu ovakvo pitanje:

– Hoćete li da me uzmete za ženu?

On se začudi, učini mu se ona čak i drska, i on joj odgovori sa onom svojom uobičajenom ironijom kojom se obraćao ženama kad ih ne ceni mnogo:

– Ja vas nisam zvao one večeri, gospođice. Pokušavao sam da vas odvratim, vi ste hteli, i mislim da sad nisam nimalo odgovoran pred vama da bi vas morao uzeti za ženu.

– Niste odgovorni? Priznajem. Niste bili odgovorni za ono što se desilo, ali ste možda odgovorni za onaj prvi poljubac i reči ljubavi koje ste mi šaputali kao mladoj, naivnoj i neiskusnoj devojci.

– To znači da mladoj devojci ne sme muškarac da kaže nijedan kompliment. Naše je da izjavljujemo ljubav, a gospođice treba da budu psiholozi da iz tih izjava izvuku i istinu i laž, i da zadrže ono što im izgleda verovatnije, pa da se prema tome upravljaju...

– Ali vi zaboravljate da su mlade devojke vrlo rđavi psiholozi, i da one više veruju nego što sumnjaju...

– Žao mi je, gospođice, ako ste vi više verovali nego što ste sumnjali... Ja sam vas cenio, ali nisam mislio da se oženim. To je nemoguće, a sad bi bilo vrlo neprijatno ako biste vi pokvarili ovaj utisak koji sam dobio o vama i zahtevali od mene ono što devedeset odsto devojaka traži od muškaraca, iako svaka nema prava.

– Dobro, recite mi iskreno, koji su vaši razlozi da me ne možete uzeti?

– Vi ste, gospođice, možda najbolja devojka, ali ste siroti, nemate ništa, a i ja nisam bogat.

– A kad bih imala miraz?

– Ne bih se dvoumio.

– Onda slušajte što ću vam reći: od svoje tetke nasledila sam pola miliona... Onoga dana kad sam vam poslala pismo, već sam bila bogata miraždžika. Prvi muškarac, za koga sam pomislila da se udam, bili ste vi. Već je dve godine kako vas volim. Znala sam da vam se dopadam, ali znala sam i to da sam sirota i da me nikad ne biste zaprosili... Vi tražite bogatstvo i oženili biste se samo zbog novca.

– Ne, gospođice, vi se varate. Ja nisam materijalista. Meni novac nije cilj, već sredstvo da bih ženi pružio bolji i ugodniji život.

– Ja u to sumnjam. Zato sam htela da iskušam vaše srce. Htela sam da vam prinesem onu najveću žrtvu koju može jedna mlada devojka da prinese muškarcu da vidim da li me volite, da li bih ikad osetila kod vas želju da me uzmete za ženu. Ali one prve večeri vi ste mi jasno dali na znanje da ne mislite kako treba da mi pružite kao naknadu – brak. Zato sam o mirazu onda i počela razgovor, ne bih li vas navela da kažete da miraz u vašoj ženidbi neće igrati glavnu ulogu. Sad sam se uverila da novac i kod vas opredeljuje srce, a nisam htela da me uzmete zbog novca.

– Ali, malo moje, nemojte tako govoriti. Vi rđavo shvatate ulogu novca u braku. To je nešto sekundarno, glavni ste vi.

– Sad hoćete da popravite. Dakle, hoćete li sada da me uzmete za ženu?

– Ja sam uvek na vas najviše mislio i moja žena bi mogla biti samo po vašem modelu.

– Ne smeta vam ni to što sam tako lako prinela na žrtvu svoju čednost...?

– Vi ste bili samo moja.

– A zar nisam mogla isto tako pripasti i drugom?

– To je druga stvar. Onda ste vi pritvorni kad mi pričate o svojoj ljubavi, ja sam iskreniji.

– Iskreniji, ali i suroviji.

– Surovost je bitna osobina muškarca. Zar bi bilo bolje da vas lažem: uzeću vas, pa da vas ne uzmem.

– A sad biste me uzeli?

– Sad bi nam bio omogućen život i oskudica ne bi dovodila našu sreću u iskušenje.

– A zar moja sreća ne bi bila uništena da nisam dobila ovo nasleđe?

– Šta sam ja kriv?

– Krivi ste što ste me zaludeli na onom prvom balu. Krivi ste zbog svoje sebičnosti. Vi, muškarci, uvek bacate krivicu na nas mlade devojke. Dokazujete da smo nestalne, koketne, neverne, lažljive, neiskrene. A ko nas je takvim napravio? Vi mladići od onog prvog bala kad nam kroz tango šapućete one slatke reči... Vi govorite i ne misleći šta ste kazali, a mi upijamo te vaše reči kao neki napitak, koji nam zatruje prve nade našeg devojaštva... I sutradan vi se ne sećate šta ste nam kazali, a mi ne možemo nijednog trenutka da zaboravimo šta ste nam kazali, uzdišemo, čeznemo da vas vidimo i prvi naš bol je onaj susret kad nam se vi korektno javite kao običnim poznanicima ne sećajući se šta ste nam govorili.

– Ah, malo moje, kako lepo umete da govorite.

– Ne, pustite me sve da vam kažem. Ja sam patila dve godine zbog onog poljupca. Druge devojke se svete, traže novi flert, koketuju, postaju neiskrene jer uviđaju da im naivnost i iskrenost samo nanose bol, i tako prelaze s jednog flerta na drugi, iskvare svoju dušu, postanu lažljive, nesposobne za veće i dublje osećanje... A ja nisam bila takva i zato sam patila. Život mi je bio prazan. Udvarali su mi se mnogi, ali niko da me zaprosi, čak su se sklanjali čim bi opazili da bi s moje strane mogla da se pravi neka kombinacija za brak.

– Ah, lepa moja devojčice, da sam to znao, kako bih vas utešio.

– Znali ste vi, ali šta sam ja bila za vas? Jedna naivka koja se poljubi kao dete. Zar ona ima toliko duše i srca u sebi da shvati taj poljubac...

– Nisam tako mislio, vi ste uzbuđeni, umirite se, malo moje...

– Da, ja sam se umirila, i sad vam hladno govorim. Kada sam dobila nasleđe, rešila sam da se osvetim, i to čoveku koga volim. Kazala sam: njegova ću biti, ali se neću udati za njega jer sam znala da me vi ne biste uzeli bez miraza.

– Ko zna šta bi se sve desilo.

– Desilo bi se da se oženite drugom. A ja sam kazala: sada, kada sam bogata, svaki će me uzeti. Moje bogatstvo je slučajnost, jedna lutrija i ta slučajnost me je spasla da ne ostanem matora devojka. Ali ja sam želela osvetu... Vi me niste hteli kao čednu i idealnu devojku, sad me hoćete s mirazom, ali sad ja vas neću jer me nikada ne možete uveriti da više volite mene od mog novca... S ovim novcem kupiću muža. I kad već kupujem muža, kad ću uvek biti u uverenju da mi je novac pribavio muža, doneću sebe s defektom, jer kad je u pitanju čednost ili miraz, vi se, muškarci, uvek odlučujete za miraz... Dala sam sebi satisfakciju: pripadala sam onome koga sam volela, a udaću se za onoga koga ne volim...

– Ali slušajte...

– Ne, nemojte me prekidati. Ništa me više ne možete uveriti. Sve vrednosti ne treba uneti u brak, jer vi, muškarci, to ne zaslužujete. I najveće vrednosti mlade devojke: njen moral, vaspitanje, čednost, danas ne vrede, kao što i sami znate. Vi, prvi, nikad me ne biste uzeli za ženu, ali svaki bi me uzeo za metresu...

– Ja to nisam želeo, morate priznati... Dopustite sada meni da kažem svoju odbranu. Posle onog poljupca povukao sam se jer sam osetio da vi niste devojka s kojom može da se flertuje, već devojka s kojom muškarac može da se ženi. Ali, kako vam je poznato, nisam bogat, zato nisam hteo ni flert s vama kad ne mogu da vas zaprosim. Vi, mlade devojke, nekad imate pogrešno mišljenje o nama muškarcima. Nećete da shvatite težinu i borbu života, i odgovornost koju mi uzimamo na sebe kad se ženimo siromašnim devojkama i, umesto da ih usrećimo, uništavamo ljubav oskudicom. Vi, sve, mnogo više cenite svoje miraze nego naše plate i mnogo više pravite kombinacija s tim mirazom, nego mi sa svojim prihodima.

– Hoćete reći da i ja sada pravim kombinaciju?

– Naravno, vama će sada činiti zadovoljstvo da muškarci obleću oko vas kad osete da ste bogata udavača.

– To je i pravo. Kad nisu obletali oko mene skromne, idealne devojke, hoću da uživam i da slušam njihove ljubavne izjave upućene, razume se, mojoj osobi, iako ja sada nisam ništa bolja, već možda gora. Dakle, zbogom, danas se rastajemo.

– Tako hladno? I odlazite sa uverenjem da ste iskreniji i bolji od mene?

– To ne mislim...
– I ne volite me više?
– Neću da vam kažem...
– Dakle, špekulacija...
– Možda...
– I veći ste špekulant od mene...
– Vi ste me naučili...
– Muškarci uvek daju lekcije ženama, jelte?
– Da, ali samo rđave.
– Onda bih želeo još jednu lekciju da vam dam.
– Da čujem...
– Kad se udajete bez ljubavi, hoćete li bar da me uzmete za ljubavnika. Tada ćete verovati da vas volim.
– Razmisliću.
– Nemojte misliti da ću trčati za vama što imate miraz.
– Ne bi vam ni vredelo.
– Umem i ja da budem gord.
– To mi se sviđa.
– Samo vam se ja ne sviđam...
– Šta se to vas tiče?
– Brže ste me zaboravili nego ja vas...

On joj prilazi lagano, dočepa je, uzdiže kao dete do visine svoga lica i šaputaše joj strasno:

– Voliš me, voliš, voliš...

Ona se otrže i drhteći, gnevno, sa suzama u očima dobaci mu:

– Ne volim te! Ne volim! Ne volim!

I izlete iz sobe.

Mladić ostade nasred sobe sa ironičnim osmehom. Pođe vratima, htede da potrči za njom, ali se predomisli. Uze tabakeru, zapali cigaretu i prošaputa: – Moram dobiti taj miraz... Samo neću trčati za njom jer bih sve pokvario. Ona me voli, posle tri meseca bih se rashladio da je ostalo kao što je počelo. Ali ovaj će me miraz zagrejati. Novac uvek i potpiruje ljubav. A ona je slatka, ima uz to sve uslove za brak... Taktikom ću sve pobediti... Već sam je i pobedio, čim sam je osvojio. A kad muškarac osvoji ženu, on je njen gospodar. Zbilja, žalosno je u životu žena što one ne mogu da budu naši gospodari kad ih osvojimo. Dok ih ne pobedimo, osećamo njihovu vlast, posle pobede najlepša žena gubi svoju moć. Poligamni smo, volimo promenu. Ali, ovde ću se zadržati. Znam da sad žuri kući, šapuće: *Ne volim ga*, a ja u tim rečima osećam kako govori: *Volim ga*... Ipak sam imao sreće, i ostvariću svoj ideal o ženi.

Otvori prozor, nasloni se da popuši cigaretu. S nekim naročitim zadovoljstvom uvlačio je dim. Veče je bilo toplo i mirisno kao usne lepe žene. Iz daljine je dopirao zvuk saksofona mešajući se s piskom sirene na lađi... Čule su se tutnjava voza preko mosta i prepirke mladića, koji su glasno govorili, i u noći uzimali slobodu malo galantnijeg rečnika... Jedan auto projuri, prođe i jedan zagrljeni par... Larma iščeze, umuknu saksofon i sve se stiša...

Jednog dana čitao je novine, pa dođe do onih oglasa „venčanje“, zastade iznenađen i raširi oči... Čitao je: *Gospođica Desanka Marković i Miodrag Novaković, inženjer, venčali su se.*

Zgužva novine, baci ih ljutito, ustade i prošaputa gnevno: – Pa sad može li ko poreći da žena pri udaji nije veći špekulant od muškaraca? Dakle, uspela je da s novcem plasira i svoj defekt. Zaista, čestitam tom mužu... i uveren sam da, kao što je on bio drugi, tako će iza njega doći i treći i četvrti...

I gnev je kiptao u njemu, a za to vreme mlada žena je jurila sa svojim mužem srećna što je ostvarila ideal mladih devojaka i što je uspela da se osveti. Jednog dana dobi on pismo od nje sa svadbenog puta.

Sećate li se, dragi moj, kako ste onda kazali: brak je fatalan za ljubav, a ima uspomena koje su večne... Eto, zato nisam htela da sačekam taj fatalan kraj ljubavi u našem braku i pretpostavila sam večnu uspomenu... Moram vam priznati da nisam nimalo nesrećna i zaista se i sama iznenađujem koliko su danas muškarci moderni, i kako ne prave pitanje kad im dođe žena s defektom... Šta ćete... Miraz sve koriguje...

Lepa žena je prošla ulicom

Pred ogledalom stojeći već pola sata, lepa žena ulepšavala je svoju lepotu raznim tubicama. Danas će obući novu toaletu, proći će ulicom i zavitlavati ceo roj muškaraca. Neki će je pogledati, neki joj se nasmešiti, drugi dobaciti neku frazu prilagođenu njenoj pojavi ili ponavljanu ko zna koliko puta lepim ženama. A koliko je samo lepih žena na ulici i svaka od njih drži da je najlepša i svaka misli da je taj pogled muškarca sjajan samo za nju.

Žene, kao pčelice, koje odnesu sjaj rose na svojim krilima, odnesu sjaj muških očiju u svom srcu. I ta svetlost muškog pogleda obasjava njihovo lice i njihovoj lepoti daje blistavu glazuru koju nikakva šminka ne bi mogla dati.

Zato je žena srećna dok je muškarac gleda. Srećna i kad joj dobacuje. Proći neopažena ulicom, to je poniženje, to su očaj i uvreda. Indiferentnost muškarca više vređa od njegove nasrtljivosti. Ah, on ume da bude zavodnički nasrtljiv i drsko ravnodušan. A između nasrtljivosti i ravnodušnosti, žena će izabrati to prvo. Drskost je energija a muškarci su drski prema lepim ženama. Ne može se osvojiti lepota ćutanjem: za nju prosipaju more reči pesnici, more boja slikari i sav svoj rečnik nasrtljivci.

Lepa žena je prošla ulicom. Korektura je bila završena pred ogledalom i sa osmehom, spuštajući se niza stepenice, žena je pošla da osvaja. Onako ravnodušna, skromna, pritvorna, ona uvek kao da polazi u boj naoružana svim čarima, isto kao i ratnik, da pokorava muški front, da pobedi i zarobi.

Išla je ulicom lepa žena, njen graciozni hod imao je najlepši ritam kad je prolazila ispred skele nove građevine. Poprskani malterom, u plavim bluzama, ili s kapama za ličenje, svi su se zaustavili da pogledaju lepu ženu. Šta mari što je ona dama, što njena toaleta rasipa *rev d'or* a tanana čarapa suviše je prozračna i skupocena. Ona je u očima muškarca samo žena i onaj koji se ne nada njenom pogledu daće sebi satisfakciju da uzdahne i dobaci joj, da kroz taj uzdah izlije čežnje svoga srca koje se skrivaju ispod zidarske bluze.

I sa skele čuje se jedan uzdah i uzvik:

– Ah, za ovakvu ženu bih mogao da otidnem na robiju!

Kako divan kompliment i koliko on govori. Umreti za ženu lakše je nego otići na robiju. To bi se moglo uporediti s vitezima srednjeg veka koji su uzdisali pred damama: „Zbog vas ću, lepa gospo, otići u krstaški rat."

Lepa žena se nasmešila ne gledajući gore na skele, jer njena fina glavica nije htela nijednim gestom da oda zadovoljstvo zbog tih reči, ali je otišla s pojačanim sjajem u očima.

A gle, gimnazija se raspušta i baš tad nailazi kroz taj roj požudnih očiju pubertetlija. Tajna života, koja muči ta mlada srca, kao da se pojavila ovaploćena u pojavi lepe žene, i srednjoškolac, sentimentalnih očiju, uzviknu:

– Oh, anđele moj!

A rimsko pet na kapi nasloni se na ogradu, skrušeno pogleda, zatim se drsko nasmeši i dobaci svom drugu:

– Ovako nešto je za mene.

Lepa žena se okrete, podsmešljivo pogleda balavca, gotovo da ga povuče za uši, i produži put a grupa maturanata zastade da znalački pogleda viziju svojih snova i jedva dobaci:

– Lafica!

Žena ubrza korake i oseti kako je laka i visoka, viša nego što je bila kad je pošla od kuće. Prkosno podiže glavu, ne obazirući se kao ružna žena, otvori svoje lepe oči, da bi što jače bacala strele u muška srca.

Ona voli te strelice, one više nisu otrovne, ne ranjavaju mnoga srca, ali stvaraju mali ubod.

Čak ta strelica pogodi i trbušastog debeljka, njegovo sjajno lice, kao prevučeno glicerinom, nasmeši se do podvaljka, on zastade, okrete se i dobaci:

– Ah, pravi đuveč!

Mislite li da se dama uvredila? Koješta. Pa on je kazao ono što je njemu najdraže u životu, uporedio ju je s onim što je za njega najveća strast, jer za gurmane je đuveč isto kao za donžuane lepa žena, a on, gurman, ni sa čim lepšim nije mogao da uporedi.

Dama ide i smeška se. Šta sve ona ima da čuje. Onaj roj akademaca, u koji ona zapade, opasniji je od roja stršljena.

I jedno duboko „oh" sli se u uzdah koji već nedelju dana guši srca zatvorenih akademaca i usklik zanosni:

– Oh, ovako nešto da držiš jedne noći u naručju!

I silueta lepe žene kao fantom bludi noću kroz sobe akademije.

Kako su sada sjajne oči žene. Šta je puder, šta je ruž prema komplimentima. Oh, život je tako lep kad za ženom uzdišu, i ona ide da skuplja uzdahe kao eliksir mladosti i lepote.

I srete lepog, neodoljivog mangupa. On joj ide pravo u susret, gleda je pobedonosno, njihovi pogledi se ukrstiše kao mačevi i uz blesak očiju mangup progovori:

– Lepi ste, veoma lepi!

Naleti odnekud dasa vrlo užurban, kao bez glave, ali i bez glave on spazi lepu ženu, jer zbog nje i gubi glavu, prolete i u leto dobaci:

– Auh!

Njegov usklik i divljenje, sve u isti mah, i nestašluk i želja.

A poručnik stoji na ćošku kao vitez bez straha i mane. Ugleda lepu ženu, sačeka je na meti svojih pogleda, raširi samo oči, ne reče ništa, lagano se okrete, zastade, ogleda za njom i najedared pođe u stopu da je prati.

U tom trenutku dama se trže, neko je gurnu s leđa, ona odskoči, a jedan moler sa obojenim kantama okrete se na nju ne govoreći ni pardon i još drsko dobaci ruski:

– Krasavica!

I tek što je stigla do drugog ćoška, ustalasa se i jedno nemačko srce i ono prošaputa:

– Di šene dame!

Najedared ispred automobila, sredinom ulice, prelete mali šegrt, šofer besno zatrubi, šegrt se zakikota, nalete na lepu ženu i imaše vremena da i on dobaci jedan usklik:

– Ovo je najlepša ženska!

Dama ubrza, taman da pređe ulicu, a zatutnja teški kamion s drvima, a na vrhu testeraši. I ispod belog kečeta zablistaše crne oči i oni mahnuše dami dobacujući joj nešto, smejući se i okrećući i gruvajući se u prsa.

Lepa žena ide ulicom. Obrazi su joj rumeni, oči svetle. Svi su je pogledali, svi su joj dobacivali. Naišla je na povorku auta. I šoferi zasviraše namah da bi ih pogledala.

– Izvolite taksi.

– Umri!

– Ih!

Ubrza lepa žena i susrete se sa sredovečnim gospodinom. On se trže, zastade, ne reče ništa, ali poče da pevuši.

Dok tek jedan starac, poštapa se, batrga nogama, drhte mu kolena, ali spazi lepu ženu, zavodnjikaviše mu oči i poče nešto da mrmlja u sebi.

Za danas je dosta. Lepa žena požuri kući. Još trista metara i ona je pred kućom. Pa i na trista metara srete još toliko njih koji dobaciše: svirači crnomanjasti, s violinama u kutiji, zastadoše, pogledaše je i dobaciše nešto. Nasmeši se na nju i bakalin, i lepi frizer, i žandar sa linije nešto u sebi progunđa, grupa dečaka zastade i jedan viknu:

– Ovo je zemaljski raj!

A dama zavi za ćošak i najedared ču zveket mamuza, okrete se i vide, o prijatnog iznenađenja, da je prati – poručnik. Ona se nasmeši zadovoljno, okrete vragolasto, jednom i drugi put, i pobeže u kuću.

Bila je vrlo zadovoljna i mogla se pohvaliti:

Danas je bio moj dan lepote!

Intelektualka se udaje

Inženjer Stefanović je govorio svojoj ćerki Jovanki: – Ti si završila prava, bila si vredan student, ja sam ti dopustio da studiraš, iako baš nisam voleo što si izabrala prava, niti ma šta drugo jer, hvala bogu, zaradio sam toliko da ti mogu osigurati budućnost u braku. Mislio sam da svršiš maturu, pa da se udaš. Ali ti si imala neke svoje ženske bube o emancipaciji...

– Zašto „bube"? I danas sam uverenja, to je upravo moj princip, da treba sama da zarađujem.

– Ostavi ti te svoje principe. Tvoja majka nije imala te tvoje principe, pa je, vidiš, bila vrlo srećna što sam je izdržavao i nije morala da se bori za egzistenciju. Naprotiv, bila je vrlo zadovoljna. Mene nisu nikada oduševljavale intelektualke. Uvek sam voleo ćurkaste žene, ali sam tebi dopustio da studiraš jer si se razlikovala od drugih devojaka. Bila si nekako naročiti tip.

– Zato što nisam flertovala, koketovala, niti se provodila kao druge, već sam shvatala ozbiljno svoje studije.

– To ti priznajem i čestitam. Meni kao ocu laskalo je što si bila iznad vrtloga današnjeg života, koji zahvata mnoge devojke. Ali sad kao otac ne želim da ideš u kancelariju, već da se udaš. Ti si u najboljim godinama, dvadeset četvrta ti je, godine kad je devojka pametna, staložena i sposobna da razume svoje bračne dužnosti...

– A zašto ne bih okusila malo i taj kancelarijski život?

– Opet ta tvoja emancipacija. Zato drago moje dete što kancelarijski život ubija ženu.

– Ne vidim čime to ubija kancelarija...

– I ne bi videla jer ne bi strepela od redukcije, od prgavosti šefova, od konkurencije... A što je najvažnije, ti ne bi ni dobila službu. Najzad, i pravo je... Zašto da zauzmeš mesto drugima, koji su na to upućeni kao na jedino izdržavanje. Ja tebi dodeljujem mnogo lepšu zadaću od kancelarije.

– Brak, je li?

– Šta može drugo da traži mlada devojka?

– I ti to ozbiljno misliš? Pa za koga misliš da me udaš? Ti to kao da sam obična devojka koja samo čeka prosioce.

– U pitanju braka sve su žene obične, jer se sve na isti način udaju.

– Dođe provodadžika, pregovaraju...

– Iako sam predratna generacija, nisam tako nemoderan. Iznosim ti samo dva kandidata, a ti sama imaš da odlučiš. Upravo, po mom mišljenju, samo je jedan pravi kandidat za tebe.

– Gle, ti si ih već pripremio. A poznajem li ih ja?

– Razume se... jedan je advokat, drugi avijatičar.

– Čekaj... advokat... Da nije Borić?

– Pogodila si.

– A avijatičar...? Drug Vojin.

– Jest. Borić je mene sâm pitao. A Voja će tebi reći šta mu je kazao avijatičar.

– Pa šta ti misliš: koga bi mi predložio?

– Borića. Ti si devojka ozbiljna, nisi vetropir, intelektualka, za tebe je muž intelektualac, staložen, ozbiljan, čovek od karijere... Treba da znaš, na izborima on će biti narodni poslanik, a jednoga dana može vrlo lako ući u vladu...

– I ja da postanem gospođa ministarka... Samo, koliko on ima godina? Izgleda malo mlađi od tebe.

– Zato što sam ja mladolik, inače je dosta mlađi. Nema više od trideset osam godina. I ja sam od tvoje majke bio stariji nekih četrnaest godina, pa se ona ne može požaliti da sam bio star. Ti bi s njim bila srećna i mislim da je to najbolja partija za tebe.

– A šta zameraš avijatičaru?

– Mlad je, tri-četiri godine samo stariji od tebe, osim toga, nije intelektualac, a tebi je potreban takav muž. A koji se tebi više sviđa?

– Ne mogu ništa da kažem jer ni o jednom nisam mislila, ne znam ni da li ću se odlučiti. Ti me, valjda, ne prisiljavaš na udaju?

– Kako ti takva misao i pada na pamet! Ja volim da se udaš. Dve su se prilike pojavile, od kojih ti na jednoj može pozavideti svaka devojka.

– Na advokatu, je li...?

– Šiparice i obične devojke možda bi se više polakomile za avijatičara.

– Varaš se. I šiparice i obične devojke polakomile bi se na dublju kesu...

– I to je jedan važan razlog.

– Koji za mene nema toliko važnosti kad imam i miraz...

– Ali tu je posredi i položaj, koji treba da ti laska.

– Advokat, narodni poslanik, ministar... Zbilja, to divno zvuči.

– Lepše nego avijatičar.

– I ti ćeš još probuditi u meni žensku sujetu...

– A da bi ta tvoja sujeta brže privela stvar kraju, reći ću ti da ćemo sutra ići na večeru u jedan restoran. Doći će Borić, a doći će i Voja sa avijatičarem.

– Pa kako će se oni gledati kao suparnici?

– Nijedan od njih ne zna da te drugi prosi.

– O, pa to je kao u feljtonima. I ja imam sutra uveče da se odlučim.

– Da ih oceniš obojicu, a ja ne sumnjam da ćeš se ti u izboru složiti sa mnom. I mislim da bi trebalo više da mi veruješ. Voju nemoj da slušaš. On će ti vazdan hvaliti avijatičara. Razume se, drugovi su, a ti znaš, kakav je Voja vetropir. Mora da je i taj avijatičar takav.

U restoranu je za jednim stolom sedelo veće društvo. Otac, mati, tetka, teča, brat od tetke, Voja, advokat i avijatičar. Jovanka je sedela između njih dvojice. Bila je vrlo lepa devojka u svojoj haljini boje maline. Nije bila nimalo tip intelektualke, kako ju je otac nazivao. Imala je duge, crne, talasave kose, koje su joj se spuštale do ramena. Ispod crnog berea njena kosa izgledala je još tamnija. Njene oči imale su miran, sentimentalan pogled, bez koketerije, i sva njena pojava odisala je skromnošću, uzdržljivošću, nekom nežnošću. Čudnovato je bilo da s tom lepom pojavom i umiljatim licem, koje se moralo svakom dopasti, nosi u sebi neku patrijarhalnu psihu devojke koja voli knjigu, umni rad i ne mari za provod. Jedina njena pasija bila je igra, ali je izbegavala i dansinge izgovarajući se uvek kako ima da uči. U odnosu prema muškarcima bila je nepoverljiva, čak i bojažljiva i povučena u sebe, ne dajući ništa od svojih osećanja iz straha da se ne razočara, i njeno studentsko doba nije znalo ni za flertove, ni za razočaranja...

Osim jedne gimnazijske ljubavi, ona nije imala nekih većih i zato je mogla mirno da uči, a sada je sedela neodlučno između dva kandidata.

Krišom je posmatrala i jednog i drugog.

Advokat je imao oštar profil, malo kukast nos, oči uzane, blizu nosa, oštre i čelične i u njihovom pogledu osećale su se inteligencija i energija... Proređena kosa nagoveštavala je ćelavost i jedan pramen umazan briljantinom, kao od laka, prikrivao je golo teme koje se pomaljalo. Tanke, stisnute usne, s obrijanim brkovima, imale su sa strane dve male bore, koje su bile i znak prgavosti i energičnosti...

S druge strane sedeo je avijatičar... Jovanka ga pogleda. Baš u tom trenutku on zagladi rukom, onim uobičajenim gestom muškarca, svoju bujnu kosu koja mu se prelivala preko glave kao neki crni, svileni talasići. Jedan mali pramen kose zalazio je u visoko, belo čelo i isticao lepotu čela, ispod kog je bio izvajan fin nos na ovalnom licu, tople, sjajne i duboke oči i senzualna, zagasitorumena usta...

Advokat se nasmeši.

– Pa, dakle, vi ste moja koleginica. Pravnik. Žene, kako vidim, preplavile pravni fakultet. Hoće da nam konkurišu kao advokati... Ali sumnjam...

– Zašto sumnjate?

– Zato što žena nije za advokata, a još manje za sudiju. Sudija neće skoro ni biti.

– A šta vi oduzimate ženi od njenih kvalifikacija za sudiju?

– U svakog lepšeg krivca bi se zaljubila i odmah bi govorila u njegovu korist.

– To znači da vi treba da se zaljubite u svaku svoju klijentkinju.

– Muškarac je već drugojačiji. On rasuđuje razumom, a žena srcem...

– To se varate.

– Ne varam se... I to je ono što je najlepše kod žene.

– Slažete li se vi s tim, gospodine? – okrete se Jovanka avijatičaru. – I u avijatici ima žena, pa šta vi mislite o njima?

– Mislim da mogu biti isto tako dobri piloti kao i muškarci.

– To mi se sviđa. Vi niste surevnjivi kao pravnici.

– Surevnjivi? Koješta... Pa avijatika bolje odgovara ženi nego pravosuđe... Letite nebom, to je za ženu avantura, a sve žene vole avanture...

– To nije istina.

– Prisutni se izuzimaju.

– Nije samo prisutni, nego znam mnogo mojih koleginica koje su ozbiljno studirale i verujem da će biti dobri advokati.

Advokat se nasmeja.

Konobar donese jela.

Advokat raseče svoj biftek i uze jedan zalogaj. Najedared ga izvadi iz usta.

– Ovo meso je kvarno!

Svi ga pogledaše.

– Konobar! – viknu advokat.

Konobar dotrča.

– Jelte, kakvo vam je ovo meso? Zar se vi usuđujete usmrdelo meso da donosite?

– Verujte, gospodine, to je sveže... Jutros je kupljeno na kasapnici... To nije moguće.

– Nije moguće – viknu advokat. – Za vas nije moguće jer nemate nosa da osetite, ali za ovakvo meso vi biste mogli da odgovarate...

Na njegov glasan govor priđoše još dva konobara, okretoše se još neki gosti za drugim stolom, dotrča i gazda, poče da se izvinjava...

– Molim vas, izvinite, to je možda bilo samo jedno parčence, a mi toliko pazimo da zadovoljimo mušterije... Nosi to odmah – naredi konobaru. – Sad ja idem za vas da poručim biftek.

Konobari i gazda se udaljiše, a advokat je grdio.

– Ništa gore nego hraniti se po kafanama. Svakojaka jela i splačine moraš kušati. Treba njima uvek podviknuti.

– Pa možda se to slučajno desilo – reče Jovanka – vidite, gazda se sekira.

– Eto šta je pravnik žena – ironično je govorio advokat – odmah traži izvinjenje, odmah se kod nje stvara sažaljenje prema jadnim konobarima i sirotim gazdama... A kakav je vaš biftek, gospodine? – okrete se advokat avijatičaru.

– Moj je, slučajno, vrlo ukusan.

– A šta ste vi, gospođice, poručili? – pitao je advokat.

– Rusku salatu.

– To je zbog linije.

– Ah, nije to linija, jedem koliko mi je potrebno...! Večeras mi se to svidelo.

Konobar donese pivo.

Advokat uze čašu, podiže je i zagleda.

– Pa šta je ovo, zašto je ovolika pena. Puna čaša pene. Vratite ovo i donesite drugu čašu. Nemojte ovoliko da muzirate...

Jovanka se okrete avijatičaru.

– Pre sam gledala onaj napad iz vazduha. Jaoj, kako bi to moralo biti strašno u ratu. Tako je bilo jezivo kad su uveče počele da sviraju sirene. Znate šta sam tada pomislila. Trebalo je izbaciti neki gas za kijanje da svet vidi na koju stranu će uhvatiti kijanje i na koju stranu mogu da se sklone.

Advokat se nasmeja.

– Šta se smejete? Bolje je plašiti se sada i na taj način predvideti sve opasnosti.

– Ali te opasnosti se baš nisu mogle predvideti.

– Pa ne može se, gospodine, izvesti istinski napad s gasovima. To je markiranje, proba, da se građanstvo pripremi – govorio je avijatičar.

– I to će ipak imati koristi. Sećam se, za vreme rata, kad sam bila devojčica, i u bežaniji i u unutrašnjosti jurnuše neprijateljski avioni, a mi nijedno ne znamo, niti sirene išta javljaju, jurnjava, skrivanje po podrumima. Jedan neprijateljski avion se srušio ispred naše kuće...

– Jest, to je bilo strašno – dodala je mati Jovankina. – Pred našom kućom se srušio avion i izvukli su dva ispečena neprijateljska avijatičara.

– Uh, mama, nemoj to da spominješ. Zbilja, uloga avijacije je najglavnija u ratu. I lepo je biti avijatičar. On je za mene heroj.

– Kako ste vi to otišli na prava kad se toliko oduševljavate avijatikom? Trebalo je da budete pilot – reče advokat.

– Za to nemam kuraži, ali imam oduševljenja.

Jedna cvećarka prođe s karanfilima. Advokat je i ne pogleda. Avijatičar se okrete i zovnu je.

– Dopustite mi, gospođice, da vam ponudim nekoliko karanfila.

– Vidiš, što su ti ovi posleratni mladići – ironizirao je advokat. – Odmah nude cveće devojkama. Ja se toga ne bih setio. Mislim da se intelektualkama ne treba udvarati kao drugim devojkama.

– Jedna intelektualka, kao što sam ja, ne treba da voli cveće, jelte? A ja volim cveće, i imam tu slabost da ne odbijem gospodinu karanfile.

Nekoliko crvenih karanfila prosuše svoj parfem... Devojka ih je mirisala. Avijatičar ju je gledao svojim velikim, toplim, crnim očima.

– Tako se slažu s vašom toaletom.

– Volim crvenu boju... A možda bi trebalo da nosim samo zagasite kao pravnik. Volite li vi ovako crvene boje? – upitala je advokata.

– Za moj ukus su malo više upadljive...

– Zašto? Gospođici baš lepo stoji crvena toaleta. Slaže se i s vašom kosom i očima. Volim crvenu boju...

Muzika svira tango. Parovi počeše da igraju.

Jovanka se okrete advokatu.

– Igrate li vi?

– Nekad sam igrao... Sad sam zaboravio.

– Hoćete li, gospođice, sa mnom da odigrate? – zapita avijatičar.

– O, vrlo rado.

Avijatičar ju je obuhvatio oko stasa. Igrali su ćuteći. Preko njegove epolete ona je zamišljeno gledala... Jednog trenutka okrete pogled ka njemu. On ju je gledao netremice. Oči su mu bile velike i sjajne i zagasitorumene usne smešile su se na nju. Ona bojažljivo okrete pogled preko njegove epolete.

Španski tango je bio zanosan i avijatičar prošaputa:

– Ja vas volim...

Ona se smešila na njega ne govoreći ništa.

Ruka avijatičara diskretno je pritisla srce...

– Volim vas... – prošaputaše opet njegove zagasitorumene usne.

Muzika prestade.

Uskoro poče drugi tango.

– Da se ne bih obrukao pred vama, gospođice, i kao pred ženom i koleginicom, moram i ja da odigram jedan tango, pa kako bude. Vi ćete me izviniti ako vas slučajno nagazim – reče advokat.

Igrali su. Advokat otpoče:

– Reći ću vam odmah, bez uvoda. Dopadate mi se i želeo bih da budete moja žena. Ocenio sam da ste ozbiljni, odgovarate mi, a ja ne mislim da se ženim lakomislenim devojkama. Dakle, pristajete li?

Njoj dođe tako smešno od tih njegovih reči, koje su joj ličile na poslovni razgovor.

– Tako brzo ne mogu da se odlučim. Moram da razmislim. Uopšte nisam još pomišljala na brak.

Usled razgovora i tog veselog tona, izgubiše takt, i advokat nagazi mladu devojku.

– Oh, izvinite, vidite kako sam nespretan. E, hvala bogu te presta...

Dok su išli do njihovog stola, advokat joj reče:

– Nadam se da ću brzo dobiti odgovor, i to povoljan.

Druge noći po tom događaju mlada devojka nije mogla da zaspi. Ležala je budna. Razmišljala je. U njoj su se borile intelektualka i žena. Intelektualku je pobeđivala žena. Ustade naglo iz postelje, prebaci laki penjoar od plave svile oivičen belim krznom. U njoj se nešto budilo, čežnja, senzualnost... Voleti, samo voleti... Šta je bio njen život? Umni rad... Tabaci, tabaci... Paragrafi... Rimsko pravo, građansko, krivično... Jedna pravnička knjiga stajala je na stolu... Otvori je, pročita nekoliko redova i nasmeja se. Sad je želela pesme da čita, ljubavne, tople, da njoj neko piše, da je voli... Pred oči joj izađe advokat... Oštre čelične oči, pramen kose preko nage lobanje... Ona se strese, zatvori oči. On kao da se približavao da je zagrli, poljubi...

Advokat, narodni poslanik.

Položaj, ona gospođa, dama, ugodan život... I hladne, čelične oči se približavaju, stisnute usne hoće da je poljube. Ona se trže, čisto hoće da se uvuče u fotelju sa strahom i jezom. Ne, ne mogu. Ciničan je, prgav, ironičan... Zatvori oči, umiri se. Ču se huktanje aviona. Ona ustade i priđe prozoru. Dva reflektora kao dve plave duge ukrštali su se i u preseku njihovih plavih traka bila je uhvaćena jedna pokretljiva, sjajna zvezda... I zvezda beži, a trake je stižu, traže, ne daju da im izmakne. Ona gleda sa ushićenjem. Tu, možda, sedi on sa avijatičarskom kapom, naočarima, njegove velike sjajne oči gledaju, motre, on beži da izmakne gonjenju plavih, zlokobnih duga koje mu zasenjuju oči... Ona prebaci ruke preko glave, gleda onu zlatnu, pokretljivu zvezdu. Oh, kako bi poletela k njemu, kako bi volela da se on spusti k njoj... Sede na fotelju, zavali glavu na naslon. Vidi ga, stoji pred njom, šapuće: *Volim vas...* Kako toplo šapuće. A onaj drugi, čisto poslovno: *Dakle, pristajete li?*

Nasmeja se i opet uozbilji. *Ta crvena boja lepo se slaže s vašom kosom.* Oh, kako ti sitni, mali komplimenti deluju na srce žene. Ona ih voli, oni su klice ljubavi, oni su kao narkotično piće koje opija. I kako lepo igra... S njim će igrati, s njim će joj biti veselo, on je neće ironizirati... intelektualka i avijatičar... Zašto da ne? Intelektualka? Pa šta je to. Bubala, bubala paragrafe i zakone. A on, preleće ceo svet. Pod njegovom rukom motor para oblake, preleće iznad glečera i planinskih vrhova, on postaje strah i trepet budućih ratova, strah gore na nebu, a dole na zemlji tako mio sa svojim velikim, crnim, toplim očima, opaljenim licem i zagasitorumenim usnama... Zatvori oči i opet ga vidi. On joj se naginje kao u tangu, obavija joj ruke oko stasa, privlači je k sebi... Ona opruži ruke kao da hoće da ga zagrli, da zavuče prste u njegovu kosu, da je zamrsi, da ga privuče na grudi. Voleti, voleti, to je život, to je sreća... Šta joj treba advokat, poslanik, budući ministar... Ljubavi njoj treba, nežnosti, zagrljaja... Da voli, o, da voli, da mrsi njegovu kosu, da se napaja njegovim očima, da ljubi njegove usne... Intelektualka! Gluposti. Žena, ona je žena, puna topline, probuđenih čežnji... Zbaci sa sebe penjoar, sva uzdrhtala... Gledala je sebe, sa osmehom, s divljenjem... On bi je voleo, morao bi je voleti... Voleli bi je i jedan i drugi. Ne, tamo bi bilo sve poslovno. Opet paragrafi, zakoni, smrdljivi biftek, penušavo pivo, ćelava lobanja, ledene oči... A ovako, lepe, talasaste, svilene kose, zagasitorumena usta... Oh, da voli, samo da voli... Žena je ljubav, a ljubav je sreća. A sreća nije u intelektualcu, u položaju. Sreću donosi toplo, zaljubljeno srce. Ljubav donosi mladost. Oh, da voli njega, samo njega - avijatičara, lepog, s velikim očima, toplim rukama, njega - heroja atmosfere, tako malog, umiljatog u njenom zagrljaju i tako velikog na njegovoj srebrnoj ptici gore u atmosferi, pod oblacima...

– Dakle, šta si rešila? – upitao je otac.

– Rešila sam da taj tvoj kandidat potpuno ispadne iz moje kombinacije.

– To znači da hoćeš avijatičara.

– Jeste, avijatičara.

– Ti, intelektualka?!

– Šta ima veze moja intelektualnost s mojom srećom u ljubavi. Samo ćemo promeniti temu razgovora. Umesto da razgovaramo o parnicama, o pravničkim pitanjima, razgovaraćemo o hemijskim ratovima, gasovima, a to je isto toliko važno, i možda aktuelnije, što ja isto toliko ne znam, kao i on moje pravne nauke, i imaće mnoge stvari da mi objašnjava.

– Sad vidim da si obična, kao i sve žene. Lepe oči, lepa kosa, kompliment, to sve deluje na intelektualku kao i na šiparicu bez škole.

– Još i više, tata. Žena, koja se zanese izvestan broj godina umnim radom, može veću glupost da napravi nego šiparica kojoj je jedino zanimanje bilo flert. Ja sam samo učila, nisam flertovala, i moje srce traži samo svoja prava, i oseća da avijatičar ima mnogo bolje uslove da zadovolji moje srce nego advokat.

– Onako ozbiljan, staložen čovek...

– Onako, naprasit, džangrizalo, koji bi mi dosadio u braku. I zašto ti to meni uvek pričaš: tebi treba staložen, ozbiljan čovek. Takav bi čovek trebao proživeloj ženi, a meni je sve nepoznato u ljubavi, ja sam puna života, mladosti, čežnje, treba mi mlad, veseo, nestašan muž da proživim sve ono što čini lepotu ljubavi.

Otac je ćutao.

– I posle toga, tata, reći ću ti nešto. Volim da imam decu, volim da moja deca budu lepa, zdrava, slatka i, priznaćeš, sa avijatičarem deca će mi biti lepša.

Otac je ćutao i pušio.

– A taj tvoj advokat je preživeo prvu mladost. U njemu su već ukorenjene navike i mane, koje bi meni zadavale jada. On čak to ne ume da sakrije. Video si sve one scene za stolom, s konobarom. Jedan muškarac to ne sme da pokaže pred devojkom. To zaplaši, odbija, to ti već daje sliku bračnog života...

Otac je ćutao, slušao i najzad progovori:

– Intelektualka si, ali ništa nisi bolja od one šiparice... Žena uvek ostaje žena.

– Jeste, tata, i to je najveća vrlina žena, kad ume da bude intelektualka i da ostane žena. I jednoj intelektualki nikad se ne treba udvarati kao nekoj umnoj ženi, već kao šiparici. Ona voli slatke reči, komplimente, cveće, uzdahe, a osećam da će mi sve to pružiti avijatičar...

U tom trenutku neko zakuca na vrata. Jedan dečko iz cvećarnice pojavi se s velikom korpom crvenih ruža.

– Ko to šalje?

– Ne znam. Meni je samo dato da predam gospođici Jovanki Stefanović.

Dete se izgubi.

– Šta misliš, tata, od koga je?

– Ne znam.

– Mislim da je od Borića. Baš ću da ga pitam. Znam njegov telefon. Hoće da popravi što mi sinoć nije kupio. – Priđe telefonu.

– Alo, jeste li vi, gospodine Boriću? Hoću da vam zahvalim za ruže. Šta, niste vi poslali... Onda izvinite.

Spusti slušalicu.

– Vidiš, tata, to je od avijatičara.

Nasloni lice na kadifaste cvetiće i poče da ih miriše.

Otac je gledao.

– Kako si se to samo brzo zaljubila. Dobro, a misliš li ti da je i avijatičar u tebe zaljubljen, ili te uzima zbog miraza.

– Mislim, tata, da kao žena dosta vredim da me može zavoleti jedan muškarac. A ne bih mu nimalo pripisala u greh ako pomišlja i na miraz. Ja sam za ravnopravnost u braku. On donosi svoju platu, a ja treba da donesem svoj prihod. Dva prihoda održavaju i pojačavaju sreću. I kad imam da biram između jednog starijeg čoveka i mlađeg, prirodno je da treba i miraz da odnesem onom mlađem i da njemu olakšam i ulepšam život.

Telefon opet zazvoni.

– Alo, to si ti, Vojo?

– Šta, večeras da dođeš s avijatičarem u posetu? Pa dobro, dođite. U koliko sati? Doviđenja.

– I ti ćeš mu večeras odmah odgovoriti da pristaješ da pođeš za njega...

– Ne, tata, hoću da se zaljubim prvo kao svaka šiparica, pa tek onda da se udam... Uostalom, tata, ti sad ne smeš sebe da demantuješ. Kazao si da si oduvek voleo ćurkaste žene. Onda, dopusti i meni da budem malo ćurkasta. Veruj, tata, i intelektualki je nekad to potrebno.

Priđe naglo tati i zagrli ga, poljubi, dohvati korpu s ružama i sva srećna pobeže u svoju devojačku sobicu.

A tata je gledao za njom, smešio se i šaputao:

– Žene... žene, sve su jednake.

Kleopatrina pidžama

Već pola sata profesorova gospođa pakuje mužu odelo za banju i drži pridike uz svaki komad odela kao profesor đacima bukvicu s katedre.

– Čuvaj ovo grao, vidiš kako sam ti ispeglala, kao novo. Nemoj, po svom običaju, skljokaš se, pa zategneš kolena, nego povuci pantalone da ti se ne napravi kesa. Pojedoh se živa zbog te tvoje aljkavosti i da te ja ne udešavam, pitala bih te kako bi išao. A ovu mašnu nosićeš s teget odelom. Zapamti, s grao odelom plavu, a grao mašnu s teget... Ostavi, molim te, te knjižurine. Zar ćeš nos u knjige... Bože, i ja da se udam za profesora koji čeprka po starim vekovima. Filozofija! Glupost. Kud ne nađoh profesora književnosti, pa recimo i matematike, nego čista filozofija. Ti su najšašaviji... A ti i ne slušaš šta ti pričam? Znam da ne znaš koju ćeš mašnu da staviš uz koje odelo. Ded, reci.

– Mašnu? – trže se profesor, koji je iz ormana birao knjigu. – Mašnu? Šta mašnu?

– Ništa. Kazala sam da mašnu vežeš natraške, ili je zadeni za pojas.

– Ama šta se ti toliko kidaš da budem elegantan kao neki fićfirić.

– Šta se kidam. Zbog sveta, da me ne ogovara... A da nije tog sveta, video bi ti što bih se ja kidala. Pustila bih te da ideš kao adrapovac... Žena udarila sebe na modu, a muž nikakav. Kad ja hoću da sam feš, hoću i ti. Trebalo je za oficira da se udam, kao što sam želela, a ne da brišem prašinčinu s tvojih knjiga i učim te kako da se oblačiš i ponašaš.

– A kako bi ti htela da se ponašam – dobrodušno se šalio profesor, strpljiv na te ženine pridike.

– Kako da se ponašaš? Svakoj mojoj prijateljici da se javiš, a ne da te ogovaraju kako si pošašavio. To izgleda kao da sam te ja zašašavila. Prolaziš pokraj njih i nijednu ne pozdravljaš.

– Ne pozdravljam ih kad ih i ne vidim. Zar ti hoćeš da sve ženske zagledam?

– Jeste, bolje da zagledaš ženske nego da zablesaviš od knjiga...

– A, tako, ti bi htela da budem lola.

– Nemoj ti to sad da zaokrećeš. Lola je za mene i kicoš i veseljak, čovek za društvo, za šalu, za pesmu. A ti nisi ni za šta drugo do za te tvoje filozofije. Sedneš za ručak, rasejan si. Sve strepim da te ne pregazi tramvaj. Pa otrezni se, budi i ti kao čovek. Hoću da se smeješ, šališ, veseliš, volim više i da me izgrdiš nego da gnjuriš po tim knjigama i aminuješ na sve.

A profesor se na sve smeškao kao dobro i poslušno đače, jer je u bračnom životu on bio đak, a žena klasni starešina, strogi, pedantni, koji čita od ujutru do podne. Njemu to ipak nije smetalo jer je nije ni slušao. Imala je ona i svojih dobrih osobina. Bila je dobra domaćica, umela je da namesti kuću, da umesi, da sve bude lepo i on je nesvesno osetio taj estetski život oko sebe i komfor, za koje nije morao da uloži nimalo svog truda. Njegovo je bilo da donese platu, a sve ostalo je bilo njeno, briga o sitnim stvarima, sva ta njena sitničavost svakidašnjeg života, što je ona umešno izvodila s praktičnim smislom trgovačke ćerke i male palančanke, naviknute na ugodnost, na domazluk i red. Često je dolazila u sukob s profesorovim navikama. Volela je da pozira, da se ističe, da se vidi kako ona živi, to je volela da prikazuje svetu i ljutila se što njen muž neće kao ona. I zbog toga je često jadikovala žaleći se što nije neka komandantovica, da se svuda prikazuje na svečanostima, paradama, da joj se klanjaju i ljube ruke. Nju nije oduševljavalo što je žena naučnikova, što njen muž uživa ugled u tom svetu, jer ta njegova nauka bila je za nju nešto mrtvo, nešto što umrtvljuje temperament, što odstranjuje od života i provoda, koji je ona toliko volela. Ta njena površna priroda činila ju je i površnom ženom, koja nije znala za prefinjene izlive osećanja, već je bila samo ženka. Zbog toga je patila i krivo joj je bilo na tu nauku, koja joj je oduzimala muža više nego što je dozvoljeno, iako je on imao uslove da se dopadne jednoj ženi svojom spoljašnošću... Ona ga je volela, mada ju je jedila ta njegova dobrodušnost i njihov život je proticao mirno i nije bilo opasnosti od razvoda braka... Profesor se nije žalio, a ona se žalila, ali ga ne bi ostavila jer se žalila što ga voli, i što je htela da on bude po njenom modelu, modelu fićfirića, uglađenog, nalickanog, pa čak i da bude grubijan i naprasit.

Zato ga je spremala za banju bez ljubomore, jer joj on nikad nije pružio priliku da bude ljubomorna, da ju je čak i to sekiralo, a zaželela je da i ona kao druge žene malo plače, praska, pravi ljubomorne scene, samo da on ne bude ovako otužan sa svojom popustljivošću i aljkavošću.

Njena pridika trajala je čak i na peronu, ispred klupe, i tu je davala uputstva, savete.

– Šetaj se, odmaraj, nemoj da čitaš, slušaj muziku, lezi ranije i ustaj ranije. Čašu od aluminijuma sam ti spremila. Tu ti je i četkica za zube. Pantofle su ti u kesi, kupila sam ti i sapun za brijanje. Pazi da se ne posečeš kad se obriješ. Imaš i jednu teglu slatka, pa se posluži izjutra, kašičica ti je u pregradi nesesera. I nemoj da prelaziš iz vagona u vagon, da se skidaš na stanicama, kô boga te molim. Kupi, ako ti šta treba, kroz prozor... Čuvaj se samo....

I davala je savete, sve te sitnice domaćeg života i materinske brige, o kojima profesor nikad nije vodio računa, a koje su ipak značile mnogo u životu.

Voz pisnu, on mahnu ženi rukom i otputova u banju.

Posle jednog kišnog dana granulo je sunce i on se napajao vazduhom i vlažnim mirisom šume. Šetao je sa otvorenom knjigom, čitajući je idući korak po korak stazom prosečenom kroz brdo. S jedne strane brdo je bilo pošumljeno, a s druge strane se spuštao pašnjak.

Najedared nešto slete s brda, iz šume, garavo, toplo, udari ga, knjiga mu ispade, naočari odleteše, on se preturi, omače sa aleje i otkotrlja niz brdo obraslo travom. Zaustavi se na jednom žbunu i taman da vikne na takvu neopreznost, kad ču iza sebe kikot... onog malog, garavog i toplog stvorenja što se kotrljalo zajedno s njim.

– Ah, oprostite gospodine, nisam htela, zatrčala sam se nizbrdo i nisam mogla da se zaustavim.

Profesor protrlja kratkovide oči da vidi bolje, i spazi jedno dražesno, vitko devojčence, koje ga je nestašno gledalo, a onda tresnu suknjicom da bi je iščistila od trave i lišća i pritom se ukazaše njene nožice više kolena...

Profesor se nasmeja, primajući izvinjenje, a ko bi se mogao naljutiti da se otkotrlja zajedno s tako dražesnim devojčencetom po mekoj travi?

– Ah, samo moje naočare... Gde su one? One su sigurno gore...

– Ja ću ih potražiti.

I devojče, lako kao vrabac, odskakuta uz breg, dođe do aleje i viknu:

– Evo vaših naočara. Nisu se razbile...

Profesor se pope uz brdo, uze naočari, namesti ih, i tada mu tek sine devojče pred očima. Taman da je nešto zapita, a s brda je viknuše dve devojke.

– Nina, brže, idemo na ručak.

I Nina se graciozno pokloni i odskakuta opet kao vrapče, a profesor ostade gledajući one njene lepe nožice koje su hitro skakutale uzbrdo.

To poslepodne njemu dođe nesvesno želja da se malo udesi, nakicoši, izbrija... Potraži odelo, izabra mašnu i tek sad poče da se priseća onih saveta ženinih, koja li će mašna ići uz koje odelo... Proba jednu, proba drugu, što ranije nikad nije radio, ali mu se nijedna nije sviđala. Zagleda svoj lik u ogledalu, što nikad nije radio, i ispitivaše sebe da li je ružan ili lep... Danas je voleo da je lep... Sećao se kako ga je žena jednom grdila: „Ti si lep čovek, a ne umeš da se udesiš..." Da se danas udesi, baš je to hteo. Zato neće sâm da se brije, otići će u berbernicu... Malo i frizuru da mu dotera, da ga podšiša, namiriše.

I sedeći ispod frizerskog ogledala, onako nasapunjan, slušao je razgovore. Frizernica je bila u glavnoj aleji i tu su svi banjski gosti šetali.

Dva mladića, manikirajući nokte, razgovarali su:

– Pogledaj onu malu crnomanjastu. Znaš ko je to?

– Ko?

– Jedna balerina.

Profesor se okrete da pogleda tu balerinu.

To je bilo ono jutrošnje devojče što se on s njom skotrljao.

– Dva puta me izbrijte – naredi profesor berberinu. – Kakvu kolonjsku vodu imate?

– *Šipr, ibigan, origan, rev d'or...*

– Dajte taj *rev d'or.*

– Da li bi gospodin hteo nokte da manikira?

– Šta će mi to?

– Najzad, manikirajte – predomisli se profesor. – Da vidim kako izgledaju ti manikirani nokti.

Tako izbrijan, podšišan, napuderisan, naparfimisan, manikiran naučnik izađe na šetalište. Gledao je i desno i levo neće li videti garavu balerinu i spazi je s dvema devojkama. On kao slučajno pređe na drugu stranu da bi se sreli i da bi je ljubazno pozdravio... Mala balerina se nasmeši, pozdravi ga, naučnik se okrete i ona s drugaricama i nastade šetkanje po aleji, kad se uvek susreću jedni isti i uvek ukrštaju isti pogledi...

Profesor se srete s jednim prijateljem.

– Oh, i ti si ovde – pitao ga je prijatelj. – Sav blistaš.

– Odmorio sam se, osećam se tako dobro, oživeo sam prosto u ovoj prirodi. Ova voda i vazduh imaju vanredno dejstvo.

Garave očice prođoše opet, pogledaše ga, i profesor oseti još jače dejstvo vode i vazduha.

Prođoše pored banjskog bazara. Profesor uđe u bazar, kupi kolonjske vode, izabra jednu novu mašnu, po savetu prodavačice, i zadovoljan ode na večeru osećajući strahovitu glad.

Sutradan, šetajući jednom šumskom stazom ispred svog hotela, spazi garavu balerinu na prozoru baš iznad njegove sobe.

– Gle, pa ona je više moje sobe... To li ona meni tupka.

I ljutit prvog dana zbog onog koračanja po sobi iznad njegove glave, on zaželi sada da mu te nožice tupkaju neprestano nad glavom...

Tog dana pođe s knjigom, ali mu se nije čitalo... Mislio je da je njegova žena opet u pravu što ga grdi zbog knjiga... Lepo ona njemu kaže: šetaj se, odmaraj se, slušaj muziku...

I on ode uveče da sluša orkestar... Unaokolo je stajao svet. On prošetka oko sviju tražeći nekog. Vidi je, stajala je sama... Priđe joj lagano, stade uz nju, progovori:

– Dobro veče, gospođice.

– Ah, to ste vi... Dobro veče.

– Volite muziku?

– Razume se. Moja profesija se ne može zamisliti bez muzike.

– A, vi ste balerina?

– Otkud znate?

– E... pa čuo sam...

– A volite li vi balet?

– Ko ne bi voleo balet. Balet je nešto najslađe u pozorištu – odgovori profesor sa osmehom i značajno pogleda balerinu.

Mala balerina se nasmeja.

– A šta ste vi?

– Ja sam profesor. Dopustite da vam se predstavim.

– To nikad ne bih rekla. Ne ličite na profesora.

– A kako vi zamišljate profesora?

– Priznaću, ne tako elegantnog kao što ste vi. Vi ste tako šik... i kad biste skinuli naočare, imali biste fizionomiju dramskog glumca. Jest, baš dramski glumac... na primer, i poneki ljubavnik...

Profesoru polaska taj kompliment i tek sada uvide kako njegova žena ima pravo što ga grdi zbog aljkavosti, jer njegova sva naučnost i filozofija nemaju vrednost za ženu kao ovo njegovo elegantno odelo, izbrijano lice i iznegovana kosa.

Profesor se čisto isprsi, zaboravi svoje knjižurine, i dođe mu nekako milo i prijatno jedno poređenje. On, naučnik i salonski ljubavnik...

Njegova sujeta, potreba da se dopadne, uspavana prekomernim umnim radom, kao da se probudi, i zažele da se dopada, da flertuje, da bar jednom u životu i on bude fićfirić, donžuan, lakomislen, da se ljubaka, zaljubljuje... – Hoćete li malo da se prošetamo? – zapita balerinu.

I pođoše alejom gore-dole...

– Vi ste u mom hotelu baš iznad moje glave...

– Tako. Zar i vi tu stanujete? Onda možemo ići zajedno.

Profesor otprati malu balerinu.

Dugo nije zaspao, bio je uzrujan. Čulo se ono tapkanje nad glavom... To su one slatke nožice. Ah, balerine imaju divne noge... Sećao se bine... Sve su kao bele golubice... Pa one kratke suknjice, lepršave kao cvetovi, kao krila.

Sad je bilo pitanje da li da joj usmeno izjavi ljubav, da li da joj napiše ili prosto da je ščepa u pomračini i poljubi... Po ceo dan je lutao po parku i šumi i tražio balerinu... dugo nije osetio ovoliku uzrujanost. I trebalo je da dođe ovo devojče, da se s njom skotrlja nizbrdo, pa da oseti kako je lepo voleti nekoga, ludovati, i kako su žene nekad slađe od nauke i potrebnije čoveku. Osetio je čak i ljubomoru na te fićfiriće koji šetkaju s tom malom... Nije bio psiholog da oceni žensko srce, iako je bio filozof, jer nije ni imao mnogo posla sa ženskim srcima i osetio je koliko je neiskusan pokraj svoje naučne karijere. Sad je uvideo da je ljubav velika nauka i da se on tu mnogo ne razume, i tek sad ima da uči. I ništa nije želeo drugo do da mu lekcije iz ljubavi daje ova mala balerina... Samo, on treba da napiše... Nešto naročito, neko lepo pismo... Nazvaće je Kleopatra. Ona je tako slatka, mala, temperamentna kao Kleopatra, s kraćim nosićem. A on, Antonije, onako iste prljave kose... Zato mu je i kazala da liči na ljubavnike sa bine, valjda zbog te kose... Poče da piše, ali mu nikako ne ide... Ostavi pismo i pođe u šetnju.

Suton se spuštao. Pođe kamenom stazom ispred hotela... Veliki račvasti hrast iskrenuo se na stazi... Tako lepo drvo da bi se čovek začas popeo. Prozor na balerininoj sobi bio je osvetljen. Njemu pade nešto na pamet. Ako bi se popeo na hrast, ta grana bi gledala pravo u sobu balerine i video bi je... kako je to divna zamisao. Pričekaće dok se smrkne... Mrak se zgusnu, staze opusteše, on se lagano pope... Ali prokleta kratkovidost! I pokraj naočara ne vidi dobro. Vidi, miče se neka figura, ali se ne raspoznaje. Dobro. Sutra će poneti dvogled, pa s dvogledom na hrast.

I sutradan je jedva čekao da se smrkne. Zauze poziciju, kao Tarzan, udesi dvogled i balerina stade baš ispred njega. Svlačila se. Obu patičice, pidžamu i poče da vežba... Ah, zato mu ona tupka nad glavom... Ona se uspinjala na vrhove prstiju, čas poklekne, čas se savije, izbaci jednu nogu, onda drugu, pa se zavrte po sobi kao vihor opruženih ruku... Profesor siđe s hrasta, ali slika balerine u pidžami neprestano mu se vrtela pred očima i on dobi inspiraciju da joj piše pismo. Pisao je:

Kleopatra, bela golubice,

Gledao sam te, uzdizala si se kao cvetić u pidžami boje neba i pokreti su me tvoji oduševljavali kao što me oduševljavaju jutarnji zraci... Dođi k meni, lepa golubice, Kleopatro moja... Dođi u tvojoj azurnoj pidžami. Ona je lepa i sjajna kao tvoje ruke, kao tvoje oči i kosa tvoja. Ništa nije lepše od tvojih očiju, Kleopatro moja, ništa ne sagoreva kao sjaj zenica tvojih... Dođi tvome Antoniju, dođi golubice bela...

Hteo je sutradan da joj preda pismo, njoj lično ili poštom, ali ona ode na neki izlet. Vratila se dockan, te je nije video u parku i onda je zauzeo poziciju na hrastu...

Ona je bila u pidžami, vežbala je, laka kao leptir...

Odjednom nešto poče da krcka, da puca, da se cepa i treskom grana pade, a s njom i profesor... Samo se ču jedan jauk...

Gospođa profesorka je grdila dok je profesor ležao s nogom u gipsu.

– Lepo sam ja tebi govorila. Ne čitaj, šetaj se, a ti zabrljavio i tamo, ne gledaš kud ideš, nego si zabio nos u knjigu, pa si morao da se skrljaš i padneš u provaliju. Još si dobro prošao, a mogao si i vrat da slomiš... Ne vredi tebe samog puštati. Moram uvek da sam pored tebe, da te čuvam.

Gunđala je dok mu je stvari raspremala i stavljala ih na mesto. Ugleda najednom novu mašnu. Iznenadi se, zašto da kupuje, kad on to do sada nikad nije sâm kupovao, nego sve ona. Nađe mu staklo mirisa... To izazva još veću sumnju kod nje... Poče žustro da pretresa džepove i naiđe na pismo Kleopatri. Čitala je zaprepašćeno. A jel' tako... Kleopatru našao. Čekaj da ja to ispitam... Uđe u sobu ljutito:

– Je li, boga ti, a šta ti je trebalo da kupuješ onu mašnu kad sam ti do sada uvek ja kupovala?

– Pa... onako... jedan je nudio u banji, okupio... *uzmite, uzmite...* i ja nemadoh kud...

– Dobro, dobro, preći ću preko te mašne, i preko onog mirisa, nego reci kakva je to Kleopatra bila u banji...

– Kakva Kleopatra? Kleopatra je bila u starom veku... egipatska kraljica...

– Jel' u starom veku, pa sad vaskrsla i došla tebe da potraži.

– Jaoj, nemoj mene da sekiraš. Kad ne razumeš te stvari. To je pismo koje sam preveo, jedno pismo Antonijevo, koje je on njoj pisao...

– Kome ti to pričaš, Antonijevo pismo? Kakav Antonije... Ti si taj Antonije... Otkud je Kleopatra nosila pidžamu?

– Uh, što me sekiraš ovako bolesnog... Pa to je ono najvažnije, ta pidžama, zato sam i preveo pismo, kako bi dokazao da su u starom veku žene nosile pidžame...

– E, ako si ga preveo, imaš i da ga štampaš, da objaviš kako si pronašao da su žene nosile pidžamu i da je Kleopatra imala pidžamu. Ako ne objaviš, videćeš šta ću ja da radim.

Najednom mu spazi manikirane nokte. – To da vidiš... Ti, naučnik, i lakovani nokti. Lažeš, sve lažeš. Treba da te je stid, ja se brinem za tebe, šaljem te u banju da se lečiš, imala sam toliko poverenja, a on našao neku Kleopatru, kicošio se, manikirao, a ovamo se pravi šašav, nijednoj mojoj prijateljici se ne javlja, ne vidi ih, a vidi pidžamu... I gde si ti to mogao da vidiš ženu u pidžami. Gde si se ti to zavlačio. Nije se ona šetala po šumi u pidžami... Sad mi je sve jasno... Sram da te bude, sram te bilo... Naučnik, filozof čovek od ugleda, a on išao u banju da se lola, a ne da se leči... A ja sirota brinem za njega... Žalim ga, slomio je nogu... Ali ćeš mi objaviti ovo pismo, objaviti ga, jesi li čuo, hoću da se uverim koja je to Kleopatra.

Zaista izađe članak... Profesor je objavio pismo pronađeno u starim spisima, koje je Antonije pisao Kleopatri, i čak je dodao da je iskopana statua, koja je morala biti Kleopatrina i da je ona na toj statui u pidžami.

Profesorov članak izazva čitavu polemiku u naučnom svetu. Jedan je napisao žustar članak da to nije istina i da statua nije Kleopatrina, da je to ko zna čija i da ne datira iz tog veka. Drugi naučnik, prijatelj prvoga, a neprijatelj drugoga, dokazivao je tvrđenje prvog i na kraju njih dvojica pobediše. Tako se utvrdilo da je to Kleopatrina statua i, razume se, pidžama.

Gospođa profesorka je bila vrlo zadovoljna i umirena, ali više nije prekorevala muža što se ne javlja njenim prijateljicama i ta bojazan i scena ljubomore učinile su je još nežnijom prema mužu i u mislima je prekorevala sebe: *Kako sam se ogrešila, bedim ga, a on svuda misli na svoju nauku...*

Ta njena nežnost raznežila je i profesora i jedne večeri on joj saopšti.

– Bogami, uviđam i sâm da suviše povučeno živiš zbog mene... Od sada ćemo malo više da izlazimo... Sad ću te nešto obradovati... Uzeo sam dve ulaznice i sutra idemo u pozorište da gledamo balet.

Na omorini

Mlada činovnica se iz restorana vraćala kući posle ručka, malaksalih mišića, umorna pogleda, troma hoda. Išla je kao kroz neku jaru od požara, i osećala je vrelinu po rukama, na leđima, ispod stopala, haljine, tople kao ispod pegle, lepile se uz telo. Ubrza korak naprežući snagu da što pre stigne do svoje ulice i, dok je žurila, nije se setila nikog da pogleda jer je sve u njoj bilo umrtvljeno – i koketerija i osećanja. Samo što pre da stigne kući, gde je čeka hladovina iza spuštenih zavesa. Jutros je rano zatvorila prozore, spustila zavese da bi sačuvala po sobama onu noćnu svežinu i sama će da se izležava celo popodne jer joj je mama otišla u banju... Već je u njenoj ulici, još samo nekoliko kuća, sad je pred kapijom, dođe do stepenica, i teško, korak po korak, kao da joj se noge lepe uza stepenice, uspe se u svoj stan! Možda nema prijatnijeg uživanja nego kad se jednog letnjeg, žarkog dana sa ulice i usijana asfalta uđe u zamračene, hladovite sobe. Oči, naviknute na blistavu svetlost, u prvi mah ne raspoznaju ni stvari, kao kad se uđe u neki suteren i, postepeno, predmeti se izdvajaju, boje oživljavaju, ali na svim stvarčicama i stvarima oseća se senka i neka hladovina...

Činovnica baci šešir, zatrese vlažnim kovrdžama, zbaci s nogu cipele i kao da joj neki teret skliznu sa tela i ona odahnu. Oseti žeđ kakva se samo leti može osetiti i pusti slavinu da iscuri ona prva, topla voda, dok ne dođu mlazevi iz dubine. I taj žubor vode, tako svež, koji podseća na žuborenje potočića, kao da je rashladi. Da bi pojačala žeđ, uze kašičicu slatkoga i halapljivo prinese čašu ustima, umagljenu i hladnu pod prstima. Odahnu, povrati vazduh, koji je udahnula s vodom, oseti neku prijatnost, lakoću, slast. Njeni vreli mišići lagano su se rashlađivali u toj hladovini sobe kao da ih neko prevlači hladnim kompresama. Činovnica skide svoju kancelarijsku haljinu, koja je mirisala na znoj i parfem, vlažnu na leđima, vlažnu ispod ruku i obuče svoj penjoar. Uze novine i leže na sofu. Oh, kako je prijatno kad se ne radi posle podne. Ona pomisli kako bi sad išla na more i strese se od užasa. Seti se nekih svojih drugarica i činovnika koji moraju sad da se vraćaju na dužnost, po ovoj pripeci i predstavi joj se koliko je težak leti činovnički život. Kao da ih vidi kako idu, pognute glave, kao ona životinja koju gone, ne pitajući može li, da li joj je teško, već je gone, iako znoj kao pena izlazi iz sapi. Ona uzdahnu zbog njih. Sve je lepo, biti činovnik, praviti karijeru, samo da nije onih teških dana žege kad se radi i onda kad već mozak ne može više da misli. I zar tada ne može ništa da se uradi. Piše se s mukom, računa s naporom, greši, popravlja, preznojava, uzdiše i samo se misli na hlad, odmor, ležanje i spavanje. Ona čita novine, prelistava ih od prve do poslednje stanice. Već je pola sata na divanu i oseti kako joj je ležište toplo, gotovo vrelo. Okrete se na drugu stranu, ali se i ona zagreja začas. Ah, baš je vrućina, uzdahnu ona, čak i u sobi. Ona hladovina, koja ju je zadahnula u prvi mah kad je došla, sad se zagrejavala, vazduh se zgušnjavao u sobi, osećala je opet toplotu i neku omorinu. Ona se tek tada seti da su joj čarape na nogama, diže se, svuče ih s nogu i kao da oseti ponovo hladovinu. Čita dalje, a vrućina se pojačava kao da se zagrejava njenim dahom i telom. Divan je sav topao i ona raširi svoj penjoar i poče da se hladi novinama. Pa šta će mi ovaj penjoar? Zato mi je i vrućina. Ustade, zbaci i to sa sebe i ostade samo u kratkoj, beloj košuljici od markizeta s prozračnim čipkama. Oh, kakvo je blaženstvo ležati, tako, polunaga. Nekoliko trenutaka joj je prijatno, oseća umor, hvata je i san, ali opet kao da se vazduh zagrejao, njeno telo je vruće, koža čisto vlažna, teško je za disanje, i ta omorina ne da očima da se sklope u slatki san. Pa zašto prozore da ne otvorim, seti se ona. Malo promaje bi odmah osvežilo sobu. Diže se, podiže zavese, spusti čipkane, otvori prozore i na drugoj sobi, na kupatilu i najedared zavese počeše da se klobuče i nadimaju kao jedra i sveža struja vazduha potisnu onaj zagušljivi vazduh iz sobe, zamirisaše crveni karanfili iz vaze i ona ponovo leže na divan uživajući u tom povetarcu koji ju je hladio kao lepeza. Tako je imala osećanje kao da je u nekom tropskom predelu, pa je hlade palme ili robinje s velikim lepezama rasteruju težak, zaparan vazduh. Ili kao na selu, u zabranu, dok sunce prižeže, a vetrić ćarlija. Sad je uživala, u tom povetarcu, savi jedno koleno, a drugo prebaci preko tog savijenog i ostade gledajući i diveći se svojoj beloj nožici, koja je bila kao izvajana. Nasmeši se na svoje prstiće na nogama, koji su bili tako mali i slatki kao neke valjuškice od krompira, s pedikiranim roze noktima, koje je ona lakovala radi zadovoljstva, iako te prstiće nije video još nijedan muškarac. Sad ih je spremila za plažu, samo čeka svoju drugaricu da dobije odsustvo, pa da pođu i one da se kupaju. I udesila je te noktiće da ih vidi njen kolega iz računovodstva. Ah, taj obešenjak, opasno joj se udvara. Ali ona ume da se drži i ne dopušta mu nikakvu slobodu. To bolje pali, videla je, i njoj se neće desiti, kao onoj njenoj koleginici, što je sad onaj ismejava. Ona se smeška što je tako otporna i zbog tog svog lepog tela, koje se nazire sa svim svojim tonovima, ružičastim i tamnim, kroz beli markizet. Vetrić pirnu, naklobuča se zavesa, naklobuča se i njena košuljica, skliznu bretela s ramena i ukaza se jedna dojka – bela, čvrsta s malom, roze bombonicom na vrhu, kao neki beli poklopčić na grudima. Ona gleda ushićeno te svoje lepe, mlade, devojačke grudi. Uzdahnu od čežnje za nekom muškom rukom koja bi to milovala, za nekim usnama koje bi to ljubile.

Vetrić pirka i njene oči se sklapaju. Ona ih otvara, nastavlja tok misli, i sve misli kao da se mrse oko kolege iz računovodstva. San hoće da je uhvati, a ona bi još da misli na lepog muškarca kad vetrić pirka, a žena sama na divanu, sa svojom lepotom, koju jedva skriva prozračna košuljica od markizeta.

Ona ide, ide, kad jedno veliko polje, a po njemu bulke i margarete. A bulke tako lepo mirišu kao karanfil. Ona ih bere, već veliki buket, kad naiđe njen kolega iz računovodstva. Ona se trže, vidi sebe da je u košuljici, htela bi da se sakrije, jaoj kako će ovako gola, ali on se smeje i pita je: *Hoćete li da se kupamo, eno dole je reka.* Pođoše, a ona je kao u kostimu i bućnu se u vodu. Tako je prijatno i ona pliva, a kolega je dočepa za nogu. Ona se smeje, trže se, istrča na obalu. Idu zajedno, kad pred njima šumica. Kolega je uhvati za ruku i govori ozbiljno: *Ja vas volim.* Ona se nasmeja, potrča, i najedared se nađe na ulici. *Jaoj, pa ja sam u kostimu, kako ću sad... Uzmite jedan auto.* Truba zasvira, jedan auto projuri, a on ga zaustavi. Uskoče u auto i voze se. Kolega je uhvati za ruku, a njoj je prijatno od dodira njegove ruke, naslanja se na njega i oseća njegovu mišicu kako se obavija oko njenih ramena. Više nije otporna, naslanja mu glavu na grudi. Ona podiže glavu i oseti njegove usne, ljube se, ljube, on je grli i podiže je sa sedišta, uze je u naručje, drži je kao dete i ona mu obavija ruke oko vrata i kroz poljupce oseća da spava, hoće da otvori oči, da je budna, a ne može, san je sladak, a poljupci još slađi i njegovi zagrljaji, koji je stežu oko ramena i stasa...

Nešto naglo grunu kao grom i puče, ona se trže... probudi.

Još ne može da se povrati od sna, tako je bio sladak i kao da je zaista osetila poljupce na usnama, tako su joj usne bridele. Zavesa se i dalje nadima, a na ulici je još toplina, ona letnja, kad je asfalt usijan. Tek poneki koraci, zviždук a iz daljine plač deteta, truba i tutnjava auta, dovikivanje radnika na skelama ili tresak grede.

Hladovina je još veća. Ona pogleda na sat. Spavala je gotovo dva sata. Bože, kako brzo vreme prolazi, a tako se uspavala i slatko je snevala. Proteže se, pa se lagano diže, sede na sofu. Pogleda na stočić i spazi najedared jedno parče hartije. Šta je ovo? To nije bilo maločas. Dočepa hartijicu i pročita: *Tako ste slatko spavali da nisam hteo da vas budim. Jedan vaš poznanik i obožavalac.*

Ona kao da se začas istrezni od sanjivosti i lenjosti... Skoči, ko bi to mogao biti? I ovako je video - skoro nagu. Skandal! Pa zar ona nije zaključala vrata. Potrča da se uveri. Vrata su bila otključana, neko se ušunjao. Mogao je biti i lopov. Lopov! Polete šifonjeru da vidi da li je tamo novac. Sve je bilo na mestu. *Vaš poznanik i obožavalac.* Ah, to je on, mangup jedan, kolega iz računovodstva. Zna da je mama otišla u banju, pa kô veli, idem, sama je. Bila je ljuta, besna, radoznala, a i smejala se. Ženska koketerija je ipak nadjačala. Imao je bar šta da vidi. Ali kako sam ležala, kako sam izgledala? Skide ogledalo, nasloni ga na stolicu, leže ponovo, poče da se ogleda. Gledala je sebe i uživala. Fino. Morao je uživati gledajući me. Sad će još više da se zaludi. Seti se najedared onih poljubaca u snu. Bože, da li sam ja to sanjala, ili me je neko stvarno ljubio. Znam kako sanjam, hoću da otvorim oči, pa ne mogu, a on me grli i ljubi. Išla je po sobi. Umi se, obuče, ali sve je bila neverica, nije znala šta je san a šta java i ko bi to mogao biti...

Sutradan se odmah raspitala:

– Jelte, kolega, da niste vi juče dolazili kod mene?

– Ja? Bože sačuvaj!

– Šta se pretvarate.

– Ja sam juče odmah posle ručka otišao na plažu.

Dakle, nije on bio. Ko li to može biti? Sećala se svih poznanika, jednog studenta, jednog potporučnika, jednog inženjera. Inženjer je bio na putu, potporučnik na učenju s vojnicima, a student u kancelariji.

Dakle, niko, ili je neko bio, pa krije. Najviše je sumnjala na kolegu. Posumnjala je i zbog njegovog udvaranja. Bili su na plaži, on je još bio zaljubljen u nju, a kad je prošla sezona kupanja pitao ju je jedne večeri:

– Hoćete li da se udate za mene?

Nije mu mogla naći nikakve mane, i zato je odgovorila sa „da".

Postali su verenici.

Jednom, posle podne, kad je pošla kući, srete na ulici jednog slikara. Upoznala se s njim na žuru kod svoje prijateljice i više puta se sretala s njim, pa joj se javi, jedno dva-tri puta ju je zaustavio u poslednje vreme, kad se vraćala iz kancelarije, uvek ju je pitao kako je, šta radi itd. Videla je da mu se dopada jer ju je fiksirao pogledom s nekom naročitom pažnjom, ali je ona na to zaboravljala čim bi se udaljila...

To popodne slikar joj predloži:

– Priređujem izložbu. Hoćete li da svratite da vidite slike. Evo, baš smo pred mojim ateljeom...

Ona pristade...

Bio je talentovan slikar o kome su najpohvalnije pisali, o njegovoj originalnosti koja nije pripadala nijednoj školi.

Išla je od jedne do druge slike, laički se divila tražeći i neka objašnjenja od slikara. Došli su do jedne velike slike, na nogarima, koja je bila pokrivena platnom.

– A šta je ovo?

– To je jedna slika koju sam nazvao *Na omorini.*

Slikar podiže platno.

– Ah – ciknu mlada činovnica i zastade kao ukopana pred slikom.

Gledala je raširenih očiju.

Na divanu je ležala mlada devojka u košuljici od belog markizeta, koja je jedva prikrivala telo, kao Salmin veo. Jedna noga joj je bila savijena u ležećem stavu, a druga opružena preko nje... Razbarušena crna kosa ležala je na belom jastučetu, jedna ruka bila je prebačena preko glave, a druga je ležerno bila opuštena preko divana... Iznad divana otvoren prozor s naklobučenom zavesom i veliki buket crvenih karanfila na stočiću pokraj divana... Mlada devojka je spavala slatkim snom, poluotvorenih usana, s razgolićenom jednom dojkom sedefaste boje i kao da ju je uspavljivao taj povetarac koji je dolazio kroz naklobučenu zavesu... U njenoj pozi bilo je nemarnosti, koketerije i sladostrasnosti kao da je kroz san ono mlado i bujno telo, u svojoj razgolićenosti, čeznulo za zagrljajem i poljupcem.

Mlada devojka jedva se povrati i prošaputa:

– Onda... onda, vi ste dolazili?

– Ja.

– A otkud vi?

– Hteo sam da vas zamolim da mi pozirate. Imate vrlo interesantnu glavu, izraz očiju, čudan sjaj vaših zenica, a ta boja dužice. Zakucao sam... i niko mi nije odgovarao... Pritisnem kvaku, vrata se otvoriše i ja uđem, prođem jednom i vratim se i tek tada vas ugledah na divanu...

– A šta ste onda radili?

– Vi ste spavali, a ja sam vas skicirao... Bio sam iznenađen tom pozom. Nikad nisam mogao imati lepšu, prirodniju pozu i lepši model... Kad se namešta, ne može biti tako prirodno... I odmah sam vas skicirao...

– I ništa više?

Slikar poćuta.

– Ništa više.

– Lažete.

– Umetniku se prašta laž... Kad ta laž stvara inspiraciju i daje život jednom umetničkom delu...

Mlada devojka ga je gledala netremice.

– I šta sad mislite sa ovom slikom? Da je izlažete?

– Ako vi dopustite.

– Nikad... To bi mi uništilo budućnost.

– A meni bi ostvarilo budućnost.

– Ali, to bi bio skandal, gospodine. Šta bi rekao moj verenik...

– Vaš verenik?

– Da, ja sam verena.

Slikar se udalji, stade kraj prozora, ode do svojih četkica i boja... vrati se s paletom. Uze jednu četkicu i s nekoliko poteza zabrčka celo lice.

– Sad se nemate više čega bojati. Ne želim da vam upropastim budućnost.

Mlada devojka pođe vratima.

– Zbogom.

– Zar mi nećete dati ni ruku da je poljubim...

Ona zastade.

Slikar pođe i uhvati joj prstiće. Zagleda joj se u oči.

– Nekoliko puta sam vam prilazio na ulici da bih mogao da uhvatim vaš izraz... Tada nisam ni slutio da ste vereni.

Pritisnuo je njene prstiće na svoje usne.

Mlada devojka otrže ruku i izađe iz sobe.

A slikar je i dalje stajao na istom mestu gledajući zatvorena vrata, kao da kroz njih iščezava njegova najlepša inspiracija, a nije znao da li da žali za svojim modelom ili za ženom, onom lepom, sladostrasnom vizijom koju je gledao sa čežnjom i kao umetnik i kao muškarac. Možda se kajao jer je znao, iz iskustva, da nekad umetnik sačuva model pre kao muškarac nego kao slikar.

Njegova prva opasna situacija

Siv zimski dan i suvomrazica. Pola četiri po podne. Na ulici samo đaci, učenice, trgovački pomoćnici i akademci. Njihove crvene i teget uniforme unose živost i male gospođice se okreću za njima. Neki žure u bioskop, neki u posete, na žur, na sastanak ili dansing. Akademac Velja lutao je besciljno ulicama. Odšetao se do Kalemegdana, vratio se natrag, svratio u bozađinicu, izašao, premišljao je kako bi bilo lepo da ih puste, na primer, od sedam do devet uveče, ili do jedanaest, da osete malo taj noćni život. A ovako samo popodne, sumorno, tek četiri, nema ni sveta na ulicama, radnje zatvorene, nema one večernje živosti i interesantnosti kad sve izađe na ulicu.

Baš je prolazio pored Koloseuma. Uđe da vidi slike. Idući kroz koridor, spazi devojku koja je posmatrala slike kao i on. Okrete se i ona na njega i on ugleda dva lepa, ali nekako mutna oka i pramičke kose ispod berea. Devojka kao da se zagleda u slike a on stade iza njenih leđa. Osećao je neki fini parfem. Odmače se da je malo bolje zagleda i vide vitku siluetu, lepe nožice u svilenim čarapama iznad snešua. Devojka pođe izlazu. On malo zastade, a onda se reši i pođe za njom. Ona je išla kao kad je žena rasejana. Zastajkivala je, okretala se, sudarala zbog nepažnje. Išla je brzo, malo nervozno, ali je on nije gubio iz vida. Najzad stade ispred jednog izloga. Zatim pođe natrag i umalo da se sudari s njime. Trže se, vrati se, kao da se nešto predomislila. Zastade na ivici trotoara kao da hoće nekog da čeka, otvori tašnu, zaviri unutra, izvadi jedan isečak iz novina, pročita, ćušnu ga opet u tašnu i brzo pođe da pređe ulicu baš kad nalete jedan auto. Šofer na vreme zaustavi, zasvira besno, okrete se ka njoj i ona pređe na drugu stranu.

Stojeći na drugoj strani trotoara, okrete se i akademcu se učini da baš njega očima traži. On se odluči i pođe za njom. Pogleda na sat. Imao je još dosta vremena.

Držao je uvek pristojno odstojanje dok su bili u glavnoj ulici. Kad ona okrete u jednu sporednu ulicu, on ubrza za njom. Ona je morala čuti njegov ravnomerni hod i okrenu se. Okrenula se još dva-tri puta.

Oči joj više nisu bile onako mutne. Kao da ih je ozario neki osmejak. To dade hrabrosti akademcu, sve joj je bliže. Tada ona stade pred jednom kućom. Otvori tašnu, izvadi ključić. Akademac pomisli: *Ala je ovo glupo što sam išao. Sad će da mi umakne.* Lagano se približavao, sve korak po korak i već je stajao paralelno s njom.

Devojka se najednom okrete i nasmeja se.

– Jel' vi to mene pratite?

– Ako vam nije neprijatno, jeste, vas.

– A zašto bi mi bilo neprijatno?

– Pa... izgledali ste nešto ljuti u Koloseumu.

– Vi ste to dakle opazili?

– Odmah se moglo videti.

– Jeste, bila sam ljuta.

– A ko je mogao da naljuti tako lepu devojku?

– Ja sam udata, ja nisam devojka.

– A udata – čisto se obradova akademac.

– Nego, znate šta, gospodine, ovde je nezgodno da razgovaramo pred kućom. A ja sam tako neraspoložena i volela bih da s nekim malo porazgovaram. Hoćete li sa mnom da uđete u kuću?

– Vrlo rado, gospođo.

– Čekajte vi malo dok ja odem, pa se posle popnite na drugi sprat i zakucajte na leva vrata, tamo gde piše *Borivoje Jovanović, direktor banke.*

Ona utrča u hodnik, a akademac pogleda za njom diveći se njenoj lepoj liniji i lakom hodu, postaja malo pred kućom i pođe polako uza stepenice. Mislio je u sebi kako mu je danas ispala ovakva prilika da se upozna sa ženom, i to jednom damom, suprugom direktora. Uvek je želeo poznanstvo sa udatom ženom. Šta vrede ti devojčići. Dansing, tango, pa kući. Zavideo je nekim svojim drugovima koji su se hvalili poznanstvom sa udatim ženama. Mlade, lepe žene, razočarane u muževe, a kuća elegantna, čaj, liker, kolači. I gle, njemu se ukazala takva prilika. Bio je na drugom spratu i zazvonio je levo.

Mlada žena mu sama otvori vrata.

Bila je bez šešira, u crvenom puloveru i crnoj suknji, kao neka devojčica, rastresite, razlepršane, guste kose, ondulirane. Pruži mu ruke sa osmehom. On je poljubi u ruku, predstavi se i ona ga uvede u salon.

Bio je iznenađen. Kakva elegancija i raskoš. Fotelje, stočići, meki tepisi po podu, fine zavese, slike, i onaj isti parfem koji je u Koloseumu osetio kod nje. Seo je malo zbunjen, a lepa dama ga je sa osmehom posmatrala.

– Pušite li, gospodine?
– Pušim.
Ona mu ponudi cigarete.
– Hoćete li jednu čašu crnog vina? Imam izvrsno vino.
– Oh, nemojte da se trudite.
– Ništa to nije.
Ona istrča i donese crno vino.
– Eto, vidite, gospodine, u ovoj raskoši ja živim, a nisam nimalo srećna.
– To me iznenađuje.
– I danas sam bila tako nervozna. Umalo što nisam pala pod auto.
– Smem li da vas pitam za uzrok?
– Zašto da ne? Reći ću vam i sama. Muž me vara.
– Muž vas vara?! Jel' direktor banke?
– Da, gospodine, taj direktor banke.
– To je neverovatno.
– Šta je neverovatno?
– Da tako lepu ženu vara muž.
Akademac povuče dobar gutljaj crnog vina.
– Da, vara me, bitanga jedna! Vucibatina. I znate li šta sam rešila?
– Šta ste rešili?
– Ne, prvo mi recite. Da li biste vi mene mogli varati da sam vaša žena?
– Ja da vas varam? Oh, ja bih vas obožavao.
Akademac nakrenu opet čašu.
Ona se nasmeja.
– Obožavali biste me. A ded, recimo, na koga vam ličim?
Akademac ju je gledao.
– Gledajte me dobro. Evo, da ustanem.
Okretala se pred njim sa svih strana.
– Vi mi na nekog ličite, ali ne mogu da se setim.
– Sad ću da vas podsetim.
Istrča iz sobe i vrati se s jednom dopisnom kartom.
– Vidite, koja je ovo glumica?
– Lilijan Harvi.
– Pa vidite li sad na koga ličim?
– Jest, na Lilijan Harvi.
– Da, Lilijan Harvi. Ista sam ona. To mi je i on govorio. Džukela jedna.

Akademac pomisli u sebi: *Bože, da li će i mene moja žena ovakvim izrazima častiti.* I opet iskrete drugu čašu.

– Pa vi niste rekli šta ste rešili?

Mlada žena se nasmeja, sede na divan, dohvati nekoliko jastučića, podmetnu ih pod levi lakat i ostade tako u poluležećem stavu.

U sobi je bilo toplo, prijatno, parfem se mešao s duvanom i jako vino je već počelo akademcu da udara u glavu. On je sedeo u fotelji i gledao tu lepu ženu, gledao je i nije se micao.

Ona najednom ustade, prošeta se po sobi, dođe do klavira, otvori ga i prevuče rukom po dirkama. Opet se vrati, sede na divan i pogleda akademca poluzatvorenim očima.

– Vi me ne pitate šta sam se rešila.

– Šta? – prošaputa akademac, naglo ustade s fotelje i sede na drugi kraj sofe.

– Rešila sam da mu se osvetim. Muževima se treba svetiti. I kad sam vas videla, kazala sam, sad ili nikad.

– A šta to treba da znači: sad ili nikad? – pitao je akademac privlačeći joj se na sofi.

– To treba da znači... – nasmeja se ona i baci mu u lice jedno svileno jastuče.

On ga dohvati, ali ona u tren oka stavi barikadu jastučića između sebe i njega.

– Šta treba da znači? – šaputao je akademac naslanjajući se na barikadu.

– Da ste mi se dopali – nasmeja se ona, opet baci jedno jastuče na njega, skoči sa sofe kao da hoće da pobegne, ali je on bio brži, dohvati je za ruku i posadi na sofu, privuče je sebi i zatvori njene usne svojim ustima.

– Ah, kako vi ljubite – šaputala je ona. – Ljubite me još.

Ona se otrže, pogleda kroz prozor i ciknu.

– Moj muž! Bežite, bežite, on može svašta da učini. On je i ljubomoran, strašan je tada. Bežite.

– Dođavola, otkuda taj muž sada?! – viknu akademac, izlete iz sobe, brzo obuče šinjel, poljubi je i do prvog odmorišta na stepenicama zakopča pojas. Pođe zatim lagano i na stepenicama prvog sprata srete se s visokim, krupnim, otmenim gospodinom četrdesetih godina u crnom zimskom kaputu. On prođe mirno pokraj njega, izađe na ulicu i odahnu.

Dakle, to je taj direktor banke, mislio je u sebi. *Pa on je i star za nju. Ona nema više od dvadeset godina. Onakva ženica, pa da je vara. Možda on nju i ne vara, nego joj je potreban ljubavnik.*

Bio je besan. Ih, takva prilika, pa da je izgubi. A tako bi se lepo proveo. Vidi se, besna ženica. Prosto ga glava zabole. Sad će se još više sekirati kad ode u zavod, pa oni drugi počnu da se hvale. A kako bi se tek on mogao pohvaliti. Žena direktora banke! To mora reći onom svom drugu, jer taj uvek priča kako udate žene luduju za njim i kako sad ima prijateljicu ženu jednog advokata.

Dani su mu bili ispunjeni nekom potajnom radošću. Nadao se da će iduće nedelje opet videti onu lepu ženu. Nije smeo da joj piše bojeći se direktora. Šta i da piše. Videće je možda, prošetaće se dva-tri puta pored njene kuće. Trudio se da ga ni za šta ne izvedu na raport. Već je doterao do subote, dođe i nedelja, i baš u nedelju nađe mu neku začkoljicu pomoćnik odeljenskog, ništa, u stvari, ali dovoljno da ne izađe te nedelje. Tokom nedelje nadovezaše mu dva dana pritvora. Već je bio očajan.

Treće nedelje iznenadi ga jedno pismo. Bio je četvrtak. Na koverti je bio ženski rukopis. Kad ga otvori, u pismu ne nađe ništa pisano, već samo jednu pozorišnu kartu, za drugu galeriju. On pogleda datum, izračuna i nađe da je to nedelja popodne.

Odmah je pomislio da mu to šalje supruga direktora banke. Ko bi mu, inače, drugi poslao. Ima jednu gimnazijalku osmog razreda, ali se s njom posvađao. Hoće ona njemu da trucira u dansingu. Čas igra s njim, pa posle s drugim, čas ga gleda, a posle se pravi važna. Misli sad će on da padne na kolena pred njom. A sad, on joj niti piše, niti ide na igranku. Prva će ona njemu da piše. A više ne bi ni morala. Gimnazijalka i supruga direktora banke. Balavica i supruga direktora banke. Balavica i mlada ženica. Svaki bi mu kazao da je najveća budala ako ne iskoristi ovu ženicu. Vidiš, šalje mu kartu za pozorište, hoće ženska da se sastanu, da sede negde u mraku na galeriji. Ala je to divna ideja. Sedeti u mraku i držati se za ruke. Šta li se samo daje u nedelju posle podne.

– Je li, Mile, šta se daje u pozorištu u nedelju posle podne?

– Boga mi, ne interesuje me jer imam pritvor.

– *Kopelija* – dobaci mu drugi.

– Uh, to je divno, balet. – Baš je želeo da vidi tu *Kopeliju*. Gledati balet i sedeti pored jedne mlade i lepe ženice. Ali ga zadesi raport. Može i ta nesreća da ga snađe. Ovom njihovom ništa lakše nego da im uskrati izlaz. A prosto mu je milo kad ih vrati u zavod, kao da nije i on muškarac. Umesto da im podvikne: *Marš, vucite se svi u varoš, pa se dobro izjurcajte, a posle da mi se smirite!*, on ih drži u pritvoru do četiri nedelje.

Zato je pregledao svu dugmad, trudio se da bude propisno podšišan, do glave, da ovaj ne bi našao da on već pomišlja i na frizera, oprao je rukavice, sav je bio propisan od glave do pete.

Penjući se u nedelju na galeriju, mislio je: ako to nije ona, nego maturantkinja, baš se ne bi mnogo obradovao. Dođe do svog mesta, sede, okrete se desno i levo, nikog nije bilo. Nju nigde nije video. Svet je dolazio, zauzimao sedišta, već su se sva popunila, samo je sedište do njega stajalo prazno. To ga je veselilo. Ona mora doći, to je njeno mesto. Gvozdena zavesa se diže, orkestar poče da štimuje, pope se dirigent za svoj pult, zamrači se sala, a akademcu se nešto zamrači u duši.

Ako niko ne dođe?

Najednom, oni što su sedeli s leve strane od njega, počeše da ustaju da bi propustili jednu damu.

Ona!

Oseti jednu toplu ruku, onaj isti parfem i vide malu Lilijen Harvi, nasmejanu, kako ga gleda zaljubljenim očima.

Na pozornici su igrale lutkice, sve je bilo kao bajka, muzika ga je opijala, srce mu je lupalo, dah prestajao u grudima, i s vremena na vreme on se okretao ka njoj, gledao ju je, osećao njenu mišicu kako se naslanja na njegovu, pružio je svoju ruku, uhvatio njenu i stezao je tople prstiće, stezao sve vreme predstave.

Kad se svrši prvi čin, oni ostadoše sedeći. On pogleda na bočne galerije i na desnoj strani koga spazi?!

Maturantkinju.

Ona je sedela s drugaricom, gledala ga netremice, raširenih očiju, ljubomorna, ljuta, a kad im se oči susretoše, ona okrete glavu i ne htede da mu se javi.

Njemu je bilo tako prijatno. Posle jednolikog zavodskog života, toliko promena i uzbuđenja. Ova lepa žena, ona ljubomorna maturantkinja, balet, onoliko lepih nožica na bini koje zaluđuju, a uz njega ova mlada ženica, koja se u pomrčini naslanja na njegovu mišicu i on ju je osećao svu toplu i mirišljavu... Da bi nasekirao maturantkinju, poče da razgovara s lepom ženicom, da ga ona vidi, da je to poznanstvo njegovo, da su zajedno došli, da to nije samo slučajno poznanstvo u pozorištu.

Predstava se završila.

– Hoćete li da idemo Aleksandrovom ulicom? – govorila je direktorova žena.

– Možemo.

Išli su, hvatali senke, zastajkivali i ljubili se.

Kako je to bila besna ženica. Ljubila ga je, tepala mu, uveravala ga da samo njega voli i prvom prilikom, kad joj muž otputuje, javiće mu da dođe k njoj.

– A hoće li taj dan skoro doći?

– Skoro će doći. Ima petnaest dana da ide, pa ću vam javiti.

Žurno su išli kroz neke uličice, mrak se brzo spuštao, sneg je promicao, obrazi su im bili hladni a usne vrele.

Jednog dana on ponovo dobi pismo.

Dođite u nedelju posle podne.

To je značilo da je muž otputovao.

Akademac Velja uzbuđeno je zazvonio. Vrata se otvoriše.

Pojavi se jedna žena tridesetih godina, vrlo elegantna, sanjalačkih crnih očiju, koje su gledale poluzatvoreno, ali ovoga puta zaustaviše se iznenađeno na akademcu.

Akademac se zbuni.

– Jel' ovde stanuje gospođa Olga Jovanović?

– Da, to sam ja.

– Vi? Ali ja sam se upoznao s jednom drugom damom, koja se predstavila kao Olga Jovanović.

Gospođa se nasmeja.

– Znam, gospodine. Ta dama s kojom ste se upoznali bila je moja služavka, jedna hohštaplerka koja je često uzimala moje ime.

– Vaša služavka, to nikad ne bih mogao da pomislim.

– Nisam ni ja mislila da je takva kad sam je uzela. Sad sam je najurila, baš pre neki dan. A vi ste, dakle, taj njen akademac.

– Otkud vi to znate?

– Bila je oduševljena kako se upoznala s jednim lepim akademcem. Ali izvolite, gospodine, u salon, baš me interesuje da mi pričate o toj hohštaplerki šta znate.

– Ja ne znam ništa o njoj, osim toga što je ona pričala. Predstavila se da je supruga direktora banke.

– Da, to je moj muž.

– I da je vrlo nesrećna u braku. Kakvim sve imenom nije nazivala muža.

– To joj nije bio muž, nego jedan ljubavnik. Pročitala je tog dana u novinama da se verio, pa je bila sva nesrećna. Kaže, htela je da se ubije i legne pod auto, ali ste vi naišli i to ju je malo utešilo. A ona se brzo uteši.

– Meni je sve to tako neprijatno, gospođo. Da sam znao da je služavka, ne bih se s njom nikad upoznao.

– Nema šta da vam bude neprijatno. Ona se samo s gospodom družila. Potporučnici su joj izjavljivali ljubav, studenti, činovnici. Imala je mnogo uspeha kod muškaraca... Čak je i moj muž bio njen obožavalac, što je najžalosnije. Zato sam je najurila. Danas ne možete držati mlade služavke zbog muževa.

– Zar je vaš muž mogao da gleda pokraj vas drugu ženu?

– Još kako. Pronašao je čak da liči na Lilijan Harvi, i doneo joj je dopisnu kartu da vidi sličnost s filmskom glumicom. I zato sam je najurila. Nemojte misliti da sam ljubomorna. Ne, nego neću da me ponižava pred služavkom. Ako mu treba metresa, neka je traži izvan kuće.

– I vi se ne biste ljutili da znate da on ima metresu.

– Hm, koješta! To je sasvim obična stvar danas. Pušite li, gospodine?

Ona uze jednu cigaretu, kresnu upaljač, ali se ugasi. Akademac dohvati šibicu.

– Dopustite meni da vam je pripalim.

Ona povuče jedan dim, uvali se još više u fotelju, prebaci nogu preko noge. Pogleda akademca.

– Zbilja, ona je imala pravo. Vi ste lep dečko. A kako je s ushićenjem pričala o vama. *Milostiva, što ima lepe oči, kao crn somot.* Čak mi je pričala da je s vama išla u pozorište.

– Izvinite, gospođo, ali ja nisam išao u pozorište sa služavkom, nego sa suprugom direktora banke. I meni je to vrlo laskalo.

– A da je autentična supruga direktora banke bila s vama u pozorištu, da li bi vam bilo prijatno?

– Mislim, mnogo prijatnije. Štaviše, mogu i da žalim što to nije bila ona.

– Gle, a gde ste vi to naučili tako da laskate?

– Mi ne laskamo, mi govorimo srcem.

– Vaše srce je, oprostite što ću reći, lažljivo kao i kod svih muškaraca.

– Varate se, gospođo... Srce akademca je vrlo iskreno.

– Iskreno? Pa zato ste i potrčali za prvom ženskom.

– Pa to je najbolji dokaz koliko smo željni ljubavi i kako bismo mogli voleti. Vi ste, gospođo, inteligentna žena, vi možete da me razumete. Nedelju dana i više smo zatvoreni, dok se drugi mladići provode, šetaju, prave poznanstva. I kad izađemo, šta je to dva-tri sata. Nama se tada svaka žena dopada.

– Kao Lilijan Harvi.

– Ah, ona najmanje. Prosto, bilo mi je dosadno i nekako tužno i prazno to poslepodne i iz radoznalosti sam pošao za njom.

– A da li biste iz radoznalosti pošli za mnom?

– Ne bih.

– Zašto?

– Što ste suviše lepi, i pomislio bih da sam ja, akademac, tako mali za vas.

– No, čujete li, vi ste pomalo mangup. Ali to mi se dopada. S vama je ipak prijatno razgovarati.

Na zidu je visio gospođin portret, razgolićenih grudi.

Akademac pogleda sliku i lako uzdahnu.

Gospođa se nasmeši.

– Kako vam se dopada slika?

On poćuta, pogleda je malo dužim pogledom.

– Više mi se dopada original.

Gledao je i dalje pušeći.

Dama ga isto tako koketno pogleda.

– Oči su vam zaista lepe. Vidite, muževi nikad tako ne gledaju žene. Oh, brakovi su tako glupi.

– Svirate li vi klavir?

– Sviram, hoćete li da vam nešto odsviram?

– Baš bih voleo.

Ona sede i akordi zabrujaše pod njenim prstima.

Akademac je slušao zatvorenih očiju. Onda ih otvori, pogleda tu lepu ženu, njenu frizuru, potiljak, beo vrat. Ustade lagano sa fotelje, približi se njenom taburetu, stade sasvim iza njenih leđa. Ona ga oseti, okrete se, svirala je i dalje. Muzika ih je obavijala, privlačila. On stavi ruke na njena ramena, ona je svirala i dalje, a njena glava spuštala mu se na grudi. Prsti malaksalo dodiruju dirke, ali melodija je puna čežnje, tiha, strasna, sve tiša, tiša, poslednji akordi umukoše, ona zaklopi oči, a on spuštaše svoju glavu sve niže, niže do njenih usana.

Zvonce zazvoni u razmaku sve po tri puta uzastopce.

Supruga direktora banke ustade naglo.

– To je moj muž, poznajem njegovo zvonjenje.

Akademac pretrnu: – Vaš muž!

– Ništa se ne uznemiravajte – pribra se gospođa popravljajući kosu. – Budite mirni i prisebni.

– Čekajte! Čekajte! Vi... Vi ste... Saša tetka Jelin. Zapamtite... Saša tetka Jelin...

Ona žurno izađe u predsoblje.

Naopako, kakav sad Saša tetka Jelin, pomisli akademac sav usplahiren. Povuče bluzu, zakopča jaknu i sede mirno na fotelju.

Na predsoblju se otvoriše vrata i on ču sasvim miran, pribran gospođin glas.

– Otkud ti, Boro. Sigurno putuješ?

– Večeras u jedanaest i četrdeset, pa sam došao da ti kažem da mi spakuješ stvari. Stavi mi smoking i žaket. Imaćemo banket i jednu zabavu.

– A koliko se zadržavaš na putu?

– Deset-dvanaest dana. Prema poslovima. Mogu i više da ostanem.

Gospođin glas najednom postade veseo.

– Imamo jednog gosta, hoćeš li da se upoznaš? Saša tetka Jelin. Zamisli, akademac, već narednik, pa tek sad se setio da nas poseti.

– Saša tetka Jelin? Koja ti je ta tetka Jela?

– Bože, ne sećaš se tetka Jele. Pa iz Niša. Mamina sestra od tetke. Da vidiš samo kako je lep mladić.

Muž uđe u salon, akademac ustade, pokloni se. Kako li će ispasti ova njegova prva opasna situacija u životu.

– A to je Saša. Milo mi je, milo. Zašto da ne dođeš ranije k nama. Pa, je li, Olga, jel' to ta tetka Jela što ima sina Koju i kćer Desu?

– Ti si pobrkao. To je tetka Ljubica.

– Nije ni čudo, ne viđamo se, pa sam pobrkao. A imaš li još koga brata?

– Imam još dvojicu.

– Kako dvojicu? Pa meni se čini da su njoj neki sinovi pomrli. Vidiš sad, i toga se sećam.

– Kako pomrli? Tri sina ona ima... Ti od tvojih bankarskih poslova sve zaboravljaš. Još ćeš jednog dana zaboraviti i kako se ja zovem – govorila je smešeći se i milujući ga po kosi.

– A kako je u Nišu? Da li se štogod podiglo?

– Pa zida se pomalo.

– Bio sam davno u Nišu. Nešto mi se nije svidelo. Blato je bilo. A kad si iz Niša, poznaješ li porodicu Protić? To su tvoji kumovi, Olga.

– Da poznajem – mucao je akademac.

– Šta je, boga ti, sa onim njihovim Vladom?

Akademca obli hladan znoj. Gospođa se umeša.

– Premestili ga po kazni. Imao je manjak u kasi. Baš sam ga i ja pitala.

Kako vešto laže, čudio se akademac.

– Deficit je imao veliki – jedva progovori.

Gospođa požuri da skrene razgovor na drugi predmet.

– Jel' napolju danas mraz? Bože, da ti ne nazebeš, kad putuješ? Da li su dobro zagrejani vagoni? Ti znaš da brinem kad putuješ.

Pazi kako mu podvaljuje, divio se akademac.

– Sad moram da idem. Samo sam došao da te zamolim da mi spakuješ smoking i žaket.

– Smoking. Jesi li čuo, Saša? Da mu spremim odelo za bal. Priznaćeš da nigde nema ovako dobre žene kao što sam ja. Ali pazi, pazi samo ako šta čujem za tebe. Voliš ti da se zabavljaš.

Direktor se dobrodušno smejao kao svaki muž kome u njegovoj glupoj naivnosti laska što je ova lepa žena pomalo i ljubomorna na njega, a ona mu je za to vreme opravljala mašnu kao svaka zaljubljena supruga.

Jaoj, kako je lukava, mislio je akademac. *Ovo mi je prva lekcija o braku.*

– E, sad zbogom, Saša. Pa, pozdravi majku. Dođi opet. Gledaj, narednik. Još malo, pa oficir.

Jedan trenutak se zagleda u njega.

– Ama, da li sam te jednom sreo na stepenicama?

– Jeste, videli ste me. Ja sam vas tražio, ali nikoga nije bilo kod kuće.

– Ja bih rekao. Ali da te vidim na ulici – ne bih te poznao. Svi ste u uniformi, pa vas čovek ne razlikuje.

Gospodin izađe u predsoblje, gospođa za njim. Govorila je uvek veselo, umiljato, kao šaleći se.

– Odmah da mi se javiš, čim stigneš. Ne kao pre, deset dana mi se nisi javio.

Kako samo glumi, opet je mislio akademac.

Vrata u predsoblju se zatvoriše, gospođa uđe u salon i pršte u smeh.

– Vidite kako moj muž nije nimalo strašan.

Akademac odahnu.

– Ali vi vešto izvodite! I ne bojite se.

– Da se bojim. Muževi su tako šašavi ponekad i žene im vešto podvaljuju. Možda oni to i zaslužuju.

Akademac pogleda na sat.

– Već moram da idem.

– Zbilja, tako brzo.

On uzdahnu.

– Ja nikad ne bih otišao od vas. Ali, vaš muž ostaje deset dana na putu. To znači da ste u nedelju slobodni.

– Da, slobodna, i potpuno sama.

Trčeći u zavod, on je mislio: kako to ženama nije krivo - poljubio njenu služavku, pa sad nju, gospođu. I dođe do brzog zaključka. Hoće ženska da se provodi, pa zašto se ne bih i ja provodio?!

Muškarac u novom odelu prošao je ulicom

Juče su mu doneli odelo, to jedino odelo koje je uzeo na otplatu, pa je jedva čekao da skine ovo pohabano. On, koji nije zavidljiv, nije pakostan kao žene na svoju prijateljicu, zavideo je ovog puta onom gospodičiću koji se šetka u novom odelu, a nije njemu ni prineti. Niti njegov stas, ni kosa, ni ramena, a opet se tako šepuri, i ženske ga gledaju.

Ah te ženske! Koliko je on u njih razočaran baš zbog ovog starog odela. I došao je do zaključka da ženu muškarac može da upozna tek kad je u starom odelu. Neće s njim da igra tango, na ulici se neće okretati za njim, izbegavaće čak i da zastane, njegovu inteligenciju neće ceniti jer mu se ne može oprostiti što je ovako pohaban, na žur ga neće pozivati bojeći se da je ne osramoti, jer će njene elegantne prijateljice pomisliti: *Kakav je ovo dripac.* I on sâm u tom starom odelu izgubio je veru u sebe, i veru u žene... Koliko prijatnih razonoda uskraćuje on sebi... A ona mlada devojka, koja tako fiksira njegov kaput i cipele, stvara mu isti takav bol kao kad bi fiksirala hromog čoveka ili nekog bez oka...

Odelo muškarca, bar u prvi mah, oružje je u osvajanju žena. Pred tim njegovim novim odelom otvaraju se mnoga vrata i mnoga srca... One lepe oči smeše se i govore: *Ti si elegantan, znači imaš novaca, a to je vrlo važno za ljubav.*

I siromašan mladić sutradan obuče svoje novo odelo... Doterivao se kao devojka. Izbrijavao se, puderisao, začešljavao kosu. Sad će da oproba svoju moć, sad će prići onima kojima nije smeo prići, sad će ga spaziti i one koje ga nisu ni opažale.

Novo odelo unosi u njegov život nove pojmove o ženi, o društvu. Novo odelo uzdiže za čitavu društvenu klasu više. S novim odelom on može biti bogataš, mondenčić, ili hohštapler.

Ali on će ostati gospodičić.

Nalickan, obrijan, lep da ni sâm sebe ne poznaje, pošao je da pokaže svoju lepotu.

Prva ga je videla služavka na stepenicama, ona mala sa prvog sprata, u čiji je prozorčić zavirivao i često je pokušavao i da nešto zakuca, i služavka zastade iznenađena, nasmeši se na njega i ne mogaše da se uzdrži, a da mu ne dobaci:

– Kako ste danas vešti!

– A vi mislite da ja ne umem da budem vešt? – odgovori gospodičić, nagnu joj se i prošaputa: – Večeras ostavite odškrinut prozor.

Pritom učini jedan gest da su mu zveknule dve desetice i četiri dvadesetparca u džepu, i mala služavka je klimnula glavom i ostala zadivljena pred njegovim novim odelom, a u ušima joj je još odjekivao zvuk novca kao da je džep bio prepun para.

Ko bi mogao pomisliti da tako elegantan gospodičić nema novaca u džepu.

Gospodičić ide ulicom. Kako je prijatno osećanje biti u novom odelu. Više se ne zbunjuje i ne snebiva pred prozorima na kojima stoje lepe gospođice. Ne prelazi na drugu stranu da one ne bi videle njegove probušene džepove i izlizan i probušen kaput. Nova toaleta daje smelosti i drskosti, dopušta muškarcu veću slobodu, kao i ovog puta, kad se približio prozoru na kom su bile dve gospođice. On upravi pogled na njih, na jednu, pa na drugu, nasmešiše se i one kao da ga sad prvi put vide, i on ču za sobom smeh, uz dobacivanje:

– Baš je lep!

Lep? A to mu nisu ranije govorile, iako je uvek bio lep... Sad je njegovu lepotu istaklo odelo i prvo je nova odeća privukla ženinu pažnju, a sa nje su pogledi pali na njegove lepe oči, kosu, stas.

Okrenuo se i on još jednom, zastao čak i na ćošku, dok ne zavije za ugao i video je da su te dve glavice i dalje okrenute k njemu, izvučena stasa preko prozora i on na ćošku dobi slobodu, što ranije nikad nije činio, skide šešir, galantno se pokloni, a dve glavice klimnuše preko prozora.

Pođe dalje.

Jaoj, ženska gimnazija se pušta...!

Najneustrašiviji muškarac izgubi hrabrost kad se nađe među tolikim gimnazijalkama spremnim za napad. A one su tada prave pčelice, još i gore, osice, dobaciće, nasmejati se, nekad kompliment, a katkad uvredljivu reč, a u grupi one se svete muškarcu za sve što pate, ili izlivaju čežnje koje im pritiskuju srce.

I odmah ču:

– Što je cakan!

Nalete na drugu grupu. Sa osmehom pogleda u njih očekujući iste komplimente, a one i ne zastadoše, okretoše se i jedna dobaci:

– Što je uobražen!

On pođe brzo, malo ljut, kad se začu treći glasić:

– Vidi onu mustru!

Bio je još više razočaran, ali četvrti kompliment povrati mu hrabrost:

– *Je vous aime!*

On se u trenutku priseti francuskog i dobaci:

– *Et moi aussi, je vous aime...*

– Ju, zna francuski – ciknu grupa i udari u kikot.

Sad je raspoložen kao lepa žena.

Ali na jednom ćošku naiđe na grupu muškaraca. Oni ga sačekaše, okretoše se za njim, spaziše njegovo novo odelo, pogledaše ga, a jedan, on to nije mogao da objasni, dobaci mu:

– Pazi što je budala!

Lepi mladić se okrete da poleti, da ga zapita kome on to kaže da je budala, ali iz jedne kapije izađoše dve elegantne gospođice, te pogleda on njih i one njega, on pođe dva-tri koraka i najednom se okrete da vidi da li ga gledaju i, zbilja, one su stajale pred kapijom i gledale za njim...

Ah, šta čini novo odelo, pomisli mladić. *Nikad me ovoliko nisu gledale...*

Da bi se uverio koliko je lep i elegantan, zastade da se ogleda u velikom izlogu, i kroz izlog u radnji spazi ga jedna lepa ženica i njene užagrele očice tako su jasno govorile:

– Što si sladak! Ah, da te ja ščepam u zagrljaj, propao bi!

On skide šešir, zagladi kosu, pođe dalje, ču ženski razgovor za sobom, okrete se i vide da idu za njim dve lepe devojke... On je išao pred njima, ali da bi ih video, sve je pogledao kao da gleda izloge, ili sredinu ulice, a onako iskosa video je da one idu za njim, sve su bliže i on ču njihov govor:

– Crnomanjasti muškarci su najlepši.

Tad mu pogled pade na suprotnu stranu i spazi neke devojčice, koje su ga gledale s druge strane i bi mu tako milo što je zapažen i sa jedne i sa druge strane ulice...

A iza devojčica ugleda svoju poznanicu. Ona zastade čisto zadivljena i rukom ga pozva. On pretrča ulicu, a ona nije mogla da sakrije svoje uzbuđenje:

– Jaoj, što si elegantan! Kad si sašio to odelo... Divno ti stoji.

On joj odgovori ravnodušno, kao da je to za njega sasvim obična stvar šiti odelo, a ona je neprekidno gledala njegovu toaletu i divila se:

– Ne mogu da te poznam!

I onda, da li je to bilo pod uticajem njegovog novog odela, pozva ga:

– Slušaj, u nedelju ima žur, dođi i ti... Biće lepo društvo.

– Dobro, doći ću – odgovori mladić, i odlazeći, mislio je kako ga ranije nije pozivala, a danas ovako ljubazno.

Sad je išao s još većim pouzdanjem. Prođe pokraj svih kafana gde je sedeo svet, i oseti kako se svi ženski pogledi upravljaju na njega...

Neko ga zovnu... To je bio jedan njegov stari rođak. On zastade kraj jednog stola.

– Vidi kako si se udesio – govorio je stari rođak. – Pa, dede sedi da popiješ jednu čašu piva... Ja častim. Konobar, daj još jednu čašu piva...

I rođak, otmeni stari gospodin, koji ga je pre gledao kao dripca, sad je ljubazno pričao s njim, pljesnuo ga po ramenu i bio je vrlo zadovoljan što je tako lepo obučen.

On se oprosti od njega, pođe dalje ulicom i srete dve mlade krojačke radnice... One se ćušnuše, pogledaše ga i jedna dobaci:

– Vidi što je zlatan!

On oseti neki ponos i pomisli: „Kako je divno imati novo odelo..."

Tek što je to pomislio, iz jedne poprečne ulice pojavi se jedna dama.

– On! Ah!

Otkada je on gledao tu ženu, uzdisao za njom, pratio je i nikad nije smeo da joj priđe.

Ali ovog puta mora da joj priđe.

Dama ga pogleda, iznenadi se njegovoj pojavi, u njenim očima pročita namah da joj se sviđa i lagano poče da ide za njom.

Ići će makar na kraj sveta. Tog dana mora se upoznati. Sad ili nikad.

I u jednoj ulici on priđe po onom utvrđenom pravilu.

– Pardon...

Dama ga nije odbila.

Išli su, išli, a on bi išao s njom u večnost, u raj, i u pakao...

Stigoše do tog raja, koji se zove njen stan.

Ali vrata su zaključana.

Stojte! Unutra se ne pušta.

Njegovo novo odelo dade mu hrabrost, nepoznatu, i upita:

– Pa kad ćemo se videti... Smem li da vas posetim?

I dama prošaputa.

– Dođite...

Ah, novo odelo čuda stvara i otvara sva rajska vrata.

To svi znate, gospodo...

Kad je mala činovnica zaljubljena

– Zašto, reci mi sve. Ja već mogu da znam šta je rekla tvoja majka. Ne dopušta nam brak.

– Ne – odgovori mladić utučena izgleda sedeći na divanu pored mlade devojke. – Ona je prosto neumoljiva. Voli me, ugađa mi, žrtvovala je ceo svoj život meni, ali kad je u pitanju brak, smatra da ona treba da mi izabere devojku.

– I našla je devojku?

– Da, i to iz tog njenog sveta, otmenog, u kom se i ona rodila i živela. A što je najčudnovatije, moja mati nije mondenka u današnjem smislu. Ona je zadržala u sebi nečeg patrijarhalnog, ima toliko milosrđa i za sirotinju, pobožna je, ali voli taj otmeni svet, tu se uvek kretala i ne dopušta da uzmem sirotu devojku kao da bih se ogrešio o neke njene utvrđene principe života, kojih se vazda pridržavala. I dok sam ja nasledio svu seljačku krv moga oca i dede, koji su, istina, i sami bili docnije parveni, i više me privlačiš ti nego svaka druga mondenka, moja mati neće da čuje za tebe.

Mlada devojka duboko uzdahnu.

– Sve sam znala: mala činovnica koja kuca ceo dan na mašini, sirotica, nije dostojna da uđe u tako otmenu kuću kao što je tvoja.

– Zašto tako govoriš? Nije dostojna! To me vređa. Ja ti nisam prišao kao monden i bogataš, već kao običan, nepoznati mladić, i ti si me takvog zavolela.

– I to je tvoja najveća pogreška, što mi nisi kazao ko si, jer ja sebi ne bih dopustila da te ovako zavolim.

Ona zagnjuri lice u ruke i zajeca.

– Nemoj da plačeš, to ne mogu da podnesem. Ti ćeš biti moja, ti moraš. Ja te nikad neću ostaviti. Ti si najbolja devojka koju sam do sada upoznao. Zavoleo sam te u tim tvojim skromnim toaletama, zavoleo sam tvoju dušu i nežnost, tvoju naivnost. Nisi me kao druge devojke hvatala, nisi nikada spomenula brak, nikad da me zapitaš gde sam bio. Samo si znala da me voliš, iskreno, ne samo da mi pružiš ljubav, za koju sam dosta živeo. Uvek sam prezirao devojke, a ti si jedina koja je umela da mi ulije poštovanje prema devojci, ti, mala činovnica, što si radila od jutra do mraka sedeći za svojom pisaćom mašinom. Ti si mi povratila veru u ženu, u ljubav u sreću.

– Ali tvoja majka to ne zna.

– Ne zna jer te ne poznaje. A da te je upoznala, verujem da bi te zavolela.

– Pa zašto me nisi upoznao?

– Nije htela ona. A ja sam se bojao da te odvedem, plašio sam se da te ne uvredi, da se ti ne sekiraš. Vidiš, slab sam u tom pogledu prema majci. To je jedna vrsta poštovanja, ali i sažaljenja prema njenom životu, jer ona je mnogo patila, mnogo dece je izgubila i ostao sam joj samo ja.

– I zato ćeš se ti oženiti devojkom koju ona hoće. To je i moja želja.

– Tvoja želja? Šta to znači? Onda me ti ne voliš kad tako govoriš.

– Ne, ja te suviše volim i zato ću te se odreći.

Mladić je uhvati za ramena, okrete je sebi, podiže joj glavu i zagleda se u njene oči.

– Ti to istinu govoriš?

Ona je ćutala, gledala ga, oči su joj se punile suzama kao dva jezerca i lagano su se kupile na trepavicama; prsnuše dve velike kapi, ona zajeca i pade mu na grudi.

Plakali su oboje držeći se u zagrljaju.

On prvi podiže glavu, poče da je umiruje.

– Slušaj, sad više nećemo o tome da govorimo. Ti znaš da sutra idem na vežbu na mesec dana. Ti ćeš mi za to vreme pisati, a kad se vratim, opet ću oko mame i odvešću te da te upoznam s njom. Verujem da ćeš joj se dopasti. Neću više ništa da joj govorim jer je jadnica uganula nogu, okliznula se na parket, pa ne može da se makne iz postelje. A služavka, koja je tolike godine kod nas, baš se sad razbolela, pa je otišla u bolnicu, i sad smo uzeli neku novu. Ne znam kako će mama izaći s njom na kraj. Ona je pedantna, voli čistoću, pa se za svašta sekira. Nego, moja mala devojčice, hoću da budeš vesela. Hajde, nasmeši se! Tako te volim. Je li da ćeš da mi pišeš i samo da misliš na mene? Nikog ne smeš da pogledaš. Ti znaš da sam ljubomoran na ove lepe očice. Malo moje, kako te volim, moja najbolja devojčice. Uvek hoću takva da ostaneš. I samo mene da voliš.

– Samo tebe – govorila je ona obavijajući mu ruke oko vrata.

Mladić ustade.

– Sad ćemo se oprostiti. Kako mi je mila ona tvoja sobica, lepša i milija nego svi saloni gde sam odlazio.

– I nećeš zaboraviti moju sobicu?

– Nikad. A ono što si maločas kazala, da ćeš me se odreći: šta bi radila da me se odrekneš i da se oženim?

– Ono što sam uvek - kucala bih, kucala na mašini.

On joj dohvati prstiće, poče da ih ljubi i da se šali:

– „Kucala bih, kucala na mašini." Nećeš ti više da kucaš. Ti ćeš biti moja ženica, gospođa, uživaćeš.

Ona se smešila, a grudi su joj se talasale od jecanja. Otrže se od njega i prošaputa.

– Idi. Idi.

Mladić izađe žurno. Mlada devojka pade na divan i zajeca. Dugo je plakala. Umiri se. Sede, ustade, priđe umivaoniku, umi lice. Mahinalno se brisala peškirom gledajući nepomično u jednu tačku, a u svesti je kljucala samo jedna misao. *Ako mu majka ne dopusti, ubiću se.*

Držeći peškir u rukama, sede ponovo na divan zadubljena uvek u jednu misao. Najedared lice kao da se razvedri, osmeh joj razvuče usnice, trže se kao iz nekog sna, ustade, osvesti se, brzo ostavi peškir, poče da hoda po sobi, pođe da uzme nešto, pa zaboravi, zagladi rukom kosu, nasmeja se glasno i prošaputa: – To je divno! To je zaista divno!

– Marija! Marija! Što se zaboga ne odazovete. Koliko puta treba da vas zovem?

– Pa imam posla, gospođo, a vi me samo zivkate.

– Zivkam vas jer se peć ugasila. Vi zaboravite da uđete i da metnete koje drvo. Jaoj, otkud da uganem nogu, gospod me ubio! Kad ne mogu da se maknem iz postelje, nego čekam milost od vas. A vi, vi, da bog sačuva! Džandrljivi, ne smem ni da vas zovnem.

– Džandrljiva što se rastrgoh, sve sama, a ovolika kuća.

– Šta se rastrgoste. Valjda nas je desetoro u kući, a ne ja jedna. Malo tog ručka da skuvate i oko mene da se nađete. Ne mogu da se okrenem. Kako mi se ovaj jastuk izvukao.

Devojka je govorila osorno.

– Pa dajte da vam namestim.

– Neka, idite, idite, molim vas, radite svoj posao. Jeste li oprali sudove?

– Nisam još.

– Požurite s tim sudovima. Vazdan ih perete. Posle očistite spanać.

Devojka izađe gunđajući i treskajući po kujni. Najednom nešto tresnu i razbi se.

– Marija, Marija! Šta ste razbili?

– Zar sam ja htela? – vikala je devojka. – Jednu šolju sam razbila.

– Kakvu šolju – vikala je gospođa – da nije od bele kafe s cvetićima?

– Pa od bele kafe.

– Jaoj, to mi je šolja od servisa. Koliko ga godina čuvam. Sve ćete mi polupati po kući. Juče ćiniju, danas šolju. Ah, gde je baš sad moj Mića morao da ode na vežbe i da me ostavi. Prosto ću se razboleti od sekiracije.

Zvonce zazvrja.

Služavka pere sudove. Zvonce i dalje zvoni.

– Marija, vidite ko je, što ne otvorite vrata?!

Devojka otvori vrata. Jedan ženski glas se čuo.

– Jel' tu gospođa?

– Jeste.

– Mogu li s njom razgovarati?

Marija proviri kroz vrata.

– Gospođo, traži vas jedna devojka.

– Neka uđe.

Jedna lepa, mlada devojka, skromno obučena, uđe u sobu.

– Ljubim ruku.

– Dobar dan.

– Htela sam, gospođo, da vas pitam da li vam je potrebna devojka?

– Ja imam devojku, istina. Molim vas, zatvorite ta vrata. Priđite bliže. Imam devojku, ali se ceo dan sekiram s njom. Niti da je otpustim, niti da je držim. Vidite, uganula sam nogu, pa ne mogu ni da se maknem iz postelje.

– Ah, sirota, gospođo – govorila je devojka sažaljivim glasom. – Kako da uganete nogu?

– Tako, kad hoće zlo da se desi. Pa sad treba neko oko mene da se nađe, a ona, ludoglava, ne smem ništa da joj zapovedam.

– Bože, kako sme da bude drska? Kako vam to jastuk stoji! Molim vas, dajte da vam to namestim.

– Hajde, dete moje. Kako vi to odmah vidite. Čekajte da sednem, samo me vi malo podignite.

Devojka je podiže, uze perjane jastuke, popljeska ih, namesti i spusti gospođu na uzglavlje.

– Hvala vam. Eto, da hoće i ona tako pažljiva da bude. A gde ste vi bili u službi?

– Bila sam kod jedne gospođe penzionerke, pa je ona otišla na tri meseca kod svoje ćerke i, da me ne bi plaćala, kazala mi je da za to vreme nađem negde mesto. Ja sam slučajno pitala u ovoj kući do vaše, pa mi je jedna gospođa rekla da zapitam vas jer vam se devojka, kaže, razbolela. Znam sve domaće poslove, da čistim, brišem prašinu, glačam parket.

– A kuvate li?

– Tamo gde sam bila, gospođa je kuvala i meni pokazivala. Ako mi i vi pokažete, umela bih i da kuvam.

– Dabome, sve se nauči samo kad se ima volja za posao. Ja ću da vas zadržim i neka i ova ostane dva-tri dana dok ne vidim da vi možete ostati sami, pa ću onda nju da otpustim. Zovnite je, molim vas.

Marija uđe.

– Slušajte, Marija, i ovu sam devojku uzela, neka vam pomogne, upravo oko mene da se nađe, da rastrebi ovu sobu. Vidite, s prsta je prašina svuda.

Marija progunđa: – Kako god hoćete – i izađe u kujnu.

Gospođa se okrete novoj devojci.

– Kako se vi zovete?

– Jelka.

– Dobro, Jelka, hajde vi sad prvo obrišite ovde prašinu. Ja vas uzimam verujući da ste poštena devojka. Ovako kako sam nemoćna i nikoga nemam svog, može svaki da me pokrade. Ovolika kuća.

– Molim vas, gospođo, da verujete da ćete potpuno biti mnome zadovoljni.

– Radujem se. Ako budete takvi, lepo ću vas nagraditi. A koliko tražite platu?

– Koliko vi date, biću zadovoljna.

– To mi se dopada, i ja ću vas lepo nagraditi ako budete dobri.

Jelka odmah uze krpu, poče da briše, izbrisa brižljivo svaku stvarčicu dok ju je gospođa sa zadovoljstvom gledala. Kad svrši posao u sobi, ode u kujnu, pomože devojci, izbrisa sudove, a sve vreme je utrčavala u sobu da se nađe oko gospođe. Promeni joj burovu oblogu, pomaže joj da obuče šlafrok, naloži peć, donese kafu, novine. Trčkarala je oko stare dame kao umiljata kći. Njena uslužnost povrati raspoloženje gospođi i ona se malo razvedri i zaboravi na Mariju.

Posle dva dana Jelka predloži gospođi:

– Zašto biste držali dve devojke. Posao nije veliki. Mogu sama. Vi, inače, imate momka, koji ide na pijac i nabavlja, pa je mnogo troje da nas držite. Vi ćete mi pokazivati, a ja ću da kuvam, inače vi laku hranu jedete i večeravate mleko.

– Dobro, dete moje, ako vi možete sami. Neka dođe da je isplatim.

I gospođa otprati Mariju.

Jelka osta sama i radila je s najvećom voljom. Spavala je u istoj sobi gde i gospođa, na divanu, da bi se našla gospođi noću ako joj šta zatreba. Čitala joj je novine, a kad ne čita, uzela bi i plela jedan džemper. Čudila se stara dama kako zna i džempere da plete i govorila joj je:

– Baš ću da me naučite, pa jedan džemper da izradim mom Mići.

– A ko vam je taj Mića?

– Moj sin. Eto to je njegova slika na zidu. Lepi moj sin!

– A gde je gospodin?

– U vojsci na vežbi mesec dana.

– Oženjen?

– Nije, ali sada ću da ga ženim.

– Našli ste mu devojku?

– Našla. Vrlo dobru devojku, iz dobre porodice, lepo vaspitanu. Znam joj i oca i majku.

– I gospodin je voli.

Stara gospođa se malo namršti.

– Voleo bi je i više da ga jedna nije uhvatila. Videla bogatstvo, pa silom hoće da se nametne, neka činovnica, ne znam ni odakle je, ni čija je. Ah, ovi današnji mladići ne vode računa s kim idu, nego tako, prepredena se neka nađe, pa hvata. Ali ja ne dam. Postavila sam mu uslov: odreći ću te se ako se oženiš njome. Kad sam sve posaranjivala, neka ni tebe nemam. On je, istina, dobar, i neće protivu moje volje, uvek je bio poslušan, pa se nadam da ću ga otrgnuti od nje.

Mlada devojka ustade.

– A ja sam već zaboravila, treba oblogu da vam promenim. I mleko da vam donesem.

Ustade brzo, užurba se oko gospođe, izađe u kujnu za mleko, popravi jastuk.

– Kako ste vi, dete moje, vešti oko mene. Ama sve mi po volji radite. Otkako ste vi došli, sve mi blista po kući. Sâm vas je bog poslao. Hajde, idite i vi da večerate. Sipajte dosta, vi ste mladi, treba da jedete. Imam neke bombone i biskvita u kredencu. Uzmite i pojedite da se ne vuče po fiokama.

Devojka se vrati i uze opet svoj džemper. Stara dama je gledala kako ona plete.

– Kako vi sve to znate. To je lepo. Kad je devojka sirota, treba da je vredna, pa će je svaki voleti. A zašto juče niste malo izašli? Nedelja je i to je vaš dan.

– Zar vas da ostavim. Kako biste vi sami? Bilo mi je žao.

– Dopada mi se kad mlađi žale starije. Ja sam, vidite, prgava, priznajem i pedantna, ali kad je neko dobar, umem da volim i cenim. Vas sam zavolela kao svoju devojku Ljubicu. Razbolela se jadnica, a kod mene je bila deset godina.

– Vi ćete zavoleti i vašu snahu?

– Hoću, ona je dobra devojka.

– A je li dolazila otkako ste bolesni?

– Nije. Ne znam što je nema. To me malo čudi. Uvek je bila vrlo pažljiva.

Zvonce zazvoni.

– Idite, vidite ko je.

Jelka ode da otvori.

U sobu najednom kao vihor upade mlada devojka, elegantna, naparfemisana, našminkana.

– A tako, tek sada da dođeš! Mogla sam da umrem. Moja me snaha zaboravila...

Mlada devojka je govorila brzo, bez predaha, afektirajući. – Znate, imali smo neke goste iz unutrašnjosti, pa ti palančani kad dođu u Beograd, s njima samo imate da idete po trgovinama. Pa posle smo neke izlete pravili. Na Avalu, u Novi Sad, Pančevo. Oni su želeli sve da vide. Tako sam bila zauzeta, pa idi kod krojačice, modiskinje. Ne znam prosto gde mi je glava. Svakog dana hoću da dođem, pa me sve nešto spreči. I sad sam samo svratila na čas, čeka me rođak pred kućom, da vas vidim. Čula sam da ste nogu uganuli, ali nisam mislila da je tako ozbiljno. Ali vi ćete me večeras izviniti. Moramo da ih vodimo u operu, tata je uzeo ložu. Jaoj, što duva vetar napolju, sve me išiba.

Otvori tašnu, poče da se puderiše i da govori: – A zamislite, Mića mi se nijednom kartom nije javio. To je sramota. To sam htela da dođem da vam se žalim... Nije se čak ni pozdravio sa mnom kad je pošao. Telefonom mi je javio da žuri i da ne može da dođe. Uh, koliko je ovo sati. Pola osam... Izvinite, molim vas, što ne mogu duže da se zadržim, čeka me rođak.

– Dođi sutra, Anđo.

– Sutra? Čekajte... Uh, ne mogu ni sutra... Idemo autom u Smederevo. Još dva-tri dana oni ostaju, a posle, bogami, posle ću da dođem. Vi ste zlatni, vi ćete me izviniti, znate kako vas volim. Dajte da vas poljubim. A Mići napišite da sam se naljutila na njega. To je takva nepažnja. Znam zašto je takav. Čula sam sve...

Otvori opet tašnu, opet se napudra i brzo, kao vetar, izlete iz kuće.

Stara dama viknu Jelki:

– Jelka, idite i zaključajte kapiju.

Jelka se približi kapiji. Pred kapijom ču razgovor.

– Što si se toliko dugo zadržala? Čekam te dugo na ovom vetru.

– Znaš da ne mogu da se iščupam odmah od nje. Vidiš, krivo joj je što nisam dolazila, pa je lažem. A to ti je prava nadžak-baba... Ali dok se samo venčam s njim, neće ona meni suditi. Ne bih ja s njom živela u kući ni za šta. Odmah imamo da se iselimo od nje. Misli ona da mi sudi kao njenom sinu. Brže, tramvaj da mi ne umakne. Večeras ćemo u *Auto-klub*. Slagala sam je da ćemo u pozorište. Ona bi mi rekla šta imam da idem i da igram po *Auto-klubu*. A njen mi se sin ne provodi. Živi s jednom... neka ga, ipak ću ga uhvatiti. Pa posle nek živi s kim hoće, on će na jednu stranu, a ja na drugu. Umaći će nam tramvaj, nego sad će autobus. Hajde brže.

Kad oni odoše, Jelka zaključa kapiju i vrati se u kuću.

Gospođa je bila nešto namrštena.

– Jelko, dete moje, možete li da mi napišete jedno pismo mom sinu. Ja ću da vam diktiram.

– Hoću, gospođo.

– Dajte pero i mastilo. Eno, tamo je hartija u pisaćem stolu.

Gospođa je diktirala:

Dragi sine,

Večeras mi je dolazila Anđa i kaže kako joj se nisi nikako javio. Zašto me, sine, uvek sekiraš? Znam zašto se ti ne javljaš. Ali, ako ti još imaš onu tvoju na umu, izbij je zauvek iz pameti. Poslednji put ti kažem: nikada ti neću dopustiti da se njome oženiš. Ako misliš da se ženiš, idi s njom, pa radi šta znaš, a ja ću smatrati da više nemam sina...

Tvoja nesrećna mama

Gospođa zajeca pri poslednjim rečima, zajeca i Jelka. Zagrliše se i obe plaču.

– Kako je divno imati majku – jecala je Jelka.

– Ali, on, vidite, ne ume da ceni – jecala je gospođa.

– Ja nikoga nemam...

– Jadno moje dete – govorila je gospođa milujući je po kosi.

– Kako bih ja vas volela, uvek bih letela oko vas, vi ste dobri...

– I ostaćete... Kad se on oženi, ja ću da vas uzmem pod svoje. Čuvaću vas kao svoje dete.

Jelka briznu u plač i zagrli gospođu.

– I voleli biste me?

– Kako da vas ne volim. Zavolela sam vas kao svoje dete... Tako vredna, poštena, poslušna... Eto, zovite me još sada mama, pa ćete od danas biti moja posvojkinja.

Jelka je plakala, smejala se, grlila gospođu.

– Moja mama, moja slatka mama... Ja ću da vas čuvam da vas negujem, da vas mazim.

I ona je ljubila staru gospođu, milovala je po obrazima.

Pogleda najednom i viknu:

– Jaoj, kako vam je kosa zamršena, da vas očešljam.

Uze češalj i lagano, pramen po pramen, češljala je i razmrsivala kosu.

– A sutra, gospođo, ah, ne gospođo, nego mama, sutra, mama, nafriziraću vas, nakolmovaću, napuderisaću, pa ćete ustati da se šetamo po sobi, i tako svakog dana pomalo da vam se noga opruži i razmrda i kad gospodin Mića dođe da ga dočekate zdravi.

– Sine, ti? Pa ja sam te očekivala tek u ponedeljak – uzviknu mati sva srećna i diže se s fotelje da zagrli sina.

– Pustili su nas ranije, pa sam požurio. Sve sam brinuo za tebe. A, gle, pa ti si dobro, ideš već...

– Sasvim dobro. Hvala bogu, dobro sam prošla... Imala sam sreće, te nađoh dobru devojku.

– Onu Mariju?

– Kakvu Mariju! Onu sam nesreću otpustila. Pojela sam se živa pored nje. Prosto me je bilo strah od nje. Nego, dođe jedno devojče, kao da ju je sâm bog poslao, i upita me: „Da li vam treba devojka?“ Ja je uzeh. I to me devojče prosto diže iz postelje. Vredno kao vatra, vidi kako mi sva kuća blista, pa sve oko mene, stavlja mi obloge, udešava me, čita mi novine, piše pisma, kuva čaj, hoćete li ovo, hoćete ono, ne da mi ni sad ničega da se prihvatim u kući.

– Zato si se, mama, ti tako prolepšala. Vidi kako si se nafrizirala. Šta je to?

Mati udari u smeh.

– Ona me sve udešava, kolmuje, puderiše da budem lepa žena.

– Bogami, mama, to je nešto sumnjivo kod tebe. I tako si raspoložena.

– Ono mlado, veselo devojče, pa oko mene. Zavolela sam je kao kćer, pa sam se i ja pored nje podmladila. Niko me u životu nije tako slatko poslušao kao ona. Poslušna, a tako poštena, nigde ne skita, nego je po ceo dan sa mnom u sobi. Uzela sam je pod svoje, i kad se ti venčaš, ona će mene da sluša... Dopustila sam joj da me zove mama. Siroče, nema nikoga, pa mi je žao. Nije ni zapamtila majku, pa vidiš kako je srećna kad mi kaže „mama". Ti me zato nećeš osuditi?

– Kako bih te osudio? To mi se više dopada kod tebe.

– A gde je ona?

– U vešernici je. Pere nam žena veš, pa je otišla da je obiđe. Sad će da dođe.

Vrata se na predsoblju otvoriše, čuše se brzi koraci. Jelka utrča i taman je otvorila usta i viknula:

– Mića!

I zastade na pragu kao ukopana.

Mladić skoči sa fotelje i uzviknu:

– Jelka!

Mati ga iznenađeno pogleda.

– Zar ti nju poznaješ?

– Jest, mama, poznajem je. To je ona.

– Koja ona?

– Devojka kojom mi ti ne daš da se oženim.

Nekoliko trenutaka niko nije mogao reč da progovori.

Mati se prva pribra, pogleda hladno devojku.

– Tako, vi ste na taj način hteli da mi se približite, da bi ste...

Sin pritrča majci.

– Mama, nemoj to da kažeš što si htela, nego reci ono što si maločas meni kazala. Tako si bila divna maločas, i da sam znao da ti to za nju govoriš, bio bih najsrećniji.

– Da si znao? Šta nisi znao? Vi ste se to dogovorili.

– Nisam, živa mi ti, mama. Nisam imao pojma... Prosto sam se zaprepastio kad sam je video da je ona došla da služi tebe.

– To je istina, gospođo, vaš sin nije ništa znao. Ja sam sama došla kad sam čula da ste uganuli nogu... On mi je samo pričao o vama da ste vrlo dobri, plemeniti, da imate milosrđa u sebi i da biste voleli da me upoznate. I ja sam želela da me upoznate. Oprostite mi, gospođo, ako sam vas time uvredila. Ja volim vašeg sina, priznajem vam, ali onog dana kad sam ga upoznala i još dugo posle nisam znala ko je on, iz kakve porodice. Mislila sam da je činovnik, kao ja, i zato sam dopustila da se ta ljubav razvije u meni. Ali sad, kad sam vas upoznala, i kad ste vi mene upoznali, zaklinjem vam se da ja neću da budem smetnja vašem sinu. Ja odlazim, kucaću i dalje na svojoj mašini, a vama i njemu želim sreću. Moj jedini greh je taj što sam sirota, što nemam nikoga.

Ona gorko zajeca.

Mladić joj priđe, zagrli je, pokri i on lice rukama, povede je i dovede je do mamine fotelje. Saže se majci i zagrli je.

– Mama, pogledaj je, pa zar ona nije već tvoja ćerka? Ja tebe znam, znam tvoje srce. Badava ćeš se ti otimati, ti si nju zavolela. Je li, mama, da si je zavolela? Ona će biti tvoja snahica koja će tebe da mazi. Zar ja nisam tebi toliko puta pričao kako je ona umiljata, kako je dobra, kako bi je ti volela? Koja bi te devojka iz otmenog sveta ovako dvorila i negovala? Priznaj sama. A vidi kako te je ona udesila, pa nafrizirala, pa si mi lepa kao nikad...

Staroj gospođi se srce raskrvari. Ona se nasmeši, diže glavu, ali su u njenim očima blistale i suze. Pogleda nežno Jelku. To je bilo dovoljno. Mlada devojka pritrča, zagrli je, poče da je ljubi, da je miluje.

– Mamice, moja dobra mamice...

Iz dnevnika muškarca... koji neće da se ženi

Subota

Sinoć su se opet tukli, i ta susedna soba mi je uništila svaku želju za brakom. Prvo je bio prijatan razgovor i žena se smejala, nešto je veselo pričala mužu. Čuje se gotovo svaka reč. Da znaju arhitekte da će neki samac svakog dana slušati neke rasprave kroz tanke zidove, sigurno bi ih tapetirali. Ovako je potpuno istinita poslovica: „I zid ima uši". To je upravo najbolji sprovodnik, i samac, koji se utiša u svojoj sobi, čuje i korake, raspoznaje ženski od muškog, čini mi se da čuje kad se svlače, kako krevet škripi...

Bila je tišina i najedared ženski glas. Žene obično otpočinju svađu. To umiljato i ljupko stvorenje šiljatih noktića seti se najedared nečeg neprijatnog još od pre tri dana, i tako joj dođe prijatno da u krevetu, u pomrčini podseti muža na nešto što joj nije prijatno... Opazio sam da muž u susednoj sobi uvek prvi zaspi. Umoran, ceo dan na poslu, navečera se, i jedva čeka da se sruši u postelju i zaklopi oči.

I onako sanjiv, on prvo vreme i ne odgovara na ženino pitanje... Tek samo neku reč izbaci, a ja osećam kako se grešniku spava i pravi se da ne čuje, a vidim kako žena leži budna, ne spava joj se, a tako je gotova za svađu...

Žena veze... Muž samo poneku...

Žena čita, pa ne prestaje...

Muž prasnu: „Ćuti, hoću da spavam!"

To razbesni ženu, skoči iz postelje i poče da lupa nogom: „Hoćeš da spavaš, e baš nećeš..."

A muž planu, skoči, razjari se.

Ništa strašnije nego razljutiti muškarca koga hvata san...

Onako besan poče da je lema.

Cika, piska, vriska, grmljavina... Trese se soba, trese se čak i moj krevet.

Izađoh iz takta. Lupih pesnicom o zid...

Ne pomaže.

Dreknuh: „Sad ću da zovem policiju."

Jedva se stišaše. Samo se čuje kako žena jeca i kroz jecanja govori: „Ja sam najnesrećnija žena na svetu..."

Čovek se umiri i zahrka.

I ja zadovoljno legoh i pomislih: *Alal mu vera što je izudara.*

Isto bih i ja učinio na njegovom mestu.

Sreda

Vizavi mene opet jedna višespratnica, i zbog tih njenih ženskih stanovnika neću da se ženim...

Gledam jednu ženu. U jednoj istoj haljini od jutra do mraka. Čak sam i boju zapamtio. Nešto kao crveno. A na ulici uvek u drugoj toaleti. Pa lepo, pitam se ja, za koga se ta žena udešava? Za ulicu ili za muža? Pred mužem uvek u onoj crvenoj, na ulici – boginja.

Jedno jelo čoveku dosadi i otuži, a kamoli jedna žena uvek u jednoj te istoj haljini. I čim ode muž, stane pred ogledalo. Jednom sam gledao, šest sati je stajala pred ogledalom. Čovek radi osam časova, a žena se šest sati ogleda.

Kako da se ženim? Da moja žena ceo dan stoji pred ogledalom. Posmatrao sam sav njen domaći posao: glača nokte pred ogledalom, češlja se, puderiše, rumeni i sprema za izlazak.

Tako ceo dan.

Na jednom spratu niže druga mlada gospođa.

Čim muž iz kuće, i ona posle jednog sata iz kuće. Ona kući u dvanaest, muž u pola jedan. I proverio sam, nije činovnica, nego tako, ide od kuće. Pitam se: gde li može žena da švrlja svako jutro? Zar da se oženim, pa i moja žena da tumara negde bez mog znanja i da me dočeka umiljata i nasmejana kao da je celo jutro sedela kod kuće.

Četvrtak

Bio sam danas na ručku kod jednog mog druga. Uzeo se iz ljubavi nekad, a sad se samo peckaju.

I još nešto. Žena u drugom stanju. Pegava, trbušasta, poružnela. Zaista je lepo imati decu, ali kad bi žena u onom blagoslovenom stanju zadržala svoju lepotu i liniju. Kako muž može da ostane veran tada kad je ovaj pusti Beograd pun gracija i afrodita. A on, jadnik, uzdiše, prosto očajava za provodom, pa me savetuje: „Živi dok si momak, jer kad se oženiš, rob si, pravi rob svoje žene."

Nedelja

Prelistavam notes. Tu beležim sve svoje posete i poznanstva. Ponedeljak: sastanak u Karađorđevom parku sa onom malom crnomanjastom. Jedno vatreno devojče. Upoznali smo se na ulici. Glupa je, ali ume da ljubi. Vrlo izdašna u ljubavi. Ne spominje mi još ništa za brak, ali čim spomene – kidnuću.

Sreda: familijarna porodica. Interesantnosti dve: jedna raspuštenica kći i jedna devojka. Raspuštenica gleda da mi utrapi devojku za ženu, a ja opet gledam da osvojim raspuštenicu. A opažam da se obema dopadam. Samo se devojka pravi vrlo skromna, a raspuštenica je vesela. Ona prva uvek priča o kući, dok se druga pravi kao da ne voli kuću da bi istakla vrednosti one prve.

Sa ovom drugom bih mogao imati flert, sa onom prvom ne pokušavam... Samo vodimo diskusije u okviru nauke, literature i pozorišta.

U četvrtak idem da prošetam korzom. Tu srećem jednu udovicu. Pratim je već odavno i prošlog četvrtka sam se upoznao s njom. Drži se mnogo na ceni, ali verujem da će da kapitulira. Žalost za mužem je prošla, i u njenim očima oseća se da želi da se zaljubi. Pričala mi je da nikog ne voli, a čim se žena to ispoveda jednom muškarcu, znači da hoće da mu kaže: „Ja sam slobodna i ti bi mogao da ispuniš moje srce..." Samo tu neću odmah da kidišem. Imam sasvim drugu taktiku. Najzad, šta ja znam, mogao bih i izgubiti šanse.

Žene se uvek prave zagonetne, čak i kad su vrlo jednostavne, i kad se drže na ceni. Ali potrebno je i muškarac da se drži na ceni, jer je onda interesantniji... Kod devojčica takva taktika nije potrebna, ali kod udatih žena, udovica i raspuštenica mora već da se razmišlja...

U subotu, opet, sačekaću neke male gospođice. Slatki devojčići. Mogao bih ih sve izljubiti, ali neću, zabavlja me da ih tako pogledam i odgledam one njihove lepe nožice... Posle se vraćam u kafanu, znam da subotom dolazi jedna lepa dama u muškom društvu i strasno puši. Kibicovali smo se prošle subote. Ona me je ipak zapazila, iako su bila tri kavaljera pokraj nje... Frivolna je i koketa, ali interesantna i draži svojom pikantnošću.

I sad da se ženim? Ovakve lepote na svakom koraku? A u braku?

Jedna žena, jedna toaleta, svađa, deca, peckanje, ispaštanja, ljubomora, scene...

Nikad! Nikad!

Prva oksidisana plavuša u palanci

Četiri kćeri, a tri generacije. Ona najstarija – starinska, stroga, moralista, pomirena sa sudbinom da ostane usedelica, pa zbog toga najveća opozicija slobodi i emancipaciji mladih. Ona je predstavljala porodični savet, u koji su ulazili otac i mati, manje strogi od nje zbog roditeljske popustljivosti i pored njih bi ona dva najmlađa đavola mogla da se provode kako hoće.

Samo da nije te Katarine. Ona vodi računa kad one dolaze kući, ona zna da su bile na korzu, zabranjuje da ispod prozora stoje kavaljeri, određuje šta da se kupi.

Pravi diktator u kući.

Druga sestra lakše je snosila tu diktaturu, posvećena umnom radu i školi, i već je uživala i njeno poverenje jer je bila činovnik, donosila je platu, pa joj je ona mnogo štošta praštala ceneći je kao ozbiljnu devojku. Za tu Danku Katarina nije strepela.

Ali ona dva đavola, Lila i Mima, bila su njena najveća briga. Kao da je između njih bio razmak od pedeset godina. I imena im drugojačija, i lice, i frizure, hod, tako bezobrazne oči, koje se nikad ne obaraju pred muškarcima, da je u porodičnom savetu Katarina često uzdisala: „Ove dve će osramotiti kuću." A kavaljeri, kao za inat, moraju uvek da prođu pokraj njihove kuće. Tu je sud, tu gimnazija, pa u dvanaest samo defiluju ispred prozora: sudije, sekretari, pisari, advokati, suplenti, oficiri... A dva đavola iza prozora provire, nagnu se pokoji put, pune obešenjakluka, da doskoče najstarijoj sestri.

I u kući neprekidno dvoboj između stare i nove generacije. Najmlađe sviraju klavir, idu u tancšule, na balove i moraju da im šalju toalete, i obe lepe, ljupke devojčice, proleće u kući u toj jesenjoj atmosferi one najstarije.

Stalna je bila borba s njima. Kako da idu u tancšule, ko da ih vodi. Katarini nije to dolikovalo, mlađa zauzeta, i onda iz komšiluka neko. A zar smeju komšinici da se povere ovakvi đavoli?

Dovijale su se one i uvek bi podvalile najstarijoj sestri, što je nju najviše jedilo. Ali ništa tako kao serenade noću...

Pa sve to nije bilo ništa kao jedan događaj.

Kako dođoše one jednog dana do flašice oksižena, to je njihova tajna. Ali jednog jutra u bašti se nešto čudno događalo. Sakrile su se njih dve, Lila i Mimi, u dnu bašte, kakve su oko starinskih kuća, s čitavim voćnjakom pozadi kuće, i sedi Lila na suncu raspletene kose. Kosa joj je bila kao kesten, a oči safirne.

Tog jutra ona promeni boju. Mima je neprestano maže jednom tečnošću. A njena kosa na suncu poče da bledi, da se pozlaćuje i sinu kao sunce.

Lila zatim postade zlatna plavuša...

Kako sad na oči ocu i majci. Pokupi ona svu kosu, veza je maramom i sedoše za ručak... Ništa niko ne vidi, i one se ispod stola podgurkuju, a usta im puna smeha... Ceo dan roditelji ništa ne videše. I tek sutra izjutra. Katarina uđe u sobu, i zastade zaprepašćena. Na jastuku je ležala Lilina glava s raspletenom zlatnom kosom. Ona zastade, protrlja oči, da nije kakav san, priđe joj, opipa kosu i kad vide to čudo, ciknu i dočepa je za kosu.

Na njenu larmu dojuriše roditelji, napravi se lom u kući, a Lila sedi na krevetu opuštene zlatne kose kao rusalka.

– Iz kuće mi nećeš izaći! – ciči Katarina.

Mati plače, šta uradi sa svojom lepom kosom, otac se čudi i krsti, kako tako da se užuti, i u kući nastade žalost kao da je neko umro.

Tri dana nisu izlazile iz kuće.

I tek četvrtog pojaviše se posle podne na prozoru. Gimnazisti su se puštali iz škole. Oni najmlađi zastadoše iznenađeni, pogledaše zlatnu Lilu i jedan uzviknu:

– Pazi, ona devojka ima sunce na glavi.

Maturanti se trgoše, upraviše svi zaljubljene poglede na lepu plavušu i jedan uzviknu teatralnim glasom:

– Ofelijo, idi u manastir!

Za dva dana cela palanka je znala novosti: gospođica Lila ima sunce na glavi.

Mladići da polude, svi se zaljubiše u nju.

Žene počeše da je ismejavaju i ogovaraju... na poselima, pred kapijama, pričalo se: – Boga ti, vide li onu gospa Jucinu ćerku kako se napravila žuta kao lisica. – A sirota gospa Juca da umre od stida. Otišla žena na groblje, na zadušnice, pa pošto je pop prelio i okadio grob, sela na klupicu, izvadila iz korpe slatko, flašu s vodom, kolače, i hoće da posluži svoju susetku... A ova se posluži i tek će reći: – Ama zašto dopusti tvojoj Lili da se tako nagrdi?

Mati se čisto zagrcnu, dođe joj teže za kosu nego za mrtvima, i kroz plač progovori: – Pa zar ona mene sluša. Nisam ni znala, slatka sestro, kad je to uradila.

– A gde su ti batine. Udri ti to! Zar da te bruka. Počupala bi ja njoj kose!

I mati se vraća kući sva rastužena, nemoćna da se bori.

Pa muškarci, penzioneri, oni što po ceo dan igraju domine, kako je gledaju, napuštaju igru i iščuđavaju se...

A otac odmah plaća kafu i ide kući, ljut i gotov da bije.

Bruka, prava bruka.

A još veći skandal pred kućom noću.

Serenade svake noći.

Jedne noći dođoše berberi korporativno s tamburama da opevaju zlatnu kosu, jer to je bila prva oksidisana plavuša u palanci, i ta im se novina dopala pošto im je obećavala pazar.

A najrevnosniji sa serenadama bio je poručnik Pera. U đačkoj četi jedan je svirao na citri i svake večeri pred prozorom komična situacija... Poručnik Pera se savija, narednik mu metne citru na leđa i svira...

U ljubavnom zanosu poručnik deklamuje: – Safirne očice, jeste li budne? – A đavolica odškrinu samo prozor i prošapuće: – Budne su, al' ništa ne vide.

I na tu komičnu situaciju naiđe jedne noći komandant i poručnik Pera odleža petnaest dana zatvora.

A zlatna Lila zaluđuje. Ali kako samo đavoličak! Nijedan muškarac da je osvoji. Nije bila ona od onih devojčica s kojima su mogli oni da se provode. Zato su i ludeli za njom... Umela je da koketira, ali da bude daleko od njih. I pravnik Mika se kladi s nekim drugovima: – Da vidite da ću ja da je iscmačem. – Inače Beograđanin, narednik u đačkoj četi i pevač. Ah, kakav glas. Topao, sladak, zanosan da su sve gospođice u palanci uzdisale za njim, a on poče da uzdiše za Lilom. I uveren u svoj uspeh, govorio je: – Šta tu malu palančanku, videćete kako ću da je osvojim...

Uspeo je da se upozna s malom palančankom, ali nije znao da su njoj već javili za njegovu opkladu: „Iscmakaću je."

Jedne večeri zakazali su da se šetaju... Udesio se pravnik Mika: nove žute kamašne, obrijan, naparfimisan, šetaju se njih dvoje napred, a za njima Mima i Pepa, njihova drugarica, đavo kao njih dve.

Dogovor im je bio ovakav: „Čim se nakašljem, to je signal da on hoće da me poljubi i vas dve da pritrčite."

I pođoše u šetnju. A kiša je padala, ulice nekaldrmisane, pa sve po nekim sokačićima raskaljenim... U inat, Lila ga vodi i zavija svima sokačićima, a pravnik Mika gaca li gaca, sav uprskan blatom po novim kamašnama. Dođu tek u neki mračni deo ulice, a Mika taman da zagrli, Lila udari u kašalj, i one dve pritrče. Vide on njihovo lukavstvo i ljutito ih doprati do kuće... Na rastanku joj steže prstiće svom silinom i besno prošaputa: – Ah, ti mala palančanko, da mene ovako izigraš, a u Beogradu najotmenije gospođice trče za mnom...

A Lila zalupi kapiju i nasmeja se: – Idite se pohvaliti kako ste me iscmakali.

Serenade se i dalje nastaviše. Svako jutro oluk na kući iskićen cvećem koje su kavaljeri krali preko ograde. Dok jednog jutra dođe ocu poziv iz opštine...

Kad tamo...

Komšiluk je tužio dva đavola zbog serenade, i traže ili da prestanu serenade ili da se sele iz stana.

Ljut i ponižen došao je otac kući i sakupi se porodično veće. Odluka bi brzo donesena: „Da ih pošaljemo mesec dana u goste u Beograd da se komšiluk malo smiri."

Lili i Mimi lude od radosti. Idu u Beograd. Na stanicu ih isprati Katarina preteći im celog puta i savetujući da se tamo lepo ponašaju.

A iz palanke za njima poleteše pisma i karte u Beograd. Uzdišu kavaljeri, do boga se čuje...

A one iz Beograda pišu Pepi:

Što se divno provodimo u Beogradu. Kad god se vraćamo iz šetnje, poneki muškarac se upozna s nama i doprati nas do kuće.

Ali su strašno bezobrazni muškarci u Beogradu, šta nam ti dobacuju...

A tetka je pisala:

Volim što ste mi ih poslali u goste da ih malo provedem. Svima se dopadaju. Sinoć su im čak pevali serenadu...

Šta ćete, takva je današnja mladež.

Katarina sede očajno na stolicu, pogleda roditelje, i reče: – Opet ćeš muku imati s njima.

I u porodičnom savetu doneše odluku: čim se vrate, da ih udamo, pa neka se onda muževi krše s njima.

Zaljubljiv čovek

Razlikovao se od ostalih muževa time što je bio vrlo nežan prema svojoj ženi. Sve što je moderno, ona je prva nosila, i sa ukusom mondena i rentijera umeo je da kupi najlepše toalete, ogrlicu, u tonu, cipelice od fine kože, prstenje s neobičnim ukrasom.

Tu nežnost diktirala mu je njegova zaljubljenost.

Pomalo je i pozirao sa svojom ženom želeći da svima prikaže kako je on kiti kao lutku, da mu zavide na njenoj lepoti, da je žene pakosno gledaju, a za njim da uzdišu...

Ta žena mu se zvala Ivanka, a pre nje je imao još jednu. Razveo se od nje zbog jedne slabosti, jer je bio zaljubljive prirode. Sad je mislio da će biti večno veran. Verovao je i sâm u to po simptomima ljubomore koju je osećao kad god ju je neko malo drsko pogledao. Kao svi ljudi svesni svoje moći, koju je predstavljalo njegovo novčano bogatstvo, nije strepeo da će ga ona ostaviti. Ostaviti njega značilo je lišiti se automobila, letnjeg provoda na rivijeri, karnevala u Nici, mondenskog života sa svečanim večerama, izlascima u raskošnim balskim toaletama.

Da, sve je to mnogo značilo za jednu ženu, i gospođa Ivanka je pokazivala puno pažnje svome mužu, iako joj nije mogao inspirisati neka toplija osećanja svojim gojaznim vratom s ponekom bubuljicom, niskim rastom, sitnim očima, koje su stalno žmirkale i kratkim zatupastim prstima...

I tako je život tekao dok se nije pojavila njena prijateljica Nevena.

Uvek je ona nju volela, bile su i školske drugarice i vezivalo ih je i prijateljstvo njihovih roditelja. Obe su bile lepe, samo je Nevena bila vragolastija, s nestašnim očima Ane Ondri, i ona ju je uvek tako i zvala, i jednim fino izvajanim lukom usana, dok su se uvek videla dva prednja zuba kao dva bela đurđevka. Te poluotvorene usnice uvek su mamile na poljubac, i kroz duge trepavice opuštene preko plavih očiju videle su se dužice, koje su svaki čas očekivale svoju boju, nekad su bile prave, drugi put grao ili zelene...

Gospođa Ivanka odavno nije videla svoju prijateljicu jer su joj roditelji bili u unutrašnjosti, i sad se obradovala kad su se doselili u

Beograd... Opet su počeli njihovi izlasci: šetnje automobilom, večernji provod u pozorištu, varijeteu, dansingu, kafanama... Ona je bila kao treći član porodice...

Muž se vrlo oduševi dolaskom te njene prijateljice i nikakav protest se nije čuo s njegove strane, niti izraz dosade što je ona s njima.

Naprotiv... On se sav rastapao od pažnje, donosio je najfinije poslastice, pitao ženu treba li i njoj da se odreši za očeve. O praznicima i njoj su se kupovali pokloni.

I moralo se dogoditi ono što se obično događa...

Muž se zaljubio. Ne bi to bilo tako brzo da nije samo bilo onog njenog mladeža na desnom ramenu.

Taj mladež je zaludeo gospodina Jovu. Čas se ukaže, čas se sakrije. I baš na onom mestu gde je bretela. I dok sede u loži, on iza njenih leđa, ništa ne vidi na pozornici, već samo čeka momenat kad će mladež da se ukaže. Kao mali kadifasti kružić, tako ga je uzbuđivao da se zakleo da ga mora poljubiti. Uvertira zaljubljenosti počinjala je već stiskanjem ruku, dužim i značajnijim pogledom, brižnim zapitkivanjem da joj nije hladno, nežnim pridržavanjem mišice kad se penje u auto, i pogledima svetlucavim i zamašćenim.

Posle prvog poljupca gospodin Jova je bio načisto: bez ove vragolaste Nevene ne može da živi...

Ali kako da raskine? Gospođa Ivanka se bila tako uživela u ugodnost i raskoš da ne bi ni pomislila da ide od njega...

A on je imao svoj pojam o braku: kad se oženjen čovek zaljubi u drugu ženu, treba da raskine brak jer nije pošteno varati ženu...

Razmišljao je o svemu gospodin Jova. Njegova taktika je stupila u dejstvo. Počeo je da zahladnjuje prema ženi, da zadocnjava, da zaboravi uveče da je izvede. Jednog dana predloži joj da ide na rivijeru. Taj predlog je propratio nežnim rečima, dao joj je veliki svežanj banknota, napakovao toalete i ispratio je.

I onog trenutka kad se voz udaljavao, on se oseti najednom slobodan, čisto razveden...

Sad je izvodio plan. Nikako joj neće pisati. Neka ona oseti da se udaljuje od nje... i na sva iznenađena pisma žene nije nijednom odgovorio. Posle mesec dana gospođa Ivanka je dojurila... Nastalo je objašnjenje i sasvim hladno on je izjavio da se rastaje s njom.

Kavaljerski je obećao da će joj dati lep miraz da se rastanu kao prijatelji. I posle plača, molbi gospođa natovari stvari, uze svoj miraz i preseli se u drugi stan.

Jedno ju je samo pitanje mučilo: koja li je to žena koju on sad voli?

Posle godinu dana je doznala.

Gospodin Jova se venčao s Nevenom.

– Ah, moja najbolja prijateljica – cikala je Ivanka. – Ja je primila u kuću, volela kao sestru, i ona da mi otme muža!

Obuzimao ju je bes, dolazilo joj je da uleti u njihovu kuću, da je svu raščerupa. Želela je da mu dobaci da nije volela njega, nego njegov novac i da ga nijedna žena neće voleti... Mrzela ga je zbog tog bogatstva kojim je pobeđivao žene i molila se bogu da mu se osveti...

Ali gospođa Nevena nije mislila na osvetu. Puna fantazija, ona je mogla da zadovolji sve svoje prohteve skromne devojke, koja je uvek zavidela onima što se vozaju u automobilu. Izigravala je i ona istinski zaljubljenu ženu, ali se gnušala onih njegovih usana, koje su je više balavile nego što su je ljubile... Krišom je poglédala mladiće u kafanama, koji su se divili toj lepoj ženi, okićenoj kao bajadera, pokraj tog neukusnog muža. Najzad, ona će jednog dana naći ljubavnika, pa će ga prevariti. Čuvala se samo prijateljica. Dolazile su samo kad on nije tu, ali da ih izvodi s njima nije se usuđivala... Znala je da ima slabost prema ženinim prijateljicama i odstranjivala ih je od njega. Bila je svesna da je za brak opasnija prijateljica od prijatelja. Prijatelj nju neće odmamiti, a bogatog muža prijateljica rado lovi.

I tako je živela obezbeđena od svake opasnosti. Malo više kontrole vršila je nad njim i proveravala je sve njegove izostanke.

Prošle su tri godine.

Tada joj dođe u goste jedna njena mlada rođaka iz unutrašnjosti. Takve crne, vatrene oči, pune sjaja i topline, i smeh nekakav koloraturni, sveži, zvonki da je sva kuća bila obasjana sjajem njenih očiju i ispunjena koloraturom njenog smeha.

Gospođa Nevena nije mogla nikakvo zlo da pomisli. Mala rođaka je volela zeta kao oca, šalila se s njim, zadirkivala ga, a on je pokazivao osobito zadovoljstvo što je ona u kući i kavaljersku pažnju da joj kupi poklone. „Siroto dete, treba ga malo obući i izvesti“, govorio je ženi. „Vidiš, nema ni odela, ni ljudske cipele, a kako bi upadala u oči da se obuče.“

I devojčica jednog dana sva ushićena stade pred svoju rođaku i rođaka u novoj toaleti od crvenog voala, sa ogrlicom u istom tonu, crvenim cipelicama, da je sva ličila na bulku, a njeni obrazi dobiše boju kadifene crvene ruže.

Gospodin Jova, već se po sebi razume, polude od ljubavi. Ali kako sad da izvede sve to, kud da pošalje ženu.

Znao je njenu fantaziju i stalnu želju da vidi Kairo i dolinu Luksor i otprati je na taj put... Gospođa Nevena je bila ushićena da vidi Egipat, tu zemlju sunca i bogova, autentične šeike, kao Valentina, starodrevne grobnice, i lepe Arabljane orlovska nosa, dubokih maslinastih očiju i opaljene, bronzane kože. Ponela je najlepše toalete, krenula na put s tajnom željom da napravi neku avanturu. Zar doći u Egipat i ne zaljubiti se u nekog šeika, voziti se s njim po Nilu, kroz fantastičnu noć, ići s karavanom preko crvene pustinje.

Malo se razočarala – u Egiptu vrućina i nedostatak šume, ali su je oduševile palme, egzotični bazari, beli burnusi i one lepe oči koje su se na terasi zaustavile na njoj. Mislila je često: ako bi se neki zaljubio u nju, da li da ostavi njenog Jovu. Ipak se odlučila da ga ne ostavlja, već samo da napravi jednu avanturu.

Na terasi hotela viđala je često jednog lepog Arabljanina.

Govorio je engleski i francuski, i očima joj je suviše laskao i izražavao želju da se upozna s njom. Konobar joj priđe jednog dana i pruži joj pisamce. Pisao je lepi Arabljanin, koji je bio šeik, a želeo je njeno poznanstvo. Posle dva dana šetali su se zajedno, pravili izlete do Asuana, on joj je šaputao, grlio je. Ah, takvi poljupci, topli i slatki, kakve nije nikad osetila. Pomalo ju je grizla savest što je izneverila svoga Jovu, koji je toliko voli, odrekao se druge žene zbog nje... I s nežnošću je pomislila kako će se vratiti k njemu i biti dobra žena. Nikada ga više neću prevariti, govorila je ljubeći usne Arabljanina... A on, sa istočnjačkom strašću i zavodljivošću, ljubio joj je prstiće okićene prstenjem, vrat na kom je blistala skupocena ogrlica, pričao o svojim dvorovima od mermera s baštom punom narandži, jasmina i magnolije. Pitao ju je kakav nakit najviše voli, koje boje drago kamenje, dijamante ili smaragd da joj donese za uspomenu...

To je bio najlepši medeni mesec žene fantaste.

Jedne večeri čekalo ju je pismo na stolu u njenoj sobi.

Čitala je raširenih očiju. Muž je otvoreno pisao: *Mi se moramo rastati. Ja te više ne volim i kao častan čovek hoću to da ti kažem.*

Sva uzrujana, zaboravila je Arabljanina, počela je da se pakuje, spremala je svoje adiđare i kad je otvorila kasetu, u kojoj je bilo njeno najskupocenije prstenje i ona biserna ogrlica, sve je bilo prazno. Napravila je uzbunu u hotelu, svi su dojurili, posluga i detektivi. Raspitivali su gospođu s kim je pravila poznanstvo, i ona je kazala samo za poznanstvo s lepim šeikom. Pojurili su da ga traže, ali je šeik iščezao bez traga i glasa.

Njen lepi Arabljanin bio je lopov.

Uzalud su bila sva traženja. Nakit se nije mogao pronaći, niti lepi šeik.

Sva očajna, gospođa Nevena je odjurila da spasava situaciju u Beogradu. Ništa ni tu nije uspela. Njene molbe su se sukobile sa čašću njenog muža, koji je smatrao da bi bilo nečasno s njegove strane da ostane pokraj nje kad je ne voli. Galantno joj je dao miraz i otpratio je od kuće...

Ah, koja li je sad na redu, pitala se gospođa Nevena kao i gospođa Ivanka.

Posle godinu dana gospodin Jova se venčao s njenom rođakom Evicom.

Ta mala palančanka kao da je imala najviše vlasti nad gospodinom Jovom. Nije se plašila da će je prevariti i ostaviti, mada se radovala vožnji u automobilu kao dete igračkama i sa ženskim lukavstvom strpljivo je snosila njegova milovanja i poljupce.

Baš kada je ona njega prevarila s jednim svojim zemljakom, lepim studentom, gospodin Jova se zaljubio u njenu prijateljicu.

Bio je sit male palančanke i tražio je promenu. Jednog dana joj je to i saopštio.

– Baš sam i ja htela da ti kažem da te ne volim više jer sam zaljubljena u jednog mladića, za koga ću se udati, i želim da se razvedem od tebe.

Takve reči napravile su čudnu reakciju kod gospodina Jove. Njega da izneveri neka žena, i da ona traži razvod? To on neće da dopusti dok je živ. I obuze ga neki bes, ljubomora, poče da ispituje ženu najpre mirno, zatim pade u jarost, dočepa je za ruku, natera je da mu prizna sve. Hteo je da vidi ko je taj mladić. Praskao je: – Zar ja tebe uzdigao, a ti da me varaš! E, znaj, neću ti dati razvod, držaću te zatvorenu u kući, a tvoga ljubavnika pronaći ću...

I poče da moli ženu da ostane, da ne ide od njega, da se on samo šalio, a ta vragolanka kao da popusti, priznade mu da je jedan mladić zaljubljen u nju, ali da ga ona nije nikada prevarila, ali ako on hoće da se razvede, kako je već navikao s drugim ženama, može slobodno da ide, a ona će da se uda...

I gospodin Jova ostade još više zaljubljen i uvek na oprezu da ga ona ne ostavi.

A sredom uveče, kad je imao sednicu, sobarica je uvodila u sobu mladoj gospođi lepog studenta. I dok su se grlili, ona mu je govorila:

– Pravi je mamlaz. Zaljubljen je u mene kao gimnazijalac, ali čim ti svršiš, pobeći ću od njega i venčaćemo se makar u drugoj veri... Sad ću još da ga trpim. Bolje i zbog tebe...

I to govoreći, gospođa Evica pruži svojoj ljubavi jedan svežanj banknota.

Krvave ruke

Najstarije Bebine uspomene, iz onog doba kad se u svesti tek zasniva memorija, bile su iz pete godine, i izgledale su tako daleko kao predmeti na nekom beskonačnom dugom putu, koji ostaju pozadi, i udaljuju se sve više i više dok se ne izgube...

Pojedine su se uspomene izgubile, ali ostale su neke čudnovato interesantne. Tako se sećala te varoši sasvim na jugu predratne Srbije, gde je njen tata bio visoki činovnik, najstariji u celoj varoši. Od celokupne varoši, zadržala je jednu ulicu, jedan veliki zid, koji je opisivao prazan plac, njihovu kuću s doksatom, paradnim i sporednim ulazom, i velikom baštom, koja se s proleća riljala i baštovan je sadio povrće. I ona se uvek seća kako je govorio: „Sadim trešnjevu boraniju." A ona je mislila da će na boraniji roditi trešnje. Seća se još jedne kuće, gde je stanovao neki doktor, koji je uveče sedeo na terasi i ona ga se strašno bojala jer joj je zavlačio kašičicu u usta... A do doktorove kuće još jedna, s lepim filaretama. Zna još i jednu kafanu, gde su bili na svadbi. Ona je igrala, pa je pljusnula strašna kiša i grom je udario u jedan odžak kafane.

Tako sve neke strašne uspomene. Jednom se bilo naoblačilo, crni neki oblaci, zemlja se zatresla, i nešto je tutnjalo. A u kući su govorili: „Pao meteor s neba." Ona je zamišljala da je taj meteor neki ogromni kamen, koji je pao na zemlju i sve je mislila da su i zvezdice kamenice, samo do belutka, pa presijavaju, kao kad ona udari dva kamička jedan o drugi...

Jednom je opet njen tata otišao na put. Smrklo se, a njega nema. Mama uplašena istrčava svaki čas na kapiju, krši ruke, neprekidno govori: – Uh, što ga nema? Ako su ga negde napale komite...

Tada je Beba čula kako govore o nekim komitama, koji nose belo odelo, kriju se iza drveća, a ona nije zamišljala da su oni ljudi, već vampiri... Plašila se uveče od njih, i mama se bojala i njihova gazdarica, koja se zvala Seta, nosila je šalvare, vitice niz leđa, maramu je povezivala ispod te kike, i preko noći su zatvarali vrata.

Bili su neki krupni događaji. Išla je s tatom nekud. Bili su u nekoj velikoj sali, pa je tata govorio, a svet ga je digao i nosio na rukama, pa su podigli i nju, nosili je i metnuli pored tate u fijaker... Dobila je i jedan zlatan krstić od vladike kad je ručao kod njih. Puno je sveštenika bilo tada na ručku, pa neke visoke kape, a deca sve sačekala vladiku u dvorištu i poljubila mu ruku, ali mama nije dala da oni ručaju s vladikom...

Pa posle neka sitna sećanja. Jednom je izgorela svih deset prstiju. Htela je da digne šerpu s vrućim mlekom. Bolelo ju je oko, pa su je lečili, a u jednoj jabuci, što je kupila od šeširdžije, one jabuke uvaljane u šećer, kao staklo, našla je vašku... I otad nikad nije jela te jabuke.

Pa to ipak nisu bile strašne uspomene kao ona jedna, najstrašnija, i uvek tako jasna, veća od sviju, kao na slici, gde je puno glava i izdvaja se jedna ogromna.

Ona se igrala tog jutra u bašti. I najednom čuje neku vrisku, zapomaganje: „Upomoć..." Mama istrča iz kuće, gazdarica Seta, njena deca, žene su jurile kroz sokak, jedne gore, druge dole, vikale su: „Bež'te!" „Poludeo!" „Ubiće!" „Upomoć!" I ona, Beba, odjurila ne slušajući maminu viku, i našla se pred onom kućom s filaretama. A tu, u dvorištu, gužva... Jedan čovek, sav razbarušen, strašnih i velikih očiju, razmahuje se krvavim nožem, a ljudi ne mogu da ga uhvate. Uleteše i stražari, hoće bajonetom da mu izbiju nož, deca se guraju oko filareta, majke vrište, zovu ih, onaj čovek pobesneo. Iz kuće zapomaganje: „Ubi je!" Onog besnog čoveka jedva savladaše, vezaše ga, svet tada nagrnu u dvorište, ulete u kuću, provuče se i Beba i vide strašan prizor... Na podu je ležala potrbuške mrtva žena, a oko nje bara od krvi, pa se ta krv razlila po sobi kao potočići, a po zidovima, kako je bežala i povodila se, svuda otisci njenih krvavih ruku s pet prstiju.

Bebina mama utrča u kuću, dočepa je, izvede: – Šta ti gledaš! – Policajci rasteraše svet. Onaj pobesneli čovek dere se u dvorištu. Mama sva užasnuta odvede Bebu. Žene stoje na ulici sve blede, prestravljene, još više sveta, čak iz drugih ulica, ne može da se priđe kući...

Kod kuće Bebina mama plače i razgovara s njenim tatom: – Sirota žena, bila je tako dobra, pa još dete imaju... – A tata govori: – I on je bio dobar čovek, ali vidiš, poludeo, pa ju je ubio... – I Beba nije mogla da shvati, kako to čovek da poludi... Znala je da kuče pobesni, pa nalеće na ljude, a sad je videla da i čovek to isto radi...

Te noći se trzala u snu, vriskala, sanjala je strašno. Ona žena je ustala, pa ide k njoj i hoće da je zadavi krvavim rukama. I oko nje puno žena, pa svima krvave ruke... Mama je ustala, umirivala je, upalila lampu, ostavila je na stolu da se Beba ne uplaši, a ona nikako nije smela da pogleda u zid. Tamo su bile senke, a njoj se činilo da su to one krvave ruke, i da će se pojaviti onaj strašni čovek s nožem i razbarušene kose.

I dugo, kroz celo njeno detinjstvo uvek je videla one crvene prste na zidu, i to je bio njen košmar, koji ju je često noću trzao u snu...

Posle su prolazili dani, detinjska sećanja su se gubila, iščezavala, i nikad nije mogla da razlikuje da li je to sećanje, ili je sanjala, jer prošlost, ta najdalja, postaje kao san, koji je bio kao magla.

Ali, uvek, uvek je videla na zidu one krvave ruke.

Beba je svršila školu i činovnik je u jednom nadleštvu. Roditelji su joj umrli, i ona se sad sama brine o svojoj egzistenciji. Srećna je, a tu sreću stvarala je ljubav koju je osećala prema jednom kolegi. Došao je pre tri meseca u to nadleštvo, odmah do Bebine kancelarije... Po kancelarijama se romani brzo razvijaju kad se neprekidno dobacuju pogledi u prolazu, donose akta na potpis, čuju jedan drugom glas svakodnevno, sreću se pri izlasku u hodniku, nekad idu jedan deo ulice zajedno, i sutradan opet dolaze s nekom veselošću da će ona biti za njenim stolom, a on za njegovim. Te zaljubljene atmosfere uvek stvaraju prijatnim kancelarijski život, i ta blizina - mogućnost zaljubljivanja.

A Beba je imala i drugih mogućnosti... Vitku siluetu s bujnošću mladosti; pogled u kom je blistala čežnja, obraze kolorisane zdravljem, i svežinu ljupku i zavodljivu... A on je bio visok, nežan, fini, s velurskim očima punim sete, lepa čela, koje je uokvirivala crna kosa, a lice je bilo još bleđe, mat u okviru tih zagasitih vlasi i crnih očiju... Govorio je meko i ta njegova dikcija obavijala je nekim milujućim tonovima, taktičnim i blagim.

Beba se odmah zaljubila u njega. Volela je ono duhovno u njemu što je zračilo kroz lepotu očiju, nekad zamišljenih i setnih, kroz mekanost reči, koje su umele da slikaju, da pevaju, bojama i tonovima da izražavaju sve što je bilo u toj komplikovanoj svesti... A tu je bila riznica misli, nakupljena iz knjiga, iz života za koje nije znala Beba, i ona je to upijala i unosila u svoj duh zajedno s dahom koji je osećala na njegovim usnama. Volela je njega, njegove ruke kad bi je zagrlio, tako snažno kao krila, i njoj je bilo toplo pod tim krilima, i išla bi, stajala, nikad se ne bi umorila, jer je imala pokraj sebe duh koji bodri, podiže prirodu, koji se svija, koji zagrejava, miluje. Bilo je kontrasta u njima, i to je stvaralo draž dopunjavanja onoga što nema jedno i to pozajmljuje od drugoga. Ona, detinjasta, naivna, čedna, s pojmovima koje nisu traćile dubine, a on, sav produbljen, neposredan, kritičar svoj i njen, iskren u toj slobodi da joj iskaže i ono što mu se ne sviđa, da je iznenadi svojom kritikom, od koje ona zadrhti, strese se, dođe joj da zaplače. Pa, umesto svega toga, ona se zagleda u njegove oči, traži u njima istinu, i kad ih ugleda, uvek lepe, tople, uspavane oči, ona mu se naslanja na grudi, gotovo kao da je on vodi, poslušna, srećna pod okriljem tog njegovog prečišćenog, inteligentnog duha.

Bilo je kod njih kontrasta u tom temperamentu, njenom bezbrižnom i njegovom setnom, kao nečim zamračenim, i ona je osećala taj mrak u njegovim očima, koje kao da su nešto skrivale, neku tugu, razočaranje... Ko zna šta...

Šetali su se često po parkovima, po poljima, brali su cvetove kako su redom dolazili na poljani, udaljavali se kroz mrak šumskih senki, sami u šumi, zagrljeni, ona sva predana njemu, a on je uvek nežan, uvek jak da savlada sebe, nekad na vrhuncu želja, kad strast preti da se pretvori u požar, da uništi sve, i uvek savladan kao da je neke sile bilo u njemu koja je umela da savlada bujicu njegovih želja...

Ona se čudila toj njegovoj moći, on ju je iznenađivao, nije bio kao drugi muškarci o kojim su joj pričale drugarice, već neobičan, gospodar samog sebe, da je ona često išla pokraj njega zamišljena, tužna, pitajući se šta sve razmišlja, zašto je štedi, otkuda tolika uzdržljivost... Želela je da postane njegova žena, a nije smela prva da to izgovori. I nekad, posle njegovog toplog zagrljaja, ona bi najednom osetila kako mu ruke postaju hladne, opuštene u njenoj ruci, nemoćne, i dok je njena sva priroda bila ustalasana, dok se privijala uz njega gotova da zaplače, da mu kaže: „Grli me, ljubi, uzmi me", on je najednom postajao odsutan kao da silom stavlja između njih neku branu, i ona se više nije usuđivala da mu uzme ruku, da se nasloni na njega, išla je uvek s tim razmišljanjima o nekoj tajni koja se skriva u njemu.

Prolazili su kroz šumu. Ona otkide jednu grančicu i zatraži mu perorez da izdelje prutić... U tom deljanju nožić se omače, snažno se zari u njenu ruku i krv šiknu. Ona vrisnu, on joj ote krvavi nožić, izvadi svoju maramicu i obavi joj je oko ruke. Potočić je žuborio, a on otrča da donese vodu, saže se, zahvati čašom od aluminijuma, i požuri k njoj. Ona je stajala naslonjena na jedno drvo, i pogleda ga. Nešto je sledi, užasnu se od te slike koju je videla. Trčao je, kosa mu je bila razbarušena, držao je krvavi nožić u ruci, i tako joj se učini strašan, isti onakav kao ona strašna slika u njenom detinjstvu. On joj pruži čašu. Ona htede da je uzme, ruka joj zadrhta, čisto vrisnu i povede se.

– Uh, što sam se uplašila! Jao, što si strašan, baci taj nožić...

I odmače se od njega kao da hoće da beži, nervozno razvi maramicu i ugleda krvave prste...

Ona baci maramicu, potrča, nasloni se na jedno drvo, i opet iste reči: – Jao, što sam se uplašila, taj nožić... ta marama...

– Ali, zašto se plašiš? – čudio se on. Priđe joj, uhvati je za ramena, okrete je sebi.

Ona ga pogleda, nervozno diže ruke, zagladi mu kosu.

– Kako si strašno razbarušen, uplašila sam se...

– Ja te ne razumem. Zašto sam ti strašan?

Ona se povrati, nasmeja, nasloni na njega.

– Mili moj, oprosti mi, to je tako jedno strašno sećanje iz mog detinjstva. Jednom sam videla jednog čoveka tako razbarušenog, s krvavim nožem u ruci. Ubio je svoju ženu u nastupu ludila, i sve su bile krvave ruke na zidu...

– A gde si to videla? – zapita je on nekim tupim glasom.

Ona mu reče varoš.

On ne odgovori ništa. Išao je samo pored nje, a glava mu se povi kao da je pod teretom nekih misli.

Ona ga pogleda, začudi se.

– Zašto si se ti snuždio?

– Ništa, tako... Hoćeš li da sednemo...?

Seli su. On se opruži, pokri lice rukama. Onda je zapita ne dižući ruke s lica.

– Ti si tog čoveka videla?

– Jesam... I ženu sam njegovu videla. Bila je mrtva na podu.

On ustade naglo, sede, zagleda se u nju.

– I nju si videla?

– A što si ti tako uzbuđen? Da ih ti nisi znao? Da, bilo je i jedno dete, muško, jest, muškarac.

On zaćuta, i posle progovori još dubljim glasom.

– Jest... bilo je dete...

Ona se sva ohladi kao da nešto predoseti.

– A to dete... da nije... da nisi...

Nije smela da dovrši...

– Jest, to sam ja, a to su bili moji roditelji.

Ona ostade nema... Ćutali su oboje. Jedan zlatan zrak sunca, od kog je suvo lišće bilo sve bakarno, lagano se povuče, ugasi. Šuma je tonula u suton. Svuda tišina, samo njene reči kao drhtaj lišća.

– A šta je bilo s tvojim ocem?

On je gledao preda se, kao u daljinu, u prošlost, i njegove oči bile su još crnje, i u toj crnini kao da je počela da nazire tajnu njegovog života. I ta tajna izvlačila se strašna kao avet...

– Moj otac je umro u duševnoj bolnici.

Ona je htela još da sazna, htela je sve do kraja, makar kako sve to bilo strašno.

– Zašto je poludeo?

On opet leže na travu, ne odgovori ništa, i tišina se spusti na njihove duše, duboka, strašna kao tišina u šumi, u noći, kad se u njoj krije nešto zlokobno, što preti...

Ona se nagnu k njemu, diže mu kosu sa čela, gledaše njegovo lice sa sklopljenim očima, to mat, bledo, koje je u dubinama tih velurskih očiju skrivalo tragiku roditeljskog života i mladosti. Milovala ga je po licu, nežno je klizila svojim usnama po njegovim obrazima, bez strasti, s nekim saučešćem kao da hoće da mu rastera strah, da ga ohrabri, da mu da svežine svoje mladosti, da ga uveri da se ona ne boji ničega... Sad joj je bilo jasno otkud ona uzdržljivost kod njega, sad je znala šta gasi njegov zanos, šta zadržava bujicu želja... I gledajući onaj bol utisnut na njegovom licu, htela je da mu kaže: „Hoćeš li da budem tvoja žena...?"

Ućutala je, ustali su, pošli dalje, a iza njih je ostajao mrak šume, tajanstven i zlokoban, kao ta daleka uspomena prošlosti.

U njihovoj ljubavi bilo je sada nečeg bolnog. Kod njega tuge neke, kod nje straha... Ispitivala je svaki njegov gest, pratila je sve nijanse očiju, njihov sjaj, gledala njegovo bledo lice, koje nije imalo svežinu drugih mladića. Nabavila je puno medicinskih knjiga, čitala je, tražila uzroke ludila i njihove posledice, proučavala tok nasleđa tih bolesti i svaka ta knjiga kao da joj je savetovala: *Ti se ne smeš udati za njega.*

A on to nije ni tražio. Bio je inteligentan, svestan osude svojih roditelja.

U njoj su se borila dva instinkta: ljubavni i materinski. Volela ga je da bi žrtvovala sebe, ali je volela decu i nije mogla da osudi sebe i njih na patnje... Ko zna šta sve on nosi u krvi. I zar bi ona bila u stanju da svojom zdravom krvlju uništi ono bolesno u njegovoj, zaostalo od roditeljskog greha. A kako je ona volela decu, sanjala o njima, gledala onu belu, rumenu dečicu u kolicima, na šetalištima, na ulici... Ushićivala se njihovim osmesima, bezazlenim očima, truntastim nožicama i malim rukama s jamicama... A koliko je videla kržljave, bolesne dece... Jedna majka, tako zdrava i lepa, a dete blesavo, tankih, iskrivljenih nogu, glupo u školi. Pa još nešto strašnije je videla. Devojčica u duševnoj bolnici. Mati joj je bila tako zdrava, svi su joj zavideli kad se udala, rodila divno dete, slatka devojčica, pametna. Muž joj umre od neke teške, čudne bolesti, a devojčicu jednog dana odvedu u ludnicu. Greh oca. I sirota mati došla je da je obiđe. Beba je išla s njom. Taj utisak, težak i tragičan, nikad nije zaboravila. Divna devojčica, tako lepa, sedi u svojoj sobi. Poznala ih je, ljubi mamu. Ona sva sretna, ne može da veruje da tako pametno govori. Poznala je čak i Bebu, razgovara kao zdrava, a mati taman misli da je vodi, da je izlečena, kad se ona izgubi u zbrzanim, nelogičnim mislima, smeh, budalaste reči. Posle je izlazila iz bolnice s majkom, ona ju je posmatrala, naslanjala se na nju, pridržavala je, kao što pridržavaju one kad ih vraćaju kući s groblja, samo što oni nalaze ipak utehe jer ih nema, i sećanje se gasi, bol umiruje, a ovde, u toj strašnoj bolnici svi su bili kao živi zakopani, i iz tog podzemnog mraka čuli su se njihov vapaj i kikot...

Teške duševne borbe slamale su Bebu... Njeni rumeni obrazi pobledeli su, njene oči, detinjski vedre, dobile su bolećiv sjaj i uvek su uznemireno zagledale u one velurske oči... Kako ga je žalila, kako je plakala u samoći, gde ga je život osudio, njega, tako divnog, umiljatog, s takvom lepotom duše, sa onim toplim rukama, koje su umele najnežnije da zagrle, na čije je grudi tako volela da spusti glavu i da oseća te meke zrake njegovih očiju, koje su unosile radost u njenu dušu.

Jednoga dana on joj reče da je dobio odsustvo. Provešće ga kod svoje staramajke u unutrašnjosti. Rastali su se s tugom. I za to vreme ona se uvek borila, ali je najzad donela odluku: *Udaću se za njega, ali neću imati decu.*

I baš tada dobi pismo od njega.

Nezaboravljena ljubavi,

Više se nikad nećemo videti. Ja sam dobio premeštaj. Tražio sam ga da bih se udaljio od tebe jer sam video tvoju borbu i nisam hteo da ti budeš žrtva moje slabosti. Nikoga nisam voleo kao tebe, nikoga neću ni voleti, ali ja sam osuđen grehom svojih roditelja, i ne smem da budem zločinac prema drugom. Moj otac je bio sifilističar, i ja ne želim kao on da stvaram decu, i da nad njima uvek stoje one strašne krvave ruke koje si ti videla... Ti me voliš, ali bi ti uvek iza mene videla moga oca, s njegovim strašnim izgledom. Da, on je avet koja mene prati kroza život, i ja ne smem da dopustim sebi da budem utvara moje dece... Bežim od tebe jer suviše čeznem za tobom. O, da ti znaš kako sam u noći želeo da privinem sebi tvoje bujno, mlado telo, želeo sa sebičnošću svih onih suđenih, želeo s mladalačkom strašću, koja zaboravlja na sve, i sanjao sam o braku s tobom, i ti bi postala moja žena, osećao sam želju u tvojim očima, one su zaglušivale sve u meni, tebe, samo tebe da imam, dalje nisam mislio, nisam video budućnost... Ali došao je onaj događaj u šumi, tvoj krik, tvoj strah, i tvoje strašno priviđenje iz detinjstva. Tada sam se osvestio i pobegao od tebe. Ja se nikad neću ženiti, a tebi želim sreću, jer tvoje zdravo, mlado i snažno telo stvoreno je da pruži slasti zdravom čoveku i da rađa zdravu decu.

Reducirani činovnik

Kao svakog jutra, po onoj uobičajenoj činovničkoj navici, izašao je iz kuće. Morao je, i zbog gazdarice, da se ona ne priseti, jer joj je juče kazao, opravdavajući se što kao i uvek ne daje kiriju prvog: „Nismo primili platu."

Nije hteo da kaže da je reduciran.

Išao je besciljno ulicama zastajkujući kraj izloga i gledajući onaj poslovni svet koji je žurio na rad... Zavideo mu je i sećao se kako je do juče i on sačinjavao onu povorku koja ide ulicom i deli se, kao neki potočići, ulazeći u razna nadleštva.

On više nema svoje nadleštvo, nema plate, nema položaja.

Još samo osamdeset dinara u džepu, koje mu je pozajmio jedan drug. To mu je sve za život, za hranu, duvan, novine. I kao i uvek, dade dinar i kupi jedan broj novina.

Pođe ne znajući ni sâm kuda. Još ništa nije umeo da misli, nije znao kuda da pođe, kome da se obrati za pomoć. A morao je trčati, tražiti drugo mesto. Ode na Kalemegdan, sede, razvi novine. Prelete stupce i ostavi ih. Mislio je šta da radi. Prisećao se prijatelja kome bi se obratio za protekciju. Jedan drug njegovog oca, ugledna ličnost, pade mu prvo na pamet. Posle jedan advokat. Ako tamo ne uspe, kod tog druga njegovog oca, zamoliće advokata. Makar pisar da mu bude. I odmah ode. Neku gorčinu je osećao. Učini mu se kao da je izbačen iz koloseka života. Ide čovek jednim putem, opredeli sebe u karijeri, radi kao mašina i kvrc... Nešto se iskvari, i njega, taj mali šraf izbacuju... Sad treba sve ponovo početi. Ponovo, da. Jer više ne može računati na istu platu, položaj. Sad više nije u pitanju ambicija karijere, već samo egzistencija. Da zaradi, da živi, da ishrani sebe i plati stan.

U čekaonici, pred kabinetom uglednog gospodina, puno njih čeka. Čeka i on. Razgleda tapet na zidu, sto lica, sluša razgovore, koji se utišaju, pa opet otpočnu, i ona tišina izgleda kao u vozu kad najedared stane lokomotiva.

Izgovori jedan činovnik njegovo ime.

On ulazi brzo, govori stojeći, objašnjava svoj položaj. Ugledni gospodin ga sasluša, napravi sažaljivo lice, sleže ramenima.

– Žao mi je. Vama kao drugu mog sina učinio bih najpre. Ali je nemoguće. Isključeno je svako novo postavljenje. I kod nas su na redu reduciranja.

I ljubazno mu pruži ruku. On se pokloni, izađe kroz predsoblje, hodnike, spusti se mehanički i nađe se opet na ulici.

Onda hajde dalje, onom advokatu... Bar da ga primi za advokatskog pisara.

I tu ljubazan prijatelj, saslušanje, i posle očajan izraz na licu advokata.

– Dragi moj, ti ne znaš kako su teške prilike za nas advokate. I ovog pisara moram da otpustim, ne mogu da ga plaćam.

On pogleda po kancelariji, sve elegantno, klub garnitura, fini pisaći sto, i on, advokat, tako uramljen, blistava lica. Pomisli kako se on sigurno i dobro hrani i danas će imati dobar ručak kod kuće... Jedno krčanje creva podseti ga da je gladan, da sad neće biti nikada sit, nikada dobro da se najede, već kao juče...

Ustade opet, izvini se advokatu, pođe...

Činovnički svet vraćao se kući i žurio je u restorane na ručak.

Tako je nekad i on radio. Hranio se u drugoklasnom restoranu, gde je uzimao knjižice. Sad više ne sme ni da pomisli na taj restoran. Pođe da traži neki manji, jeftiniji, gde na prozoru stoji ispisan jelovnik s cenama, i on prelete očima cifre ne birajući jelo, već se zadržavajući na najmanjoj ceni.

Uđe u kafanicu. Tu su se hranili siromašni činovnici, studenti, poneki radnik. Oni ga pogledaše, jer je bio dosta elegantan, u novom odelu, koje je tek pre mesec dana sašio, razume se, na otplatu, i sad je imao da se krije, beži od krojača, jer mu neće moći dati otplatu.

Najzad, te otplate ga nisu toliko mučile. Ne može da plati, reduciran je, ali zar je to nepošteno. On se neće odreći svog duga. Platiće ga čim dobije službu, kao što je uvek plaćao.

Ali stomak, taj ne zna za redukciju, za nemaštinu.

I on razmišlja koliko dana mu mora trajati tih osamdeset dinara. Ne može ni bez duvana. To je strašno, odviknuti se odjednom. Izvadi cigaretu, prepolovi je da bi mogao u dva puta da zalaže sebe duvanom kao s dvema cigaretama. Raširi opet novine, dovrši čitanje i izađe.

Osećao je da nije sit. I nesvesno pogled su mu privlačili izlozi s gurmanskim specijalitetima, i one poslastičarske radnje sa čitavim brežuljcima kolača, alve, ratluka.

Sve bi mogao sada da jede.

Pođe pešice kući. Više nije smeo misliti ni na tramvaj. Ide kući da odspava malo i da razmišlja šta da radi.

Gazdarica ga dočeka ljubazno, nasmeši se, i istim ljubaznim tonom zapita:

– Jeste li primili platu?

– Nisam, gospođo.

– Čudnovato, uvek prvog primate. Ali ne mari, najzad, vi uredno plaćate kiriju, znam ja vas.

On ne odgovori ništa. Uđe u sobu. Dođe mu najedared da joj kaže, da je ne laže: „Reduciran sam, gospođo..." Ali, pomisli da više ne može da sedi kod nje jer nije siguran da bi ona imala toliko milosrđa u sebi da razume njegov položaj, i da mu kaže: „Pa ništa, sedite vi, gospodine, platićete mi kad dobijete platu..."

Znao je da to ne bi kazala, jer ljudsko je ipak nemilosrdno prema bedi i sva humanost je samo fraza.

Legao je misleći da će odspavati. Koliko je želeo nekad da se tako posle podne naspava, odmori, ali ovog puta obuze ga nekakva nervoza, teške misli, briga za sutrašnjicu.

Bio je mlad i lepuškast. Devojčice su ga rado gledale, čak su mu dobacivale. Voleo je i žene. Nekad bi i pošao s njima. Imao je uspeha kod žena... Sad, kao reduciranog, nijedna žena ga ne bi pogledala. On je umeo da bude i kavaljer prema ženama, prema mogućnostima svog prihoda. Bioskop, par čarapa, nekoliko karanfila, flašica mirisa... Pokloni činovnika.

Mrzeo je muškarce makroe, koji su živeli na račun žena. Ali ovog puta zaželeo je da ima prijateljicu koja bi njemu pomogla. To je prava ljubav žene, ali toga nema kod žena. „Kad si reduciran, u nuždi, ja ću te pomoći. Nemoj da te to vređa, ja te volim, i ti bi meni ukazao istu pažnju..."

Ali to neće reći nijedna žena. Čim je muškarac reduciran, izgubi svoj položaj, platu, on gubi u očima žene. Kao da je krivac, kao da je nepošten.

Prevrte se nekoliko puta u postelji i ustade. Ne ide na spavanje. Bolje da izađe... Ići će u Topčider pešice preko brda.

Na ulici srete grupu gimnazistkinja. One ga pogledaše đavolasto. Jedna dobaci: „Baš si zlatan!" Okretoše se one, okrete se i on, i mladost ipak pobedi brigu. On se nasmeši i s tim nasmejanim očima krenu pešice u Topčider.

Najedared mu sinu jedna misao. Setio se jednog narodnog poslanika iz njegovog kraja.

Zašto ne bi otišao da ga zamoli da mu nađe neko mesto u skupštini ili ma gde...

I kao uvek, poslanik diže ruke uvis.

– Zar i ti došao da me moliš za skupštinu? Pa sve što je reducirano nagrnulo, hoće da radi u skupštini. Gde može toliki svet da se postavi. Na skupštinu nemoj ni da misliš...

– Pa da li biste mogli onda neko drugo mesto?

– Ništa ne mogu da ti pomognem, veruj... Svuda redukcija. Zašto si dopustio da budeš reduciran...?

I on, siroti reducirani činovnik oseti u njegovom tonu kao neki prekor: *Da si valjao, ne bi te ni reducirali...*

On pomisli da li da traži na zajam makar koliko. Ali, bi ga stid... Teško je kad se zapadne u takav položaj, pa svaka pozajmica izgleda kao prošenje milostinje.

I on se oprosti s poslanikom. Više nije imao volje da ide u Topčider. Lutao je ulicama, gledao nove građevine. Osećao se tako usamljen. Srete dva-tri druga. Oni ga pozdraviše. Jedan zastade:

– Šta, reduciran si?

Više je bilo iznenađenja u njegovom glasu nego saučešća. I niko se ne seti da ga zapita: „Pa kako ćeš sada da živiš, imaš li novaca, hoćeš li da ti pozajmim?“

Sad je tek uviđao kako je svet sebičan.

Gledao je sve one nove palate. Tanke zavese lepršale su kroz otvorene prozore. Osećalo se da je u tim zgradama blagostanje, izobilje, luksuz, možda. Eto, zar u tim prostranim sobama ne bi bilo mesta za njih, reducirane činovnike. Zar taj bogati svet ne bi mogao objaviti: *Dajemo stan i hranu reduciranim intelektualcima...* Sav taj svet bi se mogao smestiti, održati svoj život dok traži i trči za novim mestom.

Osetio je glad. Ona prva napominje da on nema novaca, podseća ga da je bez plate.

Jedan pekar viknu: – Đevreci!

On ga zovnu, uze jedan đevrek, strpa ga u džep. Lomio je parčiće u džepu i idući ulicama jeo je krišom. Ranije nikad nije užinao, nije doručkovao. Sad je osetio da bi mogao ceo dan da jede...

I morao je da večera isto onako skromno kao što je ručao.

Tako se nastaviše dani. Trčao je svuda, tražio mesto, molio koga god je mogao. I niko mu nije mogao pomoći. Čak je osećao kako se i sklanjaju od njega, boje se, tražiće na zajam. Pravili su kisela lica čim bi prišao, i ako bi zamolio da mu pozajme, od sto dinara jedva da bi dali deset ili dvadeset, i to sa opravdanjem da i oni nemaju, da je to poslednje.

A gazdarica, ona je bila najgora.

Svakog dana ga je dočekivala s pitanjem o kiriji sluteći nešto, ili je ljutito ćutala kad bi prošao kroz njenu kujnu.

Najzad je rešio da promeni stan. Ali neće da beži kao nekad studenti, da kroz prozor iznosi stvari noću, već će joj reći pošteno: „Reduciran sam, gospođo."

Drugo mu i ne ostaje. Naći će novi stan, pa će tako da sedi svuda po mesec dana. Neće to večno trajati. Sigurno će dobiti mesto. Za mesec dana imaće bar mira u drugom stanu.

Došlo je to popodne. Imao je u džepu samo tri dinara. Više nije mogao ni da ruča u kafani... Kupio je pola hleba, umotao ga u novine i doneo kući.

To mu je bio ručak, ta polovina hleba.

Prolazeći kroz gazdaričinu kujnu, osetio je tako razdražljiv miris prženih šnicli. Na šparherdu je stajao pun tanjir nasečene pite. On uđe u sobu i taj miris pojuri za njim da mu draži čulo i glad... Razvi hleb i poče da jede.

I to osećanje gladi, razdraženo tim mirisom, izaziva u njemu težak bol i neko strašno poniženje. Ništa čoveka ne ponizi kao taj osećaj gladi izazvan bedom. Ništa mu ne napominje toliko o nepravdi kao taj osećaj.

On, taj intelektualac, koji je učio, borio se, radio, dočekao je taj dan da krišom jede ovaj komad hleba u svojoj sobi... Danas još ima i taj komad, a sutra možda neće imati ni to. I još strepi da ga ova gazdarica i kućevlasnica ne najuri iz kuće pričajući mu o svom tegobnom životu, iako oseća po njenoj kući da se ne muči, iako je niko neće izbaciti iz kuće.

Osećao je gorčinu života do suza i osetio je kako mu jedna suza skliznu i pade na komad hleba.

Ima momenata kada i muškarac najjače volje, otporan u borbi, malaksa i preda se bolu...

Neko zakuca na vrata.

Uđe gazdarica, hladna, opora...

– Gospodine, htela sam da vas pitam zašto ne plaćate kiriju. Vi sve pričate kako niste primili platu, a svi činovnici u kući primili su još prvog, i meni to izgleda sumnjivo.

On najedared oseti neku hrabrost, njegov uzbuđeni ponos planu u njemu, te se reši da više ne laže.

– Da, gospođo, ja nisam primio platu, istina je, zato što sam reduciran.

– Šta, reduciran?! I vi to ne govorite! To znači da vi nemate da platite kiriju.

– Nemam.

Gospođa zaboravi više da vlada sobom, zaboravi da je on uvek uredno plaćao, da je bila ljubazna prema njemu. Nije više u njemu gledala gospodina, već jednog golju, reduciranog činovnika, koji je sada niko i ništa, i prema kome se tako i treba ponašati.

Zato otpoče ljutito, vređajući:

– To nije lepo od vas, gospodine. Sramota je da sedite, a znate da ne možete da platite. Zašto ja vas džabe da držim, i ja sam sirota žena. Šta imam, ovaj kućerak od kog živim. Pošteno je bilo da ste se odmah iselili. Znam, nije vama lako, ali nije lako ni meni. Ja sam tu sobu mogla da izdam... A vi ste mi upropastili ceo mesec dana kirije, zajeli se meni sirotoj ženi... To je nepošteno od vas.

Njemu prekipe, planu.

– Dosta, gospođo. Ja nisam nepošten. Ja sam vam uvek uredno plaćao, i da ste vi žena koja razume položaj jednog reduciranog činovnika, ne biste mi rekli ni reč. Sirota žena, vi? Bolje recite sebična. Vučete prihod sigurno dva puta veći od moje plate. Siti ste, imate krov nad glavom. Zato i ne osećate, niti znate šta znači jednog dana ostati na ulici.

– Nisam vam ja kriva što su vas otpustili, i zašto ja da ispaštam.

– Nećete vi ispaštati, izvolite, zadržite od mojih stvari šta hoćete. Ne bojte se, neću ja vama zajesti vašu kiriju.

– Hvala vam, ne trebaju meni vaše stvari, samo vas molim da se danas odmah iselite...

I ljutito zalupi vratima, a on je čuo kako, poslujući po kujni, gunđa, grdi ga, lupa, treska...

Te večeri se preseli u drugi stan, i gazdarica ga ne pozdravi.

Sve je bio teži život. Živeo je od pozajmica, deset, dvadeset dinara, nekad i pet, čak i dva. Bio je iznuren, iznerviran, gladan, iscrpljen i fizički i moralno.

Više nije ni mislio na kakvo činovničko mesto. Sad je mislio samo da nađe neki posao da može da zaradi. Pristao bi da bude i trgovački pomoćnik, i šofer, i piljar, duvandžija, pismonoša, mlekadžija, samo da zaradi, da se ne muči od danas do sutra... U toj besposlici osećao se usamljen, otkinut od društva, ponižen, razočaran i u žene i u ljude.

Voleo je jednu devojku, ona ga je volela, čak i hvatala, napominjala o braku, a sad se pravila kao da ništa nije govorila, i on je osećao, šetajući s njom, da se ona nekako ustručava, ne pita ga nikad kako živi, da li ima da jede...

Nekakva mržnja mu se uvlačila u srce. Već je malaksavao tražeći mesto, boreći se za opstanak. Na samoubistvo nije pomišljao. Bio je toliko jak da ubedi sebe da to ne može večno biti. Nije bio kukavica, ali se prikradala samo jedna bojazan, ako to duže potraje, da li će izdržati.

Tek je sada uvideo kako je činovnička besposlica teža od radničke. Radnik će da zaradi. Poneće kofer, cepaće drva. Ako ništa nema, nosiće gospođi korpu s pijace.

A on? Činovnik, još elegantan, gospodske spoljašnjosti, iznegovane kose i ruku, kako može prići i kazati: „Dajte da vam to ponesem kući."

Lutao je jednog dana besciljno. I srete ga jedan njegov drug iz nadleštva, gde su radili zajedno.

– Slušaj, imaš jedno pismo. Došlo ti je na kancelariju, pa sam ga uzeo da ti dam kad te vidim.

On ga uze, otvori, iznenadi se. Pisao mu je neki daljni rođak iz sela, neki njegov stric po trećem kolenu, koga se on seća pomalo iz detinjstva, ali ga nije davno video, i sad ga je taj stric pronašao, kako je to običaj kod seljaka, kad ima neku parnicu ili nevolju, pa se priseti te svoje rodbine, gospode, koja bi mogla da mu bude od koristi u nekom nadleštvu. Pisao mu je:

Dragi sinovče,

Mi smo vala bogu zdravo, koje i tebi od boga želimo. Evo sedoh da te zamolim da mi pomogneš u jednoj nevolji... Ti znaš zakone i paragrafe, pa otidi der do apelacije da pretražiš presudu zbog jedne moje parnice... Sudim se s jednim komšijom tri godine, pa sam ti se petljao i motao po sudovima i odraše me advokati. Jedva skončasmo tu parnicu i ja je dobih, ali tu se sad okomio moj komšija sa advokatom, pa potegli žalbu čak u apelaciju da obore presudu. A ja se setih tebe, sinovče. Raspitivao sam se u gradu, pa ko velim, ti si tu na ćutuku, možeš da mi pomogneš. Ne daj, ko boga te molim, da apelacija poništi presudu. A, vala, neću ti ostati dužan ako mi to učiniš. Ako si rad čuti za naše zdravlje, trkni der do našeg sela, sinovče. Imamo, vala bogu, svega u kući, što no kažu i stoke i mrsa, i dočekali bismo te lepo i počastili. Greota od boga što smo se kao svojta zaboravili. Ti si veliki gospodin, pa nemo' nas seljake da zaboraviš, nego dođi u naše selo da vidiš kako mi seljaci živimo.

To pismo mu unese novu radost u život. Divota, ići će u selo. To mu je došlo kao neki spas. Seća se toga strica, zna da je gazda, jaoj, pa da se počasti i prihrani. Odjuri odmah u apelaciju. Tri dana se vrzao tamo da to stricu svrši i da mu odnese radosnu vest o pravosnažnoj presudi.

Posle pet dana s koferima krene u selo. Gazdarici je kazao da će doći za dva dana, tri...

Jutro kada se prvi put probudio u seoskoj kući. Spavao je u jednoj velikoj gostinjskoj sobi. Tu dušek, jorgan, mek, vuneni jastuk, a na zidu čiviluk i tu okačeno puno seoskih sukanja i varoških haljina.

On otvori oči, proteže se i oseti neko blaženstvo kakvo davno nije osetio. Seti se sinoćne večere. Dočekali su ga bogzna kako ljubazno. Svi radosni, stric veseo kad je čuo za parnicu u njegovu korist rešenu, a on, sinovac, da bi pridao sebi važnost, uverava ga, da samo nije otišao do apelacije, bila bi poništena presuda. A to još više podstakne strica, pa viknu snahama:

– Hajte, koljite živinu, deder gibanicu da počastimo sinovca.

Bože, razleteše se dve snahe, strina, deca, sprema se jer, zaboga, došao je tako veliki gospodin iz Beograda, koji samo ode do apelacije, naredi, pa se svršava kako on hoće.

I kako se sinovac samo najeo te večeri. Bojao se da mu muka ne pripadne.

Pa to veče. Lepota jedna. Miriše zalivena bašta, trava kao tepih, voćnjaci, vajati. Učinilo mu se ogromno bogatstvo: guske, ćurke, kokoši, svinje, goveda...

Legao je posle, zaspao, prvi put bez brige šta će biti sutra, da li će imati da jede...

Tek ujutru ga čeka doručak, pa strina umesila seljačke uštipke, deca se okupila oko njega... On se izvinjava što nije doneo neki poklon. Nije znao ni koga sve ima od rodbine.

– Ama kakav poklon. Šta ćeš ti meni bolji poklon nego što si mi to svršio u apelaciji. Pa ti si veliki gospodin, imaš i lepu plaću.

– Imam – potvrđuje sinovac – samo znaš kako je, sad nam sve umanjuju...

I neće da prizna da je reduciran da ne bi izgubio u njihovim očima.

Na njemu ono neisplaćeno odelo, ali on je elegantan, pa stricu milo takvog gospodina da dočekuju u kući, i sve se izvinjava što su seljaci, seljački život. Neka on oprosti, zna on kako on živi gospodski u Beogradu, a sinovac se smeši u sebi i misli: *Jao, jadno moje gospodstvo.*

– Pa nadam se da nećeš odmah da ideš? – pita stric.

– Imam odsustvo petnaest dana, a mogu i da produžim.

– Produži ti to. Sedi celo leto. Gde jedemo mi, tu ćeš i ti, samo ako si zadovoljan.

Tako nastadoše bezbrižni dani, ali njega potajno muči briga: *Šta će biti posle?*

S jednim drugom, koga je molio da traži za njega neko postavljenje, bio je u prepisci, i njegova pisma su mu uvek donosila razočaranje: *Nigde za sada ne možeš dobiti mesto.*

Da ne bi sedeo ovako zabadava u selu, poče da se zanima za poljske radove. Zamoli strica da mu dopusti da kosi.

– Ama, gde ćeš ti, sinovče, da kosiš. To je seljački posao. To je za naše žuljave seljačke ruke.

Ali on dohvati kosu, razmahnu, snop trave leže po zemlji, pa se naslagaše jedan za drugim, i on ne popusti pred kosačicama. I u selu ga zavoleše, i seljaci, i mlade devojke. Išao je u kolo, šalio se s njima.

Pa opet sve nije moglo tako da ostane.

Jednoga dana šetao se drumom, a naiđe predsednik opštine. Znao ga je. Pozdraviše se i predsednik reče:

– Ti, gospodine, voliš naš seljački život?

– Ovde je divno, i svet nije rđav.

– Dobri su naši seljaci, parniče se, nekad pokrve, kao svuda, ali samo jedan ne valja.

– A ko?

– Ovaj moj opštinski ćata. E, znaš, gospodine, da mi se njega kurtalisati, kao da bih se rodio. A nemam nijednog školovanijeg čoveka. Za taj posao treba ti i pismen i malo školovan čovek... Ja ti imam samo osnovnu školu, a on svršio pet razreda gimnazije, pa me s tim ucenjuje i pravi svakojake smicalice i kaišarluke.

Reducirani činovnik se nešto zamisli i okrete predsedniku:

– A kad bih ja pristao da budem vaš opštinski ćata, da li biste me uzeli?

Predsednik se čisto trže i zastade.

– Ti, gospodine? Kako da te ne bih uzeo? Ti si školovan čovek, znaš sve zakone i pošten si. Zar bi ostao u selu?

– Zašto da ne ostanem? Već sam se navikao na selo.

– Ama, jel' to ozbiljno govoriš ili se šališ?

– Ozbiljno, predsedniče. Ti si dobar, pametan čovek, i ja bih tebe uputio u sve stvari i ti bi bio zadovoljan mnome i ja tobom.

Predsednikovo lice zasija od radosti.

– E daj ruku, gospodine. Od danas si ti ćata... Samo da li ćeš ti da pristaneš na ovu platu?

– A koliko ste plaćali ovog ćatu?

– Njemu smo davali osam stotina mesečno, a tebi ću dati hiljadu. Ali ti ćeš preko toga da zaradiš i dvaput i triput toliko. Pišeš seljacima tužbe, molbe, zarađivao je onaj ugursuz znaš koliko, ali je ucenjivao seljake i stotinu čuda pravio... E, e, baš ti hvala, gospodine, a hvala ti po sto puta. Samo dok mu sutra odem u opštinu! Da vidiš kako ću ja njega da reduciram. Otvorim vrata na sudnici, pa viknem: „Marš, napolje, vucibatino jedna!"

U kući stričevoj opšta radost kad su čuli da je sinovac opštinski ćata i da ostaje u selu.

– Sto banke plata – čudile su se snahe.

– Sto banke! – šaputala je strina kao u čudu.

Čitavo bogatstvo za seosku kuću.

Sinovac tada reče stricu:

– E, znaš šta, čiko, sad ću da ti plaćam mesečno za hranu i stan.

– Kakvo plaćanje, sinovče. Neću da čujem! Čuvaj ti to za sebe. Ti nemaš ništa, a para se troši, a moje imanje ostaje. Ako uštediš, možeš da kupiš imanje, sad zemlja nije skupa. Platićeš ti meni, ali na drugi način. Sad je meni lako kad si ti ćata. Ah, sve ću da ih poteram sada. Prvo tog Milana Lazinog. Taj će mi platiti potru za pet godina. Svake godine njegova stoka mi upropasti detelinu. I ništa mu nisam mogao. Rođak mu je bio ćata, pa ga štitio... Pa ima da mi plati i onaj Sibin Lukin. Taj mi njivu zaorao, uzeo dve brazde moje zemlje i pravi se čovek kao da je njegovo, a evo, znaju stari ljudi, da je zapis bio u mojoj njivi, a sad zapis u njegovoj njivi... I još nešto ti meni možeš da učiniš. Sad se drum proseca, pa taj ćata vukao da proseca njivu njegovog tetka, a ti ćeš da udesiš sa indžinirima da taj drum ide kroz moju njivu. Ta mi njiva ionako ne rodi dobro, ali ti ćeš da kažeš oranica i crnica i platiće mi dobro za zemlju... Ama samo kad si ti ćata, eh, eh, da znaš koliko mi je milo, pocrkaće neki od muke... Samo da se ti ne pišmaniš... Ti imaš tvoje zvanje u Beogradu...

– Ne brini za to. Daću ostavku.

– A možeš to da uradiš? Ostavljaš taj posao, nećeš da radiš?

– Napišem ministarstvu i ništa više.

– Baš ministru?

– Razume se. Zahvalim mu na službi i kvit posla. Ko još može da me natera da radim?

– Jes' pravo kažeš... I bolje je ovde u selu.

– Nego, znaš šta, striče, neću džabe da me hraniš, nije pravo.

– Pa baš kad si toliko navalio, evo ti ova ženskadija, pa njima daj za te varoške suknjičice i rekličice da ne moram više da prodajem zbog tih njinih andrmolja stoku i žito, neka mi se one skinu s vrata... To možeš da daješ.

I sinovac zovnu snahe, dade jednoj stotinarku i kuća se sva ispuni radošću od toliko grdnog novca...

Ćata je uveliko ušao u opštinski posao. Predsednik ga je mnogo voleo i svuda hvalio. Bilo mu je lepo i u kući stričevoj, svi su mu ugađali.

Samo jedno...

Nije imao društva, ženskog društva. Osećao je samoću i to ga je tištalo. Šalio se sa seoskim devojkama, zadirkivao ih, one su mu čak i pismo napisale, ali to sve nije njemu odgovaralo.

Tako dođe jesen.

On je bio tog jutra u sudnici.

Vrata se otvoriše i uđe jedna lepa mlada devojka.

– Dobar dan, je li ovde predsednik?

– Ja sam predsednik.

– Ja sam učiteljica postavljena u vašem selu, pa sam došla da se upoznam s vama.

– E, učiteljica! Pa milo nam je, gospođice – reče predsednik.

Mlada devojka pogleda ćatu malo iznenađeno. Sigurno ju je iznenadila pojava tog lepog, elegantnog mladića, kakvog nije očekivala da vidi u seoskoj opštini.

Ćata ustade i pokloni se:

– Ja sam...

Te večeri ćata nije mogao dugo da zaspi. Sve mu je pred očima mlada i lepa učiteljica i on je već predosećao da će se tu razviti mali roman jer njegovo srce je bilo tako željno ljubavi, a u selu nije imao nijednog konkurenta.

„Dražesna udovica“

Putovanje kroz nepoznate zemlje bilo je ideal njenog života. Voz, lađu, aeroplan, sve je obožavala. Ali nedostajala je jedna malenkost, nije imala novaca. I zbog toga je mnogo čitala o raznim zemljama, znala je geografiju bolje nego mnogi gimnazijalci, mogla je da priča o svim kontinentima kao da je tamo bila, s bujnošću svoje fantazije, koja je dopunjavala ono što nije videla. I kako je zavidela onim gospođama koje su imale mogućnost da putuju sa svojim muževima i često su u kupeu prespavljivale najlepše lepote bacajući lenje poglede kroz prozor već zasićene svim tim utiscima, koji brzinom ekspresa proleću ispred njihovih očiju. I tako, u toj večitoj čežnji da vidi svet, reši se da pošalje jedan oglas. Najzad, cilj opravdava sredstvo. Zašto da ne nađe nekog kome bi pravila društvo na putovanju. Ljudi koji se oduševljavaju lepotom prirode moraju imati lepših želja i nisu samo robovi svojih instinkata. Zar i žena nije jedan deo te lepe prirode, upravo najlepši njen ukras. Pa taj, koji bude umeo pored nje da uživa u svim čarima puta, svakako će naći i na njoj nekih draži koje će ga ushititi. I gospođa posla jednom hrvatskom listu ovakav oglas:

Mlada, inteligentna gospođa, prijatne spoljašnjosti, vesela temperamenta, koja obožava putovanje, ali nema za to sredstava, želela bi da bude nekom inteligentnom gospodinu saputnica, koja isto tako voli da putuje i da se zajedno s njim divi lepoti prirode. Odgovor slati na adresu: Post restante „Dražesna udovica“ Beograd.

Petnaest dana je prošlo i gospođa ode da vidi da nema kakvih odgovora.

Iznenadila se. Čekalo ju je pet pisama.

Brzo je otvorila prvo.

Pročitao sam vaš oglas i vrlo sam se obradovao. Volim da putujem, ali obilazim banje, i svakog leta obiđem po tri, na strani i kod nas, jer patim od bubrega, sipnje i reumatizma. A možete zamisliti, da u banji nije prijatno, naročito kad je čovek sâm i ovako stari bećar kao što sam ja... I zato bi mi dobrodošlo da imam pokraj sebe jednu tako mladu i veselu ženicu, koja bi me razonodila kad dobijem neki napad sipnje, ili me stigne reumatizam. Nadam se da ćete vi odmah prihvatiti moj predlog da pođete sa mnom...

– Gledaj, molim te, ovog keše, hoće da ga leči i neguje neka mlada i vesela ženica. Sigurno neki čičekanja sipljivi... Hvala lepo. Ne laska mi nimalo uloga bolničarke. Čekaj da vidim ovo drugo pismo.

Ja sam globtroter, ali obilazim svet na biciklu. Jedna žena me je ranije pratila, nije bila lepa, a mi se izdržavamo od prodaje anzihtskarti sa slikama, i niko nije hteo da kupuje slike od te rugobe. Zato sam je oterao. Iz vašeg oglasa vidim da ste dražesna žena, i kako volite putovanje, to bi bio pravi avanturistički put za vas, sedeti pokraj mene u korpi, spavati pod šatorom, kuvati jela na poljani, na vatri, i obilaziti razne gradove prodavajući karte. Verujem da će vas to oduševiti.

Gospođa se nasmeja na sav glas.

– Pa to kao čergari, da spavamo pod šatorom!

I ona iscepa pismo.

Treće je bilo malo kao žensko, na roze hartiji i naparfimisano. Pisao je jedan gimnazist.

Ah, jedva jednom da nađem ženu kakvu tražim celog života. Kad sam pročitao vaš oglas, uzviknuo sam: „Ovakva žena bi mene razumela!" Ja isto kao i vi čeznem da se vinem kroz svet. Svet, to je život, to je horizont, a za moje roditelje horizont je samo ova moja dosadna učionica šestog razreda gimnazije, u kojoj se gase sve inspiracije, sve najlepše pobude i talenti. Davno se rešavam da putujem. Ali nisam želeo sâm. A ovako ćemo podeliti uloge: ja nosim kofere, a vi kupujete karte i raspitujete se za vozove... Javite mi odmah da li pristajete da vam budem pratilac. Ja ću dojuriti u Beograd. Uzećemo jedan pasoš. Nemojte da se ustežete zbog mojih sedamnaest godina. Ah, godine ne igraju nikakvu ulogu kad je u pitanju zaštita žene.

A ja ću biti vaš zaštitnik. Ispunjavaću vam sve želje. Idemo kuda vi želite. Amerika, Francuska, Španija i Italija. U Španiji ćemo pljeskati toreadorima i matadorima; u Americi špacirati po Holivudu, jer ja sam kolosalno fotogeničan; u Italiji lenstvovati na obali napuljskog zaliva, oh dolce far niente là *predstavite moju nesreću: sutra imam pismeni iz algebre i srpskog. Zbog tih pismenih bežim u svet. Ceo trošak vodiću ja. Moj otac je vrlo bogat. A ja ću biti pravi džentlmen. Ne zaboravite da su se u istoriji sveta mnoge kraljice udavale za prinčeve mlađe od njih desetinu godina. Pa i ja vam dajem pravo da budete desetinu godina stariji od mene, ali vam se zaklinjem da ćete biti kraljica mog srca. U nadi, i grozničavo očekujući vaše pismo, ostajem s poštovanjem itd.*

– Ala bi ovom balavcu trebalo iščupati uši. Da pokrade roditelje, pa da se vine u svet. Da znam adresu njegovih roditelja, odmah bih im napisala anonimno pismo.

I oduševljeno pismo gimnaziste ode u paramparčad.

– Šta je ovo, jedna žena piše. Nisam tražila žensko društvo.

I gospođa se zadubi u pismo:

Iz vašeg oglasa vidim da volite da putujete. I ja volim put i tražim društvo inteligentne žene. Muškarce sam prezrela. Oni nisu dostojni da ih žene pogledaju. Pobožna žena nosi lik Hrista u svojoj duši. Ja sam se sva posvetila Crkvi i Bogu... Nekada sam bila glumica. Moju slavu niko nije doživeo... Padali su preda me svi muškarci... Sad ih mrzim... Dojadili su mi... Ah, da ste znali za moju slavu, moj trijumf i moju Kristu, poštarku!

„Gle, ja sam Krista, poštarka“, „Malena plata, rana zla“...

Ne, ne, to je bezbožna pesma... Ja sad volim miris tamnjana i moje kandilo...

Zašto se krećeš na put... Nekad sam služila u hramu Talije, a sad obilazim manastire.

I volela bih da me prati neka obrazovana žena, dobra hrišćanska duša, kojoj su svetinje moral i čistota tela. Jer ja se držim onih svetih reči: „Ne sogrješi ni djelom ni pomišljenijem...“ Potrebno mi je da s nekim porazgovaram, nekom da pričam o mojoj slavi, da zapevam:

„Služba je moja kao mal' koja
Opasna, to vam mogu reć!
Put li me vodi, mladoj gospodi,
Moram se čuvat, znate, već...

Opet! Opet! Oprosti mi bože, grešnoj... Zato idem do manastira da očistim dušu svoju... Odgovorite mi da li pristajete...

– Ha, ha, ha! – smejala se gospođa. – Ovo je neka grešnica, koja ide na pokajanje... A pošto ne smatram sebe grešnom, neću vas pratiti.

Poslednje pismo je počinjalo:

Ja sam veleposednik iz Vojvodine. Rešen sam da preduzmem jedan veći put da bih se razonodio i ugušio svoj bol. Žena me je ostavila, žena koju sam obožavao, uzdigao iz siromaštva. Trudim se da je zaboravim, ali ne mogu. Ovde je nemoguće jer je viđam sa onim zbog kojeg me je ostavila. Zato hoću da putujem. Ali ma gde bio, ako sam sâm, vući ću svoj bol. Zato ću povesti vas, ako pristanete. Samo imam jedan uslov, želim da se osvetim ženi, a vi da mi pomognete u toj osveti. Ta bi se osveta sastojala u tome da joj preotmem ljubavnika. Daću vam novaca koliko god hoćete da se obučete. Ali potrebno je da odmah dođete ovamo. Vodiću vam sav trošak u hotelu, i ostavljam vam rok od mesec dana za tu otmicu. Ako pristajete, javite se telegramom.

– Pa ovo je čitava avantura sa zapletom! – uzviknu gospođa. – A i taj uslov je malo teži i komplikovaniji. Kako da otmem ljubavnika ako je on zaljubljen? I taj juriš na nepoznatog čoveka. To je već malo kompromitujuće... Sumnjam da ću tu uspeti... Najzad, on mi daje rok mesec dana. Vodiće mi trošak u hotelu, pa to je već putovanje... Provesti mesec dana u jednoj varoši u Vojvodini, to nije za odbacivanje.

I sutradan gospođa posla telegram veleposedniku da prima njegov predlog.

Nije htela da odredi dan dolaska iz one uobičajene koketerije žena, koje ne vole da prvi susret bude pri izlasku iz voza, kad se umor ocrtava na licu od besane noći, i gar pokvari kožu i ruke.

Kad se obukla, doterala, uputila se kući veleposednika.

Imala je odmah prijatno iznenađenje kad je ugledala onu tešku gvozdenu kapiju s pozlaćenim ružama, fasada vile sa statuama, bašta kao park.

Bože, i ta žena mogla je sve to da ostavi?

Služavka ju je uvela u jedan salon i zamolila da pričeka.

– Koga da prijavim?

– Recite, gospođa iz Beograda.

Razgledala je po salonu. Vitrine od mahagonija pune teškog i starinskog srebra, na roze somotskim poličicama... Fotelje sa somotom boa de roz, tepih u istom tonu sa šarama, velike slike u širokim pozlaćenim ramovima, pejzaži i preci, neke dame duguljasta lika, s dugim loknama, u krinolinama od svile, prugasto grao i plavo, po kojima su bili razbacani buketići roze ruža, na riševima od čipaka oko vrata i krstićima na somotskoj pantljici, dugih, tankih ruku nemarno opuštenih na krilu. Pokraj starih slika bile su i slike novijih slikara, futuristički namalane, neke iskrivljene žene, golih grudi, više geometrijsko telo nego ovalno, s puno ćoškova i degenerisanih krivina...

Iz druge sobe čuli su se koraci kao kad se gazi po mekom tepihu, bez bata, samo škripa cipela.

To je sigurno on.

Vrata se otvoriše i pojavi se veleposednik. Visok gospodin, suvonjava lica, kao kod onih predaka, duguljastog ovala, prosede kose, više otmen nego lep, i simpatičan, s blagim i bolećivim izrazom u očima, i na prvi pogled moglo bi se reći: dopadljiv čovek.

– O, drago mi je što ste došli – progovori, priđe, poljubi joj ruku.

Gospođa je bila malo zbunjena. Ovakav susret. Nije to nikad imala u životu. Čisto ju je bilo i stid, obrazi joj se zarumeneše. Vizavi je bilo ogledalo, i ona nehotice pogleda svoju figuru... Videla je jednu vrlo lepu ženu... Na glavi mali „bubi" od crnog somota. Kosa se spuštala vrlo malo, kao rolnica oko šešira i to je činilo beljim njen vrat... Ispod šešira na čelu bila je jedna kovrdža, sjajna i fino uvijena. Kao pužić. Trepavice su bacale senku na obraze, koja se dizala i spuštala, i činila je oči čas zagasitije plavim, čas svetlijim, kako se zenica skupljala i širila. Haljina od krepsatena ocrtavala je gospođin stas, a desna ruka, bez rukavice, pokazivala je fine prste i sveže manikirane nokte kao listiće od roze akrilaka.

Gospodin je sa zadovoljstvom posmatrao damu.

– Nadam se da imate sve uslove da pomognete moju osvetu. Moja žena nije lepša od vas, nema tog vašeg šika, možda je mlađa, ali vi zaista imate puno šarma da osvojite muškarca...

Gospođa je počela zbunjeno da to odbija od sebe.

– Ja sam pristala na vaš predlog, ali moram vam priznati da nisam sigurna da ću što uspeti. I ako ne uspem?

– Ništa. To nije bojno polje da vi morate da pobedite. Ostaćete ovde mesec dana, a posle... Pa posle ćemo videti kakva situacija će da bude...

Gospodin ustade i donese fotografiju svoje žene.

– Evo, da zapamtite njene crte da biste je poznali. A gde ste odseli?

Gospođa reče hotel.

– Vrlo dobro. Tu je i restoran, i tu moja žena dolazi svake večeri s ljubavnikom. Neću vam davati uputstva kakvu taktiku da preduzmete. Vi ste žena i to najbolje znate.

– Pokušaću sve što mogu.

Gospođa se oprosti s gospodinom. On ju je džentlmenski ispratio do izlaza, a prethodno joj je dao jedan koverat.

– To je samo jedan deo vašeg honorara.

Bila je vrlo zbunjena kad je uzela koverat, i iznenadila se u hotelu. Bilo je pet hiljada.

Te večeri gospođa siđe u restoran.

Njena elegantna pojava odmah je privukla pažnju gostiju. Za svim stolovima okrenuli su se radoznalo, kao i uvek kad uđe neka nepoznata dama. Nastala su premeštanja oko stola da bi se zauzeo bolji kibicerski stav, muškarci su gledali nametljivo i drsko, žene iz ljubopitljivosti, a s malo zavisti i ljubomore prateći poglede svojih kavaljera. Svirači su isto tako gledali, i primaš se prvi primače nekoliko koraka, kao da njoj svira, što je uvek i radio kad je lepa žena za stolom.

Gospođa sede i poče da posmatra i traži veleposednikovu ženu... Ugleda je i poznade preko tri stola, ali njen ljubavnik je bio okrenut leđima, dok je ženu mogla slobodno da gleda.

– Ovo nije najbolja situacija. Bolje da mi je on vizavi.

Pažljivo je posmatrala ženu veleposednika i donela svoj sud. Lepa je, ali neka frivolna lepota, sa izrazom histeričnih žena. Sigurno je i kapriciozna. Sad mi je jasno. Njoj je trebao mlađi muž.

Veleposednikova žena je gledala gospođu, i svi pogledi u kafani bili su upućeni u jednom pravcu, prema njenom stolu, da su i oni, koji su bili okrenuti leđima, gledajući goste, koji svi kibicuju u jednom pravcu, morali da se okrenu da vide šta to tako privlači pažnju...

I zato se okrenu i ljubavnik veleposednikove žene.

On očima potraži tu metu, ugleda je, raširi iznenađeno oči, nasmeši se. Mlada gospođa se isto tako zaprepasti u prvi mah, pa se i njene oči nasmešiše, i u istom trenutku klimnuše jedno drugom glavom.

Taj ljubavnik je bio Hrvat s kojim se upoznala kao devojka, njena najlepša devojačka ljubav.

I otkuda ta slučajnost da on bude ljubavnik te žene?

Izgledalo joj je sve neverica, neka igra sudbine. Tuga je počela da se uvlači u njenu dušu. Gledala je zamišljeno preda se ne obraćajući pažnju na sve one kibicere unaokolo. Samo je njega gledala. Sećala se...

Bili su došli zagrebački studenti. Među njima je bio i on. Jedna njena drugarica, studentkinja, priredila je žur i pozvala je nekoliko Hrvata. Tada se upoznala s njim. Igrali su, pa se povukli u jedan kraj i razgovarali. Ona je odmah osetila kako neka privlačnost izbija iz njegovih očiju, iz one dikcije s jekavštinom, tako razmažene, tople... I kao što se događa kad se susretnu nepoznati, pa hoće jedno pred drugim da pokažu sve lepote svoje duše, oni se odmah zaljube.

I tako se razvila ljubav između Hrvata i Srpkinje, platonska, poetična, preko pisama, koja su kroz ona slova htela da iskažu sve drhtaje njihovih srca...

I jednog dana on je pitao: hoće li za njega da se uda.

Bili su gotovo verenici.

Imala je još da ga čeka i to je ono što je fatalnost u ljubavi: čekanje na velikom odstojanju.

Njegova pisma su postajala ređa, sve ređa, hladnija, dok nisu prestala.

Ljubav je nestala kao letnji oblak.

Posle je čula da se oženio. Znala je da nije bio srećan, razveo se. Udala se i ona, ostala udovica.

I sad ovaj prvi susret.

Veleposednikovica ju je neprekidno gledala, malo ljubomorna. Videlo se da ga pita o njoj, a on, u nezgodnom položaju, okrenut leđima, nije mogao da se okreće, pa ipak je dva-tri puta ugrabio da se okrene i da je pogleda.

Gospođa je ustala. Htela je pre njih da ode, sa onom koketerijom žene kad ustaje, polazi, provlači se između stolova, ispred očiju radoznalih, koje je sada prate, proučavaju svaki pokret i liniju. Htela je da prođe i pokraj njega, da je i on pogleda, da mu se javi, da još jednom zaroni u njegove oči svojim raširenim zenicama, te oči koje su toliko godina bile tako sveže i tople u njenoj duši, za kojima je uzdisala, zbog kojih je toliko proplakala.

Nije htela ništa da kaže veleposedniku, da ga poznaje, i opet je sutra uveče došla u kafanu. Srela se s njim na vratima. Oni su odlazili baš kad je ona ulazila. Javio se i otišli su. Bila je sada vrlo setna. *Možda je namerno hteo da je ne vidi.*

Primaš je svirao jednu tužnu mađarsku pesmu o ljubavi, i ona je budila u njoj sve one daleke uspomene...

Melodija je bila završena s poslednjim drhtajima, i vrata su se otvorila.

Ušao je on, njen Hrvat, i prišao pravo njenom stolu.

– Ah, kako sam se iznenadio. Vas da vidim. Otkud vi ovde?

Pričala je, izmišljajući: zadržala se u restoranu na stanici, voz umakao, čekala je stvari, jutros su joj predali, a pošla je u Veneciju...

– Sutra već putujem.

– Zašto sutra? Ostanite.

– Dosadno mi je. Sama sam. Da ste mladić, pa da me još pratite. Ono je vaša supruga? Lepa dama.

– Ne nije moja supruga... Prijateljica.

– Pa venčaćete se, sigurno?

– Zar se svaki venčava sa svojom prijateljicom? Ali ostavite sada taj razgovor. Vratio sam se zbog vas. Hoćete li da izađemo, da se prošetamo? Možemo do parka da odemo. Vi ne možete da pojmite koliko ste mi probudili uspomene. Vi ste bili moja najlepša ljubav.

Izašli su iz restorana. Ponudio joj je da sednu u auto, da se provozaju. I baš kad su ulazili u auto, spazi ih veleposednik. On se ne javi iz opreznosti, ali se u sebi nasmeši.

Ala su vešte ove Beograđanke! Odmah ga je uhvatila.

Auto ih je nosio kao da ih vraća u susret divnim uspomenama. Držao ju je za ruku, ljubio, uvek onaj isti, umiljati Hrvat, nežan, slatkorečiv, i sada joj se ispovedio, sve svoje razočaranje u braku kao da traži oproštaj što je odgurnuo njihovu sreću.

Bili su oboje srećni što su se našli, i rastuženi što su daleko jedan od drugog. On je hteo da oživi jedan trenutak, ono prvo njihovo viđenje. Podsećali su se pojedinih momenata s nekom detinjskom radošću, koja se uvek budi kad su u prošlosti čiste i platonske uspomene prve ljubavi.

Pri povratku zamolio ju je da je sutra poseti u pet sati posle podne u hotelu.

Sutra ujutru došao je veleposednik.

– Čestitam vam, gospođo. Vi osvajate kao Napoleon! Nisam mogao da verujem da takav juriš možete da izvršite.

Gospođa nije htela ništa da mu kaže o njihovom poznanstvu. Samo se pohvalila: – Danas će me posetiti u pet sati.

Veleposednik je otišao vrlo zadovoljan.

Gospođa je čekala popodne Hrvata. Obukla je pidžamu od crne svile s crvenim inkrustacijama, onu popodnevnu, sa španskim pantljikama, što tako daje mladalački izgled ženama, kao da su neki dečaci.

U podsvesti je osetila želju da mu se dopadne, želju pomešanu sa osvetom što je on nju ostavio. I umesto da se sveti za veleposednika, ona je htela da se sveti za svoje izgubljene devojačke snove.

I to poslepodne, zaista, bila je čarobnica koja prikuplja svu svoju moć da zapleni čoveka.

Dopustila je da sedne pored nje na divan, dopustila mu da joj ljubi ruku, da se podvlači pod široki rukav, i da klizi usnama čak do ramena.

U svojim devojačkim snovima bila je željna njegovih usana i zagrljaja... I sad je htela da zagospodari tim usnama, čiju slast je ponovo osetila, da od prošlosti, poetične i platonske, stvori stvarnost – čulnu i strasnu...

Ležala je, zavaljena na jastuk divana, malaksalih ruku, koje nemaju više moći ni da se obaviju oko vrata, poluzatvorenih očiju i usnica koje su samo mogle da prošapuću: *Kako te volim...*

Vrata se najednom otvoriše i u sobu upade veleposednikova žena i vide tu scenu strasnog zagrljaja.

Ona vrisnu, povede se. Plač, krik, histerični napad, grdnje, ružne i gadne reči. Čitav skandal. On je stajao zbunjen, obletao je oko nje da je umiri. Ona ga odgurnu sa uzvikom: „Bedniče jedan!", i izlete.

Imala je da prođe kroz restoran, i dole, „sasvim slučajno", sedeo je veleposednik. On je spazi onako uzrujanu, pritrča, uhvati je za ruku, uvede u svoj auto.

A ona tek u autu dobi histeričan napad, i na ramenu svog zakonitog muža plakala je zbog ljubavnika.

A on je, ipak, odvede kući.

Gospođa ga je zvala uveče telefonom i on joj objasni.

– Da, ja sam joj poslao pismo da njen ljubavnik ima tu sastanak s vama.

Sutradan veleposednik dođe da joj zahvali.

– Vi ste sve sjajno izveli. Zaista, u vama Beograđankama ima nešto što namah osvaja. Vi ste najzavodljivija žena u Jugoslaviji. Molim vas da primite ostatak svog honorara.

– Ne, ja to ne mogu da primim. Vratiću vam i ono što ste mi dali, samo ću zadržati nešto za trošak.

– Kakvo vraćanje! Ja sam bogat čovek, a posle toga, posao je posao. Advokati naplate kad razdvoje ženu od muža. Vi ste meni vratili ženu, te zato zaslužujute još veći honorar. Zaista, prava ste čarobnica.

Mlada gospođa se nasmejala.

– Vi ste tako veliki džentlmen da ja ne mogu da zloupotrebim vašu pažnju. Sve ću vam reći. Slučajnost je htela da ljubavnik vaše žene bude moja devojačka ljubav. Kao što vidite, tu nema nekih naročitih mojih zasluga.

I ona mu ispriča o njihovoj ljubavi.

– Pa to mi se još više sviđa! – uzviknu veleposednik. – Još ću poverovati u neke vanprirodne moći koje su nas sve troje dovele u vezu.

– I vama vratile vašu ženu.

– Da, vratile, jer sam ja glupo zaljubljen muž, a oni uvek čine tu pogrešku da praštaju ženama. Šta ćete, mlada je, pa joj praštam. To joj je lekcija. Više se neće setiti jer se sad uverila da mlad muž nije garancija vernosti, i da je bolje čuvati starijeg muža, koji joj sve ugađa. Za dva dana putujemo u Egipat, a vaš honorar daće vam mogućnost da i vi odete na jedno putovanje.

I veleposednik se oprosti s gospođom pošto joj je predao koverat s deset hiljada dinara.

Zaista, ovaj veleposednik je pravi džentlmen! Sutra putujem u Veneciju, reši odmah udovica.

I kad ju je posle podne posetio Hrvat, ona mu malo rasrđeno reče:

– Vrlo mi je neprijatno što se sve ovo desilo. Sutra putujem u Veneciju. Još je mogao veći skandal da bude, da se umeša policija.

– A zar mi nećete na rastanku dati samo jedan poljubac?

Gospođa je bila toliko milostiva i dala mu je taj poslednji poljubac, koji je trajao čitava tri sata.

Voz je taman trebalo da krene. Gospođa je sedela kraj prozora. Nije osećala veliku radost. Odškrinuti veo sa prošlosti ustalasao joj je devojačke bolove i mešao ih je s nekim kajanjem. *Zašto sam morala da ga vidim...? Možda sam uništila one lepe, idealne uspomene. Sad smo se približili jedan drugome kao muškarac i žena s trenutnim željama i trenutnom radosti... Rastali smo se, i više se nećemo ni sećati... Prvi susret je bio poezija, drugi proza, i ta proza uništila je ono poetsko...*

I dok je to razmišljala, spazi svog Hrvata u putničkom odelu s koferom. Ugleda je kroz prozor, uskoči u vagon i ulete u njen kupe.

– Kuda vi? – pitala je pritvorno iznenađena, a osećala je kako joj srce zalupa.

– S vama u Veneciju!

– Kako sa mnom? A vaša prijateljica? Zar ste je tako brzo zaboravili?

– Ah, draga moja, nemojte da mi je spominjete. Znate li šta jedan muškarac smatra kao najveći maler? To kad njegova prijateljica, udata žena, dođe na tako glupu ideju da ostavi muža pod čijem su okriljem oni mogli tako bezbrižno da se vole, i da se preseli ljubavniku da bi mu nametnula najveću brigu, jer on možda nije nikad ni mislio da se njome oženi. I svaki častan muškarac ne može onda da je ostavi, i izigrava pred svetom zaljubljenog, kome je ona prinela kao žrtvu ugodnost i bogatstvo muževljevo. Eto u takvoj sam ja situaciji bio, a vi ste me spasli.

– I sad će ona verovati da sam joj ja preotela vas...?

– Ne, ovde nema ni neverstva s moje strane, ni otmice s vaše. Mi ćemo samo nastaviti našu idilu, koju je onda uništila daljina, jer žena treba uvek da je blizu muškarca da on oseti toplinu njenog zagrljaja i usana.

I on je privuče sebi da bi osetio tu toplinu i zagleda se u njene lepe oči, u kojima su blistale probuđene uspomene.

Ona pruži ruku, zavuče mu je u kosu, i ostade gledajući ga dugo, dugo.

– Ti si uvek moj lepi, zlatni Hrvat. Vidiš, koliko je trebalo našim političarima da dođu do današnjeg jedinstva Jugoslavije. A kako su to oni mogli brzo i lako da učine. Samo je trebalo izdati jedno naređenje, koje bi glasilo: „Sve Srpkinje bi morale da se zaljube u Hrvate, a Hrvatice u Srbe.“

Zelena i plava korespondencija

Palančica, dole, na krajnjem jugu, sva je utonula u jesenju, plačnu apatiju... Sitna kiša kao magla lepila se po licu ponekog prolaznika jer je u sedam sati uvek sve bilo po kućama, spuštene zavese, i tek kroz neki procep na zavesi provlačila se svetlost iz kuća kao strelica. Sa natkrivenih starinskih streha padale su kapi, a po ulicama su se otezale barice osvetljene fenjerima koji su žalosno čkiljili obmanuti maglom od kiše kao florom.

Ponegde projuri pokisla mačka, zatresu kokoške krilima na ogolelom drveću, u daljini pištaljka stražara, pa opet tišina, i samo ritmičko pljeskanje kapi sa streha i grgotanje vode kroz oluke starinskih kuća...

Bat koraka ču se i na svetlosti fenjera ukazaše se dve oficirske prilike u pokislim šinjelima.

To su se potporučnici Vladeta i Lule vratili iz oficirske menze kući, zlovoljni i gotovi za svađu, zbog ove palanačke učmalosti, nema ni bioskopa, niti igranke, ni lepih devojaka, pa zato ni flerta, ni ljubakanja.

– Svrati meni da odigramo jednu partiju šaha – predloži Vladeta Luletu.

U njegovoj sobi malo se raskraviše jer je posilni bio naložio peć i ta prva sobna toplota s jeseni, dok se temperatura koleba između jesenje i zimske hladnoće, unese malo raspoloženja u njihove momačke duše.

Vladeta zapali cigaretu, izvadi jedno roze pisamce iz džepa, pomirisa ga i poče da čita u sebi.

– Opet si dobio pismo od Vukice? Kako su ti beogradski devojčići revnosni u dopisivanju.

– More, zaljubila se u mene... Slušaj malo: „Bio je sumoran jesenji dan, a ja sam mislila šta li moj Vladeta radi dole. Kako li je tek njemu dosadno. Da imam krila, ili bar neki aeroplan, doletela bih tebi, sakrila se u tvoju sobu i čekala te uveče kad dođeš... I znaš šta bih uradila? Skočila bih i poljubila te, jedan, dva, tri, sto puta...

– Uh, nemoj dalje da mi čitaš. Šta vredi da spominješ poljupce kad ovde retko možeš da ih nađeš.

– Pa zar nije lepo dobiti ovakvo jedno pismo... Pomiriši samo... Fini parfem...

– Slušaj bre, znaš šta mi sad pade na pamet – uzviknu Lule – hajde, bolan, nađi i meni neko devojče u Beogradu da se dopisujem. Eto, piši Vukici. Sigurno da ima neku prijateljicu, pa da se ja dopisujem s njom. To bi bilo divno! Prekratio bih vreme, a posle, ako me put nanese kroz Beograd, imam bar s kim da se izljubim. A ti Beograđančići silno vole da se cmaču. Što bih jurio ženske po ulicama, kad može da me čeka devojče? Jer doći u Beograd, a ne okušati slast poljubaca beogradskih devojčića, to je pravi idiotizam.

– Dobro, hoćeš li sad odmah da napišemo Vukici da potraži za tebe devojku.

– Piši!

Vladeta uze tabačić hartije, poče da piše prvo Vukici, a Lule džarnu peć, izvali se na Vladetov krevet, zapali cigaretu.

Slušaj šta sam napisao: *Jedan moj drug, potporučnik Lule, prosto je očajan u ovoj gluvoj i pustoj palanci, i želeo bi da se dopisuje s nekom od tvojih drugarica, lepom i inteligentnom gospođicom.*

– Precrtaj ti *inteligentna* – viknu Lule – da me tu knjiški gnjavi i pregleda moju interpunkciju... Naći će mi neku uobraženu. Te inteligentne strašno mogu da gnjave. Neka mi piše svakojake gluposti, to je najlepše... Čekaj, sad ću ja da ti dalje diktiram... Piši: *On je moj najbolji drug, vrlo lep mladić i šarmantan...*

– Stoj da vidim da li si zaista *šarmantan*, jer, znaš, ovo ide pod mojim potpisom, a neću ništa da lažem...

– Pa zar nisam šarmantan? – uzviknu Lule, ispravi svoj vitki stas, pogleda se u ogledalo i zapeva: „Oči čarnije, oči strasnije i prekrasnije..."

– I znaš, ta reč *šarmantan* mi se ne sviđa. Više pasuje ženama nego muškarcima.

– Ih, baš si pravi seljak... Sad je moderno da se i za muškarca kaže *šarmantan*, a žene naročito vole tu reč. Za njih je šarmantna haljina, šarmantan šešir, kuća, mačka, konj...

– E, dobro, važi, kad je konj šarmantan, onda možeš i ti da budeš...

– To iz tebe pakost govori. Nego, piši dalje...

– Dakle: *on je vrlo lep, šarmantan* – ponavlja Vladeta – *veliki ženskaroš...*

– Kakav ženskaroš! Pa ti onda ne poznaješ ženske. Kad hoćeš koga da preporučiš ženama, ne smeš nikad da kažeš da si ženskaroš, jer to nije muški kvalitet u očima žena... Nego, bolje je reći *sentimentalan.*

Sentimentalan muškarac znači zaljubljiv i devojčići uvek misle da zbog toga mogu da navijaju kako je njima kad kapric.

– Dobro, evo, pišem ti sentimentalan i smrtno zaljubljiv.

– To je odlično! Upaliće! Da znaju ti devojčići beogradski kako ima nas lepih oficira u unutrašnjosti, sve bi pojurile da nam pišu.

Posle nedelju dana Vukica je pisala: *Radujem se što mogu tvom drugu da saopštim da sam mu našla za dopisivanje moju drugaricu Jelkicu, kojoj će biti vrlo prijatno da se dopisuje s tako simpatičnim potporučnikom. Eto, šaljem ti njenu adresu, pa neka on njoj prvi piše... A ona ga sada pozdravlja...*

Još istog dana Lule je kupio u knjižari najfiniju hartiju za pisma, rezeda boje, što je bilo simbol nade, čak i novu držalju i nova rodina pera. Uveče, dok je kiša pljuskala o prozor, pisao je:

Poštovana gospođice,

Vrlo sam srećan što mi se pružila prilika da bar preko pisma napravim poznanstvo s vama, jer o beogradskim gospođicama zadržao sam najlepše utiske još kao akademac. Nadam se da ćete mi pokloniti pokoji trenutak vašeg slobodnog vremena i doleteti k meni na razgovor u ovu očajno dosadnu palanku, gde ceo život zamre još u šest sati uveče. Verujte, vaše će mi pismo pričiniti najveću radost i nestrpljivo ću ga očekivati.

I jednog dana, kad se vratio posle ručka kući, na stolu je stajalo plavo pisamce.

Poštovani gospodine,

Neću da vas ostavljam dugo da čekate moje pismo jer bi to bilo sebično s moje strane kad znam kako vi provodite usamljene dane pustinjaka. U Beogradu nema takvih dosada. Ovde čovek svakog dana šeta, i po kiši, i po snegu, mrazu, pa čak se ne plašimo ni vetra. Danas je strašno fijukao vetar, a ja nisam izlazila iz sobe. Pišem vam u mojoj devojačkoj sobi, a moj mačak, Mister Kika, prede na divanu. Ni on neće napolje da izađe. I verujte, baš mi je prijatno da vam pišem zato što vas ne poznajem. Da umem da čitam iz rukopisa, istraživala bih vaš karakter i duševne osobine. Ali to nije potrebno jer ćemo se kroz korespondenciju upoznati. Pišite mi o svim vašim navikama, životu, provodu, okolini i društvu.

Sad je Lule ležao na krevetu i mogao je da čita pisamce onako isto kao Vladeta.

Već posle tri dana njegovo rezeda pismo jurilo je vozom za Beograd.

Draga gospođice, vi ne možete da zamislite kako je prijatno uživanje, kad napolju promiče sneg, peć pucketa, posilni unosi kafu, ja palim cigaretu i čitam pismo jedne lepe devojčice, plava kao nebo ili njene oči... Već se u meni budi želja da vas vidim, da znam kakve su vam oči, plave ili crne, kakav nosić, usta. Oprostite što tako smelo izražavam odmah svoje želje, ali naš je život tako prazan i jednostavan, a želje tako raskošne i mnogobrojne da vam ih ne bi mogao ispisati na deset tabačića.

Ustajem uvek izjutra u pet. Mogu da legnem u osam, dvanaest ili tri, uvek ću se probuditi u pet. Od kuće u kasarnu, iz kasarne u menažu, predveče malo gacamo ulicama, jer se to ne može nazvati šetnja, niti korzo. Okolina je vrlo romantična, ali mi bismo više voleli romantične gospođice. A njih je tako malo. U ovakvim palankama dve su kategorije žena: devojčići od četrnaest i petnaest godina, i udate žene. Čim se devojčica podevojči, odmah se udaje jer uvek ima kandidata za ženidbu, koji se žene zbog dosade. Mladićima ništa drugo ne ostaje nego da se žene. To im je jedino sredstvo da prekrate apatiju. Kafane su mizerne. Svratimo katkad Vladeta i ja, ali najviše prekraćujemo vreme šahom. I razgovaramo o gospođici Vukici i vama. A kako vi živite, opišite mi kako se zabavljate. Znam da vi imate u Beogradu dosta provoda, ali nemojte da zaboravite sirotog mladića koji željno očekuje vaše pisamce. Na završetku imam da vas za nešto zamolim. Bio bih najsrećniji da mi pošaljete svoju fotografiju. Ja ću je sigurno očekivati u idućem pismu.

Kad je došlo Jelkicino pismo, Lule je odmah osetio pod prstom karton fotografije. Nestrpljivo je iscepao kovertu i, kad je razvio tabačić, ukaza se slika... A avaj! Šta je to? O vragolasto, lukavo Beograđanče! Samo je tako nešto mogla da pošalje mala Beograđanka... Dok je drhtao da vidi njene oči i usta, ona obrezala lice, ostavila kosu i ništa više... I on gleda njenu bujnu talasastu kosu...

Ljut i besan, istog trenutka Lule poče da piše.

Nemilosrdna devojčice,

Vidi se da nemate nimalo srca. Jer da ste imali, ne biste me ovako mučili. Koliko sam želeo da vas vidim, a vi mi samo šaljete kosu. Ah, da ste ovde, zavukao bih vam prste u tu bujnu kosicu i svu bih je zamrsio.

Što ne mogu da vam se osvetim! A, kako ne mogu, osvetiću se i ja vama. Spremio sam da vam pošaljem svoju sliku, pa vam šaljem isto kao vi meni – samo kosu... A da bih vam se još više osvetio, večeras idem na oficirsku zabavu i igraću, igraću, i neću nimalo da mislim na vas.

Nedelja posle podne, dosadan dan u velikom gradu, a još dosadniji u palanci. Ali Luletu toga dana nije bilo dosadno jer je opet dobio pismo od Jelkice s fotografijom, ovoga puta jedna lepa, nežna ručica, špicastih noktića, i ništa drugo do samo ta ručica... A ručicu je pratilo pismo.

Dragi gospodine,

Osvetili ste mi se, jelte? A tako, zabavljali ste se i igrali, a ovamo jadikujete kako nemate provoda. Nikad muškarcima ne treba verovati. Uverena sam da biste vi našli ženu i na Severnom polu. Samo se pretvarate, a znam da se lepo provodite. Ali znajte, i ja sam se lepo provela. Išla sam na bal. Imala sam haljinu od plavog tafta. (Pardon, možda vi ne znate šta je taft. To je svila.) Vukičin brat Dragi bio mi je kavaljer i još jedan lepi doktor. Vrlo lepo sam se zabavljala... Posećujem često i bioskope. Vukica i ja gledamo svaki novi film, a nedeljom posle podne uvek idemo u pozorište. Uveče se zna, šetnja po korzu. Korzo je uvek živ. I svakog možete tu videti...

Sad je još i sezona žureva, pa idemo i kod naših drugarica, i opet igramo. A vi?

Zahvaljujem vam na slici. Konstatujem da vam je lepa kosa. U znak izmirenja, šaljem vam ruku da mi poljubite, i želim da mi do detalja opišete svoj provod i svoje žensko društvo.

Rezeda tabačić opet je stajao na stolu dok su napolju pucali drvo i kamen. Lule je pisao i osećao je kako je u sobi vrućina...

Draga gospođice,

Izljubio sam vam ručicu, i uviđam da ste odličan anatom, jer redom amputirate jedan po jedan delić svoje lepote. Svakako da je i vaš doktor neki hirurg, pa vam on daje časove. Milo mi je što se lepo provodite. Vidite, nisam nimalo ljubomoran. Zašto bih bio, kad se i ja lepo provodim. Na oficirskoj zabavi bilo je vrlo veselo. Ostali smo do četiri sata. Ja sam igrao s jednom lepom šoštarkom. To je najlepša devojka u palanci. Bila je i jedna mlada učiteljica, vrlo slatko devojče, iz beogradske učiteljske škole. Kao što vidite, ima ovde ženskog društva. U garnizonu su dve majorice, od kojih je jedna vrlo lepa, a druga vrlo ljubomorna. Prvoj je muž ružan, a drugoj vrlo lep. Zato lepa majorica gleda poručnike i potporučnike, a lepi major gospođe poručnikovice. S lepom majoricom odigrao sam jedan tango... Igramo mi ovde i fokstrot i tango, kao i vi u Beogradu.

Centar pažnje je bila jedna mlada i lepa apotekarica, za koju kažu da je dobila haljinu iz Beča, i ona je bila plava kao vaša. Znam šta je taft jer je i poštarka imala haljinu od crnog tafta... Bila je na balu i jedna mlada udovica, doktorka, muž joj je bio lekar, i ona živi ovde na imanju. Vrlo pristupačna i umiljata žena, i vrlo rado je gleda onaj lepi major. S njom sam odigrao jedan fokstrot...

A kad sam se vratio u zoru s bala, čekalo me je kod kuće jedno iznenađenje: mom posilnom došla je gospođa sa sela da ga obiđe... Vidite, čak je i moj posilni srećan da ga obilaze žene, a zbog mene se niko ne bi potrudio da dođe iz Beograda...

Kapriciozna devojčice, kad ćete mi poslati svoju fotografiju? Šaljem i ja vama još jedan delić moje osobe, moju levu epoletu...

To pismo je Lule čitao Vladeti i ovaj se naglas smejao: – E nisam znao da umeš tako da lažeš. Gde izmisli lepu majoricu, lepu udovicu, lepu poštarku.

– Znaš, treba sekirati te Beograđanke. Žena ne sme nikad da oseti da sam ljubomoran... Pogledaj samo ovu ručicu, pa kosu... Mora biti da je lepa, pa me sekira.

I korespondencija plava i rezeda se nastavlja, s peckanjem, zadirkivanjem, čas Beograđanče prelazi u napad, čas potporučnik. I u njegovom džepu od mundira stajala je jedna čudna slika sastavljena od parčića. Glave s kosom, bez lica, nežan vratić, okrugla ramena, jedna ručica i ništa više. A tako je isto i Jelkica dobijala jedan po jedan delić...

I naposletku doputovaše nožice u špicastim svilenim cipelicama, da je Lule morao da uzvikne kao pesnik za lepu Vandu:

– Ah, što beše nožica mala. Al' zašto reče, zalud je hvala!

Lule više nije mogao da izdrži. Zalude, zaljubi se, ta misterioznost lica toliko probudi u njemu želju da vidi Jelkicu da je sutradan podneo molbu za odsustvo s motivacijom: *Majka mi je opasno bolesna.*

Kroz Ulicu Miloša Velikog juri Lule. Ne ide, već leti. U toj ulici stanuje Jelkica. Čudne misli ga obuzimaju. Nekakva trema, radost, čežnja, groznica. *Bože, ako je neka ružna i matora, pa zato nije poslala lice?* Ali onaj vrat, one ruke, kosa, sve je savršeno, pa oni listovi nogu. *Zar tu može da dođe jedno ružno lice... Pa, ništa ako bude ružna, kazaću da sam slučajno došao u Beograd, i posle ću se izvući, i neću se više ni dopisivati.*

S takvim mislima on čita redom brojeve.

Ah, tu sam.

Zvrrr...

Sobarica otvori vrata.

– Je li gospođica Jelkica kod kuće?

– Jeste. Izvolite.

Sobarica pođe ispred njega, otvori vrata i zovnu:

– Gospođice Jelkice, jedan gospodin vas traži.

On uđe, zastade, prosto zaneme.

Dva crna oka dijamantskog sjaja, u senci dugih trepavica, strasna i zanosna, gledala su ga iznenađeno, netremice, i upijala se u njegove velike, crne, blistave oči. S njenih očiju on se spusti na nosić, pravilan, kao izrezan od mermera, pa mila ustašca, rumena i sočna, pa beli vratić, i on samo mogaše da progovori:

– Jelkice...!

– Lule...!

I, najednom, nađoše se u zagrljaju posle tih prvih reči. I sva čežnja za tim mističnim licem razbukta se u njemu. On joj je ljubio čelo, obraze, usne, sav zaluđen, ubeđen da ne bi mogao da živi bez tog vragolastog, lepog Beograđančeta.

Tog istog dana on je zaprosi.

I obistini se ono što je jednom kazao: „Beograđančići silno vole da se cmaču..."

Jeste, i on se iscmaka, ali za poljubac Beograđanče uvek dobija odštetu, ništa manje nego brak.

Mora da su jako slatki ti beogradski poljupci kad se Lule tako lako lišio svoje momačke slobode.

Sad su Lule i Jelkica vrlo srećan par.

Mama se ošišala

Za ručkom mama im reče, smešeći se: – Večeras ću vam prirediti jedno iznenađenje.

– Znam, neki novi kolač! – uzviknu Dana, mlađa kći.

– A, nije to. Nego hoćeš nešto da nam kupiš – pogađala je Mara. – Baš bi mi trebale jedne čarape. Samo sa strelicom, od pedeset dinara.

– Videćete – govorila je mama tajanstveno.

– Ako bi htela meni da prirediš neko iznenađenje – reče Mile – to bi jedino mogla da učiniš ako bi mi ispeglala one teget pantalone. Sutra idem na jedan žur, a ti si takav majstor u peglanju i pravljenju pruge, bolji nego moj krojač.

– Ovo je mnogo veće iznenađenje nego što vi mislite.

U pola tri deca odoše, svaki na svoju dužnost. Dana u gimnaziju, jer je bila maturantkinja. Mara na univerzitet. Imala je da položi poslednji diplomski jezik. A Mile se uputi u kancelariju kao pisar suda.

Mama raspremi sto, jer je to bila njena dužnost kao dobre domaćice, pobrisa oko stola, uredi kujnu, ostavi sve na svoje mesto, skuva im i kafu, i sve ih posluži, pa kad oni odoše, metnu i ona šešir na glavu i izađe iz kuće.

Mara se na univerzitetu seti maminih reči: *Šta li to priprema mama?* A ona je znala svoju mamu, njenu nežnost prema njima, na koju ih je ona navikla i oni su ljubomorno zahtevali da se ona žrtvuje njima. Otac im je poginuo u ratu, dok su bili mali, i oni su zapamtili samo nežnost majke, naučili da ih ona uslužuje, da posluje po kući štedeći ih od svakog rada da bi samo oni završili školu, jer to je bila sreća za celu porodicu. I Mara, ozbiljna po prirodi, skromna, povučena, volela je tu maminu ozbiljnost, i mrzela je majke svojih drugarica koje se povode za modom, čak i koketiraju, idu u kafane, na korzo, prave žureve... Zato je verovala da će i večeras mama da im priredi nešto lepo.

Dana, nestašna i mezimica, najviše je volela kolače, i na času francuskog jezika, dok je jedna prevodila, ona je uživala u nekoj maminoj gastronomskoj veštini...

Uveče su svi žurili kući. Dana je došla prva, Maru je dopratio jedan kolega, za koga je mama mislila da je simpatičan, i nije imala ništa da primeti, jer je bio dobar mladić. Mile se najduže zadržao jer je imao jedno malo, ljubomorno objašnjenje sa svojom devojkom.

Dana je neprestano njuškala po kujni da bi osetila miris kolača a Mara je strpljivo čekala večeru.

– Kad dođe Mile, videćete... nešto me boli glava, pa sam je stegla maramom – govorila je mama, a oči su joj nekako čudno sijale.

Kada su seli za večeru, sve četvoro, mama skide maramu s glave.

– Pogledajte, ja sam se ošišala. Eto, to je iznenađenje!

Oni svi spustiše viljušku, Mara vrati zalogaj koji je već prinela ustima. Dana raširi i zaokrugli svoje okice, s punim ustima jela. Prva progovori Mara hladnim tonom, razvlačeći reči, s nekom prigušenom ljutinom.

– Šta ti je to trebalo?

Mamu zbuniše te njene reči, oseti neki bol, pogleda Danu, kao da je htela da joj ona polaska, da uzvikne: „Kako si lepa mama!“, a Dana udari u kikot, onaj neobuzdani, kao na času, a za mamu tako uvredljiv i nejasan taj smeh da je oštro zapita:

– A što se ti smeješ?

– Ne znam, mama, ali tako si mi smešna – zakikotala se Dana.

Mami dođe najedared da se zaplače i naljuti. Pogleda Mileta, koji ju je posmatrao naginjući glavu da bi joj video i profil i potiljak i na njeno pitanje: „Kako se tebi dopada?“, on je još gledao misleći, jer nije mogao odmah da donese svoj sud, a to je već značilo da se razmišlja da kaže, jer se verovatno i njemu sviđa...

– Pa... bolje ti je stajala duga kosa... Nije trebalo da se šišaš...

Mara je sad već žvakala, ali nekako ljutito, gledajući u tanjir. Onda opet podiže pogled na mamu i malo višim i oštrijim tonom reče:

– To ti nimalo ne liči. Ti, ozbiljna žena, da se šišaš.

Mama pokuša da se brani.

– Zašto da se ne šišam? Zar tolike dame ošišane, pa nećeš reći da su nepoštene žene.

– Izvini, nisam toliko starinska da tako mislim. Čak odobravam, neka se šiša ko god hoće, mogu i babe, ali ne dopuštam da se ti, moja mama, šišaš.

– Ima pravo Mara – prihvati Mile – da si nas pitala, mi ti ne bismo nikad to savetovali da uradiš...

– Jaoj. Što si mi smešna, mama – kikotala se neprestano Dana. – Na koga mi ličiš, ne mogu da se setim...

Mama oseti uvredu od sva tri deteta, i to od dece kojima je posvetila sav svoj život i svoju mladost. Oseti kako je ne razumeju, kako ne shvataju da i ona možda nekad čezne da bude lepa i mlada, i da zbog njih nije imala svoju mladost, i sada, kad ih je odgajila, iškolovala, ima i ona prava da se seti sebe. A oni, sa egoizmom dece, sad joj ne daju to pravo, nego je osuđuju i ismevaju...

Iz onog hladnog tona Mara pređe u ironičan.

– E sad, mama, kad si se ošišala, treba još i da se zaljubiš u nekoga.

Onda ustade od stola, pođe u drugu sobu, zastade na vratima i pogleda mamu.

– To ti je sigurno električna ondulacija? Bolje bi bilo da si meni kupila čarape nego što si se ošišala... Misliš da si mlada.

Mama htede da joj podvikne, da je prekori, ali se njeno srce gušilo od bola, od nezahvalnosti dečje, te joj samo dobaci:

– Znam, znam, ja treba samo za vas da se žrtvujem... Vama bi svejedno bilo da ja idem ma kako obučena, samo vas da zadovoljim...

Dana priđe, zagrli mamu da je malo odobrovolji.

– Vidiš, mamice, ja te ne osuđujem što si se ošišala, samo nisam navikla na takvu frizuru, pa mi je smešna tvoja glava.

I opet udari u smeh.

– Dosta s tim tvojim smehom! – viknu mama. – Treba da vas je stid da vi ismejavate mamu. Ja sam celog života mučenica, mučenica zbog vas.

Ne mogaše dalje. Zajeca, rasplaka se kao malo dete... Plakala je i kroz te suze oplakivala je ceo svoj bolni život s borbama, večnom brigom kako da školuje decu, kako da ona budu srećna...

I taj bol i suze gušile su je cele noći... Nije mogla da zaspi. Sećala se svoje prošlosti, devojačkog doba, udaje, kako je bila lepa, najlepša devojka... Ali i to devojačko doba bilo je ispunjeno patnjama. Mati joj je umrla, a maćeha zla, nemilosrdna. Nije poznala nežnost mame. Zato je jedva čekala da nađe nežnost muža. I bila je srećna. Voleo ju je. Tri deteta dopunila su njihovu bračnu sreću... A posle je došao rat, i ona strašna, nezaboravljena katastrofa – njegova smrt. Poginuo je na frontu. Ostala je sama. Mlada i lepa. A šta joj je vredela mladost, šta lepota, kad je trebalo odgajati i školovati decu? Penzija i invalidnina, to joj je bilo sve. Na udaju nije mogla ni da misli. Ko će nju s troje dece? U njoj je bilo uzvišenije osećanje majke nego ljubavnice. Bili su sve troje tako lepi, dobri, umiljati. Uživala je s njima. Lepo su učili, što joj je nadoknadilo sve izgubljene radosti života. Htela je da ne osete da nemaju oca, htela je da im da onu veliku ljubav majke koju ona nije osetila. Sama im je šila, krpila, plela, peglala. Zaboravila je na sebe, ugušila je svoje želje, samo njima da je lepo, samo oni da ne oskudevaju. Od usta svojih odvajala je za njih, koliko puta nije dovečerala da bi oni siti bili. I kad su porasli, uvek se upinjala da im ugodno bude u kući, da su lepo obučeni. Oni su je voleli, ona je za njih bila njihova mama sa zembiljem, za šporetom, za koritom, mama koja lepo kuva i mesi, ali nikako mama koja bi imala svojih prohteva da se zabavlja, da se oblači. Bila je još lepa, svojoj deci je darovala svoju lepotu, ali se oni nisu osvrtali na tu njenu lepotu, nisu nikad pomišljali da bi ona mogla nekom da se dopadne, čak bi ih uvredilo da je neko pomislio mami da se udvara, da ona pomisli da gleda. Ona ih je volela žrtvujući im svoje srce, i dajući svu svoju nežnost, a oni su je voleli uzimajući sebični sve od nje, snagu njenih mišica, lepotu njenog lica, s nje su skidali odelo da bi se oni ulepšavali, jer oni treba da budu lepi i mladi, a mama je sve preživela. Nije se naživela. Ali šta su oni krivi, takva je njena sudbina. Nikad se nisu ni setili da se zapitaju da li su oni bili ta teška sudbina njihove mame. Da li zbog njih nije usahnula njena lepota?

I u toj bolnoj noći ona prelistava patnje svoga života. A koliko ih je bilo, čitava knjiga. Željna je svega ostala: muževljeve nežnosti, provoda, lepih haljina... Sećala se onih susreta s gospođama čiji su muževi bili drugovi njenog muža, sada na velikim položajima, i one, pokraj njih, dame, obučene, elegantne, zadovoljne, a ona, pohabana, izbledelih haljina, izmučena umorom i brigama. I dok su deca rasla, u toj borbi sve je bilo utrnulo u njoj. Odužila je svoj veliki dug majke, pa zar sad ne sme da pogleda sebe. Oni su svi srećni i ta njihova sreća obasjala je i nju da sad može da pomisli i na svoj život. Mara završava univerzitet, možda će se posle udati za onog svog kolegu. Ona se raduje, nek se uda, neka oseti sreću koje je ona bila lišena.

Mile je svoj čovek, oženi će se i on. Tada ostaju samo ona i Dana. Ona se radovala i njihovoj ljubavi. Bila je dobra majka, koja razume osećanja svoje dece. A oni nju nisu razumeli, nisu je nikad upitali: „Zašto se, mama, nisi udala? I ti si imala pravo da živiš." A ona je mogla docnije da se uda, ali nije htela zbog njih. Da li je bila sigurna da će njima naći oca. Zar da njih popreko gleda tuđi čovek, kao što je nju gledala maćeha... A koliko je sada sebičnosti kod dece. Nikad da joj kažu: „Udesi se sad i ti... Treba i ti, mama, da se provedeš..." Ne, ona je za njih samo mama sa zembiljem, mama kuvarica i sudopera...

I eto, sada, kad je pomislila na sebe, kad je zaželela da bude lepa, oni su je ismejali i osudili. A koliko je godina ona čekala da dođe taj dan da sme da pomisli na sebe? Sve dok njih nije izvela na put. Da, i sad, oni joj ne dopuštaju. I još one ironične Marine reči:

Sad još samo treba da se zaljubi...

A šta bi pomislili da znaju da ona možda voli nekog, da se usudila da sanja o budućnosti u starim danima.

Jest, ona voli. To nije ljubav prve mladosti, već prijateljstvo, bojazan od samoće u starosti. Oni će svi otići, zasnivati svoje kuće, porodice, a ona će ostati sama. I pred bojazni od samoće pomislila je na njega, tog gospodina neženju, koji je bio mlađi drug njenog muža. Ona ga je odavno znala, sad ih je često posećivao iz poštovanja, voleo je njenu decu, bio im je kao neki rođak u kući, i ona se tako ponašala prema njemu, a deca su ga volela kao oca. On ih je izvodio, kupovao im poklone. Mogao je to da čini jer je imao lepu platu, visok položaj, svoju kuću. Ona je to u najtajnijem kutu svoga srca krila, snevala je o njemu i životu treće mladosti, počela je da se udešava, bila je srećna pokoji put od njegovih komplimenata, htela je da bude još lepša, otišla je čak i da se ošiša, da se podmladi.

Sad su je svi ismevali.

Čekala je samo da je vidi on, očekivala je njegov kompliment, strepela da li će se njemu dopasti.

I on dođe jednog dana, zastade, nasmeja se:

– O, gledaj, molim te, kako se udovica udesila. Pa ne stoji vam ružno... Šta ćete, danas je sve moda zahvatila. Ćerke – bubikopf, majke – bubikopf... Osećate vi da ćete skoro ženiti sina, pa velite: „Daj da se podmladim dok ne postanem baba..."

I on se slatko smejao, a ona u tom smehu nije osetila da mu se naročito dopada.

Posle se uozbilji i, kad ona donese kafu, on pripali cigaretu.

– Hteo sam danas nešto važno s vama da razgovaram... Možda ćete se začuditi, ali ja se davno spremam to da vam kažem...

Taj poverljiv ton malo je zbuni. Oseti neku tremu kao pred nekom radošću, pred nešto lepo što će se dogoditi.

– Šta imate da mi kažete?

– Vi znate dobro da veoma volim vašu kuću i decu. Kod vas sam se osećao kao kod svoje kuće.

– I mi smo vas smatrali uvek kao rođaka.

– To mi daje pravo, a pomalo se bojim, da vam uputim jednu moju želju i molbu.

Njoj stade dah. Gledaše ga sva srećna i jedna samo misao prolete: *Sad će da me zaprosi.*

– Možda ste vi naslutili to što ću da vam kažem, možda vam nije poznato ništa, ali ja vam sada moram reći: „Ja volim..."

Zastade malo, kao da se usteže da govori, a ona oseti kako joj nešto toplo pođe od srca, neko novo uzbuđenje, davno zaboravljeno, kao onda, u mladosti, kad joj je muž izjavljivao ljubav. Oči joj zasvetleše i ona prošaputa:

– Vi volite...? Koga?

– Vašu Maru i želeo bih da mi ona bude žena.

Njene skrštene ruke spustiše se na krilo i učini joj se da to ne govori on, već neko drugi, ili ga nije dobro razumela, kao da je prečula nešto, pa ne može da shvati, nije joj jasno, i ponovi sa čuđenjem, zaprepašćenošću, ohladnelih ruku:

– Vi tražite Maru?

– A zašto je vama to čudno? Meni se učinilo da ste znali...

– Znala? Ne, nisam...

Priseti se da bi možda on mogao da oseti njena osećanja, i s ponosom i gorčinom, čisto uvređena ona se savlada, pobuni se u njoj mati, ta koja je odgajala decu, štitila njihovu mladost, i sad se usuđuje ovaj četrdesetpetogodišnjak da prosi njenu kćer, da mu ona bude žena, njemu, koji bi joj mogao biti otac...

– Pa čemu se mogu nadati od vas?

Ona se savlada, uze jedan prijateljski ton, iako je u njoj nešto kipelo i besnelo:

– Oprostite, dragi prijatelju, ali ona je suviše mlada, ne mislim za udaju, već za vas. Ona vas voli kao oca. Sumnjam da bi ona pošla za vas.

– Što se tiče Mare, od nje sam dobio pristanak. Ona hoće za mene da se uda, samo sam hteo od vas kao majke da zaprosim njenu ruku. A mislim da vi nemate ništa protiv mene.

Mati je bila sva poražena. *Ona voli njega, krila je to od mene, svoje majke, čak mu je dala svoju reč...*

Bio je to trenutak najvećeg razočaranja u njenom životu. Nije znala šta da kaže, niti da protestuje, niti da odobri. Njena kći, pa tako prikrivena, a ona, mati, uvek je iskrena bila prema njima, naivna.

Vrata se otvoriše i Mara uđe u sobu. Pritrča majci.

– Mama, vidim da ti je gospodin Pavle sve kazao, i ja ću ti sad priznati da ga volim i želim da se udam za njega.

Govorila je tako slobodno da mama nije mogla da veruje da to govori ona njena Mara, da tako kombinuje brak, i to sve u tajnosti, dok je ona radila svoje, ona, jedna mati, koja je sad trebalo i te snove da žrtvuje deci.

– Pa kad ti voliš gospodina Pavla, ja nemam ništa protiv.

Mara zagrli mamu, a gospodin Pavle joj poljubi ruku.

– Sad ste moja draga tašta.

Uveče je bilo jedno objašnjenje između majke i ćerke.

– Ja sam mislila da ti voliš onog studenta. Zar je ovo za tebe prilika? Možda činiš veliku pogrešku.

– Varaš se mama. Neću da se mučim u životu kao što si se ti mučila. Da se udam za kolegu, treba da budem činovnik, da taljigam ceo vek po kancelarijama. A ovako ću da budem odmah dama. On ima veliki položaj, veliku platu, svoju kuću, pa baš iako nisam suviše zaljubljena u njega, te ugodnosti života nadoknadiće mi ono što mi neće dati ljubav. Danas se, mama, ne udaje iz sentimentalnosti. Ljubav, na kraju krajeva, iščezava u svakom braku. I kad nema materijalne podloge, gotov ti je razvod.

Mama uguši duboki uzdah i kad ostade sama, zaplaka, zajeca za svojom izgubljenom mladošću i za životom. Ustade, pogleda se u ogledalo, nasmeši se bolno. Govorila je sebi: *Ošišala si se da bi se dopala, htela si i ti da proživiš jedan deo sudbine drugih žena, ali tebi nije suđeno.*

Ali iz tog lavirinta, koji se zove majčino srce, ispunjeno nežnošću, popuštanjem, oproštajem i samopožrtvovanjem, zatreperi jedno osećanje: *Pa šta ja tražim od života? Neka su samo moja deca srećna.*

I tog dana mama podnese kao žrtvu svome detetu poslednji svoj san o sreći.

Časna reč muškarca

Jedan jesenji dan

Išla sam korzom zastajkujući pred mnogim izlozima. To je više način da se žena ogleda na poleđini velurskih materijala i tamnih štofova, da zastane da bi se okrenula i videla da li onaj još ide za njom. Mene je tog dana pratio jedan elegantan gospodin. Nisam se ljutila. Zar postoji ijedna žena koju bi rasrdila takva pažnja muškarca kad nije nimalo drzak... Gle, onaj je sad ispred mene. Čudna taktika. Ide, i okreće se da mu ne umaknem. Ja napravim jedno nalevo krug i ubrzam. Zastadoh opet pred izlogom. Ne okrećem se ni desno ni levo. Izigravam nezainteresovanost. Sad napred!

O, kad je samo onaj uspeo da me pređe? Opet ispred mene. Sad uskačem u tramvaj. Okretoh se na platformi, onoj gde obično stoje muškarci, i moj pratilac se stvori tu. Kako samo dolete. Sad putujemo zajedno. Ja ga ne gledam. Tek samo jednim pogledom pokraj njega osvedočavam se da me gleda. To su ti ženski pogledi, kad dama, gledajući rame kavaljeru, vidi njegove oči. Šetnja mi nije propala... Dokle samo on misli da ide? Da li će onako prozaično da se skine s tramvaja, da ubrza i pristupi: „Pardon, gospođo ili gospođice..."

Ovaj to ne uradi. Skide se četiri stanice pre moje, poslednje. Zastade kraj tramvaja, isprati me pogledom. Ni osmeha na licu, ni ono uobičajeno da skine šešir. To je malo neučtivo. Javljati se nepoznatoj dami pri prvom susretu. Ovo je otmeniji pratilac. Jedan samo pogled koji govori: *Vi mi se dopadate*. Zašto bi me inače pratio da mu se ne dopadam?

Došla sam kući i zaboravila na njega. Zar se žene sećaju svih koji ih prate na ulicama?

5. oktobar

Razgovarala sam na Terazijama s mojom prijateljicom. Oprostih se s njom, kad kod *Moskve* – elegantni gospodin! Kao da je mene čekao.

Prelazim onu veliku širinu kod *Moskve*, zastajem da propustim nekoliko automobila, okrećem se i vidim svog pratioca. I opet je bila ista taktika. On ispred mene. *O, vi mislite, gospodine, da ću ja za vama da kasam.* Uprkos tome, krivudam, čas levo, čas desno, i gledam da zavaram svoj trag... To je zanimljivo, umaći gospodinu, koji baš vas sačekuje... jedna sporedna uličica. Šmugnuh i brzo, brzo napred... Neću da se okrećem, ali me nešto goni da pogledam pozadi... Zavijam za ugao, produžavam drugom ulicom, okrećem se. Elegantni gospodin ide za mnom, već tako blizu, nekoliko metara samo udaljen, sad osećam i njegov korak. *Eto, što je glup. Sad će da mi priđe. I izgubiće igru. Reći ću mu: „Izvinite, ne primam poznanstva na ulici...* Ali ništa od svega toga. On kao da oseća zadovoljstvo da me samo prati... idem, idem tako, ne osvrćem se, zastajem, okrećem se. Njega nema... Šta to znači? Gde se izgubio... Pratiti toliko jednu damu, pa najednom propasti kao u zemlju. Malo sam ljuta. To je ipak tako prijatno, kad muškarac prati...

Te večeri razmišljala sam o elegantnom gospodinu, i rešila sam da sutra izađem, da vidim da li će opet da me čeka.

Sutradan...

Gledam, na Terazijama ga nema, ni kod *Moskve*, ni na korzu... Sad ja njega tražim i tek ga nađoh kod Akademije nauka... E, baš da me ne pratiš. Idem u bioskop. Ali me interesuje da li će on ući u bioskop. Sve dosad bilo je besplatno praćenje. Ali ovo će ga koštati dvanaest dinara. Uđoh u bioskop, uzeh kartu, sedoh. Gledam u vrata. Njega nema, tvrdica! Kad je trebalo platiti kartu, nije došao. Elektrika se ugasi, kad se zavese razmakoše i uđe moj kavaljer. Bilo mi je vrlo prijatno. To je, ipak, mala žrtva. Samo do mene da ne sedne. To ne bi bilo pristojno. Vidi se, učtiv gospodin. Sede čak iza mene. Da li da se okrenem i da bacim jedan pogled. Ne, to nema smisla. Ali zašto? Pogledati jednog muškarca, koji tako neumorno prati, to mu je mala nagrada. Najzad, treba ga malo i ohrabriti. Okretoh se, gledam prvo druge redove, kao da nekog tražim i kao slučajno okrenuh se i njega pogledam. O kako ima lepu kosu... Muškarac pokaže tek pravu fizionomiju bez šešira, mada su mnogo lepši sa šeširom. Više se nisam okretala, tek pri svršetku. Izleteh, hvatam tramvaj i opet on u tramvaju... Sad ide do kraja, skida se, prati me. I opet mi ne prilazi. Imaju i muškarci svoje taktike. Nekad je to igra, drugi put bojazan. Nisu svi drski da nalete na ženu. Boje se, izgubiće uspeh. Mene zanima šta skriva u sebi taktika ovog gospodina.

10. novembar

Još se nismo upoznali, a svaki put ga viđam. To me već pomalo vređa. Toliko pratiti jednu ženu i ne prići joj. Da sam ja muškarac, rizikovala bih sve. Jedno mora biti: ili bih dobila, ili izgubila bitku. Ovaj ne bi izgubio bitku jer me je toliko zainteresovao. Možda je to i hteo, pa me sad jedi. Ali jedim i ja njega. Čas uletim u trgovinu, čas izletim. Vidim kad proleti pokraj izloga. Izgubio me. Vraća se gore-dole... i uvek me pronađe. Te večeri sam se smejala. Umakla sam mu tramvajem. Baš je naišla jedinica kad je bio ispred mene i ja trijumfalno prohujah pokraj njega. On me spazi, zastade, čisto se nasmeši, a moje mu oči prkosno odgovoriše: *Čik, sad da me pratite!* Zadovoljna sam išla kući i blizu moje kuće zastadoh sva iznenađena. Vizavi je stajao on! Kako je samo došao...? Dok ja razmišljam, on pređe ulicu, priđe mi i predstavi se. „Nadam se da nećete biti uvređeni da vam priđem." Umesto predstavljanja, pitam: „Kako ste došli pre mene?" „Aeroplanom", smeje se on. Nasmejah se i ja. „Uhvatili ste autobus?" „Vidite, dama ne može da umakne muškarcu." Interesantno kako drugarski razgovaramo. Za ova tri meseca mi smo se očima upoznali i sprijateljili. Sad zadirkujemo jedno drugo i rastajemo se. „Kad ću vas videti?", pita on. „Kad? Zašto pitate kad umete uvek da me pronađete."

Decembar

Šetali smo se toliko puta, po mrazu, po lapavici, vejavici, kiši, a na rastanku je uvek govorio: „Kad ću da vas posetim?" A ja uvek odlažem posetu. „Kazaću vam idući put." Sinoć me je uhvatio za ruku i nije me puštao, čekao je odgovor na pitanje: „Kada ću da vas posetim?" „Dobro, dopustiću da me posetite. Ali imate da mi date časnu reč da ćete se ponašati kao džentlmen. Budite uvereni da ne želim flert..." Na to mi on dade svečano svoju časnu reč da će se ponašati kako ja želim.

Po vejavici

Padaju slatke i nestašne pahulje. I juče je bio isto tako divan dan. Juče je moj elegantan gospodin bio u poseti kod mene. Bila sam tremirana. Istina, dao je časnu reč, ali ko će verovati muškarcima? Oni začas mogu da pogaze svoju reč. Bilo bi mi neprijatno što bih morala da ga izbacim iz kuće, jer verujem da bih ga izbacila. Ne da ga izbacim, nego bih mu pokazala rukom vrata i kazala: „Izvolite ići."

Bojala sam se da se on tada ne uzjoguni, ne dočepa me u zagrljaj. Tada bih mu udarila šamar. Treba naučiti muškarce da se onako ponašaju kako žene zahtevaju. Ništa se nije desilo. On je došao učtivo, bio je korektan, razgovarali smo, pili čaj. Ja sam bila elegantna, ali skromna elegancija, bez dekoltea i s rukavima, malo zvanično, u crnoj toaleti, i ništa nije bilo upadljivo i pikantno na meni. Čitava dva sata smo razgovarali. On je ustao, poljubio mi ruku i otišao. Zlatan mladić, zaista zlatan. A ja sam se toliko bojala da ga primim. Kako muškarci umeju da vladaju sobom i da budu korektni. To je bilo divno.

Posle deset dana

Maločas je otišao. Bio je opet kod mene u poseti. Kad sam se malo oslobodila te bojazni, mogla sam da unesem malo više koketerije u svoju toaletu. Obukla sam plavu haljinu s rukavima do lakta i četvrtastim dekolteom. Ogledalo mi je polaskalo. Kad razgovaram sa ogledalom, vrlo sam zadovoljna. Nalazim da ličim na Lil Dagover. Imam njen pogled, malo sanjalački i koketan, onako isto zaglađenu kosu, visoko čelo, pravilan profil. Jedan gospodin mi je kazao da mogu očima da zaludim muškarca. To ne radim uvek. Muškarci se zaluđuju kad su na izvesnom odstojanju. Ali kad vizavi sedi jedan gospodin, a vi sami s njim u sobi, onda je opasno. U toj inače opasnoj situaciji *tête à tête* pojačava se moć očiju.

Zato su moje oči mirne, kao malo ugašene, prikrivene trepavicama, ozbiljne... I taj ton ozbiljnosti provlači se kroz naš razgovor. On me gleda. Osećam kako me svu pije očima. Poneki put mi se učini da njegove oči čudno fasciniraju, reč mu zastane, malo se utiša, nekoliko sekundi ćutanja, pa se brzo savlada. Osećam da mu se dopadam. To svaka žena može da oseti. Muškarac ne ume da bude pritvoran u prisustvu lepe žene, dok žena ume bolje da krije svoja osećanja. U jednom trenutku pitam se: *Kad bi sad ustao i poljubio me, da li bih ga izbacila napolje?*

Ne bih ga izbacila, ali bih mu hladno kazala: „Gospodine, vi ste pogazili svoju časnu reč i sad možete ići." Analiziram ga. Vrlo je simpatičan. Ima lepa usta i njegov poljubac mora da je vrlo sladak. Ali neka, bolje da ne osetim taj njegov poljubac. Razgovaramo ozbiljno. Sad prelazimo na temu o ljubavi. Tu temu uvek vole i muškarci i žene. Govorim kako nisam zaljubljive prirode, i da uopšte ne mogu da se zaljubim. Time hoću da mu dam na znanje da ne misli da bih se ja zaljubila u njega. A ja to lažem... Sve su žene zaljubljive prirode, čak i ružne.

A još kad je žena svesna da je lepa, da zavodi, ona voli udvaranje, voli i ljubav... On se smeška i govori: „Zašto se ne bismo zaljubili? A kad bi se neko u vas zaljubio?" „Pa šta se to mene tiče. Neka se zaljubljuje ko god hoće." (Opet i to lažem.)

Njegovi pogledi su tako topli i sjajni, i osećam toplinu kao u pregrejanoj sobi. Osećam da je ta tema o zaljubljivanju povisila moju temperaturu i sjaj u njegovim očima i prelazimo na jednu suvoparnu temu, te tako snižavam temperaturu za nekoliko stepeni.

Rastali smo se kao dva dobra druga.

Dugo sam razmišljala kad je otišao. *Neobičan mladić. Koliko vlada sobom da me to čak pomalo i čudi. Meni muškarci odmah izjavljuju ljubav. Na to sam već navikla, a ovaj tako razgovara sa mnom, vidim da mu se dopadam, i ne dopušta sebi nijedan slobodniji gest. Čudno, zaista čudno!*

Jedne nedelje

Sad ću da se obučem vrlo koketno. Tražim u šifonjeru najzavodljiviju toaletu. Hoću da okušam svoju zavodničku moć. Večeras dolazi na čaj elegantni gospodin. Sad nemam nimalo rukava i haljinu krasi duboki, špicasti dekolte. Njegove posete su uvek korektne; samo druge teme razgovora... On mi se dopada zbog svoje učtivosti, ali me čak i čudi tolika uzdržljivost. Sviđaju mi se njegove oči, kosa, ceo izraz lica, njegova inteligencija. Razgovaramo, razgovaramo... Osećam da me guta očima, ja se koketno smešim (ovog puta sam malo i koketnija). Gledam ga i u mislima prošaputah: *Hajde, poljubi me.* A on – ništa. Ne čuje tu moju misao, ne čita u rečima, možda i čita ali neće, ne sme. Najedared ustade: „Dopustite da sednem do vas na divan." „Izvolite", rekoh ja. Sad će me zagrliti. Ne bih se naljutila. Baš i želim taj poljubac. On ćuti, ćutim i ja. Opasna pauza. On pruži ruku i uhvati mi prste. Osećam kako mi nešto toplo struji kroz telo. I najedared ga pogledah: „A naša časna reč?" Ustadoh, sedoh na fotelju, on ostade na divanu. Sa fotelje gledam ga i govorim očima: *Hajde, poljubi me. Kakva časna reč! Ja to ne računam...* Ali on ostade na divanu ne razumejući ništa u mom pogledu, veran svojoj datoj reči.

Ta poseta je bila kraća. On ustade naglo: „Moram da idem, imam posla." Znam da laže. Nema posla, već je uzrujan, i hoće da ostane veran svojoj reči! Baš je lud, ja sam sasvim hladna i u sebi ga ignorišem.

Da sam muškarac, sad bih ženu držala u naručju. Malo sam i ljuta što odlazi, ali ne pokazujem, već se opraštam sasvim ljubazno.

Nisam ga videla nekoliko dana. Sad me prati onako revnosno. Znam zašto. Ljut je i na svoju časnu reč. Pa što je ne pogazi? Meni je čak krivo što on tu časnu reč ne pogazi... Zar nije toliko psiholog da vidi svu koketeriju moga oblačenja, zar ne ume da pročita sve u mojim očima? Ta njegova uzdržljivost me uzrujava i jedi, jedi me toliko da bih ga neki put prva zagrlila i poljubila. Baš mu moram dopustiti još jednom da dođe, i ako tada ne pogazi svoju reč, neću više da ga vidim.

Otišao je i ovoga puta, kao i uvek, učtiv da je to već neučtivo. Šetam se po sobi, gledam se pred ogledalom, još u onoj istoj haljini, crvenoj, plamenoj, da je na tom plamenu moja kosa kao ugalj a oči kao od somota... Danas sam upotrebila svu koketeriju: i pogleda, i poze, i osmejak i – ništa, ništa se nije desilo. Nisam se mogla uzdržati, te mu pre rastanka kažem: „Vidite kako smo postali dobri drugovi samo zato što vi umete da održite svoju časnu reč."

„Vi ste to od mene zahtevali i ja hoću da ostanem džentlmen." A ja sad ismejavam tog džentlmena. Kad mu se ne bih dopadala, bilo bi mi razumljivo... Ali ja vidim i osećam koliko mu se dopadam. Pitam se: zar može uopšte takav muškarac da postoji? Gledati toliko vremena jednu lepu ženu i ne poljubiti je samo zbog glupe časne reči... To prosto ne mogu da razumem.

Januar

Bila sam na žuru kod moje prijateljice. Tu sam se upoznala s njenim rođakom, sjajnim mladićem, donžuan, udvarač, nasrtljivac. Obasuo me je odmah komplimentima, zamolio me da me doprati do kuće. Dugo smo razgovarali pred kućom i on me zamoli: „Hoćete li dopustiti da vas posetim?" „Hoću", rekoh ja, „ali mi morate dati časnu reč da ćete se ponašati kao pravi džentlmen..." „Dajem vam časnu reč", izjavi on svečano, saže se da mi poljubi ruku, a onda se najednom uspravi, raširi ruke, steže me u zagrljaj i pritisnu svoje usne na moje tako ludo, mahnito, strasno da ja jedva dođoh sebi od iznenađenja.

„Zar je to vaša časna reč?", iznenadih se. „Takvu časnu reč muškarci ne daju ženama", nasmeja se on i onda drugi poljubac.

Otrgoh se. On mi dobaci: „Doći ću u nedelju u šest sati."

* * *

Subota

Srela sam večeras elegantnog gospodina. Prišao je učtivo s molbom: „Mogu li da vas posetim sutra?"

„Ne, sutra ne možete. Dolazi mi jedna prijateljica."

„Pa koliko ste puta već dolazili. Treba da napravimo malu pauzu"... (On i njegova časna reč baš su mi dosadili.) Rastajemo se korektno. Sutra dolazi onaj drski, zlatni mladić. Bezobraznik jedan, kako je sladak. Onako dočepati, poljubiti, pa to je nečuveno, tako drsko i tako prijatno. Eto, to je muškarac, takav se svim ženama dopada, a ne: „Dajem vam časnu reč... da vas nikad neću poljubiti..."

Razmaženi puk

Matine je završen, i svi izlaze s ritmom u nogama i ušima, užagrenih obraza, probuđenih želja koje izviru iz očiju. Vinko zamoli Drenku da je otprati do kuće. To je više puta radio, ali večeras je morao da dobije konačan odgovor od nje, i da prekrati sva ostala udvaranja kojima je obasipana ta mala Drenka, najlepša devetnaestogodišnja devojka u jednoj varošici, na pruzi između Vinkovaca i Zagreba.

Koliko on uzdiše za njom, koliko još i drugi. Ona je interesantnost te varošice, i po lepoti i bogatstvu, razmažena od svih kavaljera, zato koketna i vesela, malo i kapriciozna, kao svaka mlada devojka kad zna da je svi vole i da samo ima da pruži ruku, pa da izabere koga hoće.

Vinko joj se možda dopada malo više od ostalih. On je lep, elegantan, dobar igrač, istrajan u obožavanju i knjigovođa u jednoj bolnici. Ali njegova profesija nije njen ideal. I da Vinko samo ima epolete s dve zvezdice, ne bi dopustila da čeka ni mesec dana od nje odgovor...

Već su blizu njene kuće. On počinje, najpre lagano, šapatom, posle vatrenije, tu svoju izjavu ljubavi, koja se završava rečima: – Hoćete li da budete moja žena?

I Drenka se na to nasmeja, zvonkim smehom. Njoj je sve tako smešno jer je srećna, ne shvata, ili neće da shvata ozbiljnost njegovih pitanja i odgovora kao da to nije važno.

– Pa zar baš moram večeras da vam dam odgovor?

Vinko je malo i uvređen, ali je i uporan, hoće da čuje njen odgovor. Ozbiljan je dok je ona nasmejana i kad mu govori:

– Vi mi se dopadate.

On odmah produžava:

– I udaćete se za mene...

– Ah, ne večeras. Sutra ili prekosutra reći ću vam...

Jer njoj se ne žuri. Ona zna da će on čekati odgovor i sutra, i još mesec dana. Ne strepi da će joj pobeći, da će preinačiti odluku, zbog čega bi morala da ga hvata odmah, kao druge devojke.

I ostavi ga, zbunjenog, rastuženog, ljutog, ulete u dvorište, a trileri njenog smeha razlegali su se kao zvončići i iza smeha zapeva tango sa matinea – pa ulete u kuću.

– Drenka, evo došla je za tebe jedna depeša iz Zagreba od Zlate. Pročitaj, molim te. Ne mogu sve ovo da razumem – presrete je odmah mama i pruži joj depešu.

Drenka pročita:

Drenka, odmah dođi u Zagreb. Sigurna stvar. Divan, trideset pet, dva.

– Mamice, oh, kako sam srećna! – uzviknu Drenka i zagrli mamu.

– Ama, objasni mi šta je ono trideset pet, dva. Vidim, tetka te zove da se s nekim gledaš. Sigurno će se svršiti, lep mladić, ali šta znače oni brojevi?

– Kako se, mamice, ne sećaš: dva su dve zvezdice, poručnik, a trideset pet je Trideset peti puk, to je zagrebački... Poručnik iz Zagreba! Uh, mamice, daj da te poljubim. Jaoj, što sam srećna. Da se udam za oficira, i to još iz Zagreba. Ti ne znaš, mama, kako su zlatni ti zagrebački oficiri. Tako otmeni, elegantni, umeju da se udvaraju. Svi ovi kavaljeri ovde da se sakriju pred njima. A jel' da ti voliš da se udam za oficira. Zamisli, mama, da imaš zeta oficira!

– Dabome da volim. Zato odmah sutra da putuješ. Tebi i liči da budeš oficirka. Valjda da mi se udaš za ove ovde kavaljere: Vinka, Momira, Zdravka... i druge. Nije nijedan za tebe.

– Mama, a pomisli, večeras me Vinko saletao da mu kažem hoću li za njega da se udam, pa neprestano: „Hoćete li da se udate za mene? Ja vas volim! Ja ne mogu bez vas da živim..."

– Nek ide on bestraga! Kakav Vinko... Valjda nisi pristala?

– Kazala sam mu da ću sutra da mu kažem. On će sutra ovde pored kuće da se šetka. Šta ćeš da mu kažeš za moj put?

– Šta ima da mu kažem. Valjda da mu se izvinjavam. Reći ću... reći... da se moja sestra razbolela u Zagrebu, pa si ti morala da odeš... A kad te isprosi taj poručnik, šta nas se tiče Vinko.

– Hm, da budem žena jednog knjigovođe! A da znaš, mama, kako je lepo biti oficirka. Drugarske večeri u oficirskom domu, a ti dođeš u Zagreb, pa te mi vodimo...

– I ja sam uvek volela da se udam za oficira. Ova paorka do nas poješće se živa. Sve ona priča: „Ja ću moju ćerku da udam za oficira"... Jest, liči joj mnogo da bude oficirska tašta.

– Nego, znaš šta, mama, hajde da izaberemo najlepše haljine.

I obe srećne, vade iz šifonjera svu garderobu, biraju plavu haljinu od krepžoržeta i roze od muslina, teget od krepsatena s roze plastronom, zelenu somotsku, jer Drenka ima puno haljina, i to joj sve tetka poručuje u Zagrebu. Pakuju haljine i govore brzo, uzbuđene, grade planove, i mama, ushićena kao sve hrvatske mame, već vidi svog zeta elegantnog u uniformi, i sve ove komšike, koje izviruju i zavide im...

– Čim te isprosi, odmah depešom da mi javiš.

– To se zna...

I mama već oseća efekat svojih reči kad bude kazala: „Moja Drenka je isprošena za jednog poručnika iz Zagreba."

Sutradan, u kupeu, Drenka već zamišlja svog verenika. Da li je plav, da li je crnomanjast, to je njoj svejedno. Ona vidi onu somotsku jaknu, epoletu, utegnut mundir, i jednu siluetu, koja se klanja, ljubi joj ruku, i pita, kao ono sinoć Vinko: „Hoćete li da se udate za mene?"

Voz juri pokraj hrvatskog polja pokrivenog snegom kao belom žanilom. Drveće je dobilo neke fantastične oblike kao da to nije priroda, već pozorišni dekor. Napolju je mraz i hladno je, a ona oseća kako joj obrazi gore od nekog uzbuđenja. I kako je samo lepa tada, s onim zanosnim plavim očima hrvatskih devojaka, što su katkad bezazlene, a odmah zatim vragolaste, maze se i izvijaju u isti mah, i liče na dva plava safira, još plavlja uz onaj nežni, prozračni, roze ten... Njena draž je u toj belini lica, vrata, grudi, u tom bujnom mladom telu što se rozi kroz tanki plastron njene haljine.

Dok voz juri u susret novim nadama i njenoj budućnosti, Vinko se sve više gubi. Ona se seća i njega i žali ga: *Siroti mladić, ala će da pati! Ali šta sam ja kriva... Nisam mu davala nade... Dopao mi se malo više od drugih... To nije bila ljubav...* Iz sažaljenja, ona prelazi kao u neku ljutnju.

Napao me je da se udam za njega... I da sam mu sinoć kazala, šta bi bilo danas, da li bih otputovala? Dabome da bih otputovala. Zar da žrtvujem poručnika jednom Vinku... I onda sasvim nemilosrdno: *Šta se mene tiče što on mene voli, ja njega ne volim...* Tada se pojavljuje vizija poručnika, Drenka se raznežava i čuje reči: *Hoćete li da se udate za mene...?* I ona, umesto da se smeje, kao sinoć, šapuće tiho, uzbuđeno: *Hoću...*

– Zagreb!

Gle, već smo stigli...

Ona zove nosača, daje mu kofer, izlete sa svojim neseserom u ruci, potrča preko šina i najedared sudari se s jednim mladićem koji je nosio kofer u ruci. Njegov kofer udari o njen neseser, on pade, otvori se, prosuše se sve kutije i kutijice s puderom i ružom, tubice, makazice, pincete, kao na filmu.

– Ah, pardon – uzviknu mladić, ostavi svoj kofer, saže se, poče da kupi njene kozmetičke kutijice.

Drenka planu:

– Kaj pardon, zašto ne pazite?

Dočepa mu iz ruke neseser, pogleda ga ljutito, on je pozdravi, ona odjuri, i pade u zagrljaj tetki, koja je izašla da je dočeka.

Dok ih auto vozi kroz Zagreb, tetka joj daje prva objašnjenja:

– Moje prijateljice nećak je pešadijski poručnik. Zlatan mladić! Otmen, fini. Ona nema dece, voli ga kao sina, i volela bi da mu nađe dobru devojku. Ja sam joj pričala toliko o tebi. Ona je sva srećna da se ta stvar svrši, i veruje da ćeš mu se ti dopasti. U subotu idemo u operu. Uzela sam ložu. Doći će i ona s njim, i tu ćete se videti...

Drenka sluša sve to kao neku lepu priču, koja je zanosi. Zagrli tetku i poljubi je.

– Oh, tetkice, da znate samo kako sam srećna da se udam za oficira.

Pozorišna sala već je bila upola ispunjena, kad se na jednoj loži otvoriše vrata i pojavi se Drenka s tetkom.

Njih dve sedoše napred. Drenka je bila u plavoj haljini od krepžoržeta. Za to veče tetka ju je vodila kod frizera i njena kosa, plava kao zrelo klasje, imala je divne talase, koji su se presijavali kao svila u svom vijuganju.

– Znaš kako si slatka! Sigurno ćeš mu se dopasti.

Drenka je razgledala po pozorištu posmatrajući druge gospođice i poredeći ih sa sobom. *Baš nisu lepše od mene... Mršave su i suviše našminkane...*

Sala se ispuni i otvoriše se vrata. Uđoše tetka i njen nećak. Drenki zalupa srce, ustade, pozdravi se s tetkom, sede, pruži ruku poručniku. Njihovi pogledi se susretoše. On je imao zagasitoplave oči, više teget, crne obrve i trepavice, srednjeg rasta. *Lep je...* prošaputa Drenki srce. *Ah, mogu da se udam za njega...*

On sede iza Drenke, sala se zamrači i poče uvertira.

Kako su slatka ta treperenja srca uz talase muzike. Ima nečeg erotičnog u muzici, ona najmanje osećanje zatalasa, raspeva ga, uzruje ceo organizam... I kad se još oseća u blizini dah jednog bića, neki meki parfem, sve se udružuje da probudi čula i da im udahne čežnju.

Drenka je slušala kao u snu. Nije mogla ništa da apercipira. Gledala je junake, videla njihove kostime, gestove, ali nije znala šta pevaju. Samo je osećala muziku, i ta muzika joj je kao neki zefir donosila parfem poručnika i taj parfem je milovao, talasao joj se oko lica, usana i njene usne su podrhtavale.

Zavesa se spusti, aplauz, svetlost u sali.

– Hoćete li da se prošetamo kroz foaje? – pitao je poručnik.

– Mogu...

Izašli su, šetali, ćutali... Dame su se puderisale, ogledale pred velikim ogledalima, smejale se svojim kavaljerima. Drenka je bila srećna. Šetati s poručnikom, to su bile za nju najveća sreća i radost... Gledala je ona Zagrepčanke, neke pogledaše u nju, jedan poručnik prođe, zaustavi njenog kavaljera, nešto ga zapita, ode da se šeta, opet prođe pored njih i pogleda Drenku.

– Kako vam se dopada ovaj tenor?

– Vrlo lepo peva.

– Samo nije dovoljno siguran u gornjem registru.

Šta su to registri?, mislila je Drenka i nije smela ništa da odgovori na to.

– Jeste li slušali simfonijske koncerte?

– Nisam, nikad.

Poručnik ne reče ništa...

Prolazili su pored ogledala. Drenka baci jedan pogled, baci i poručnik, i kroz ogledalo sretoše im se oči.

– Vaše su oči isto tako plave kao i haljina.

Drenka se zbuni.

– Ne znam...

Čudila se samoj sebi što je ovako spletena, a kako razgovara sa svojim kavaljerima.

– Dolazite li često u Zagreb?

– Dosta često.

– Nisam vas nikad video.

Opet su se šetali i ćutali provlačeći se između parova.

– Zagrepčanke su tako lepe.

– Vrlo elegantne i lepe – reče poručnik.

Drenka pomisli: *Zašto mi sad ne da neki kompliment: I vi ste tako lepi...* Ona je toliko obasipana komplimentima.

Drugog odmora su ostali u loži, jeli čokolade, tetka poručnikova milo je gledala Drenku sa očevidnim zadovoljstvom. Sad su promenili mesta, Drenkina tetka sela je pozadi, a poručnikova tetka napred.

Posle opere rastali su se pred pozorištem i Drenka je otišla s tetkom. Čim su odmakle, tetka je ushićeno pričala:

– Znaš kako si se dopala njegovoj tetki. Kaže, zlatna devojčica, mila. Ona veruje da će se ta stvar svršiti. A šta ste vas dvoje razgovarali? Jesi li opazila da si mu se dopala?

– Pa, ništa nisam mogla naročito da opazim. Šetali smo se, malo smo razgovarali.

– A šta ste razgovarali?

– Pitao me je kako mi se dopada pevanje tenora. Posle me je pitao jesam li slušala simfonijske koncerte.

– A šta si ti kazala?

– Kazala sam da nikad nisam slušala simfonijske koncerte.

– Vidiš, to nije trebalo da kažeš. Mogla si reći: slušala sam.

– Ali kako da kažem kad nisam, pa da me on nešto zapita, a ja ne znam da odgovorim.

– Mogla si ti na nešto drugo da skreneš razgovor.

– Dao mi je kompliment da su mi oči isto tako plave kao haljina.

– Dopala si se ti njemu, verujem. Zato sam ja i sela pozadi u trećem činu, da ga ispod oka posmatram. On je više gledao tebe nego operu. Ti ćeš mi biti oficirka – govorila je tetka pljeskajući joj ručicu. – Njegova tetka je kazala da će doći da nam kaže šta je kazao.

Drenka dugo nije zaspala. Verovala je u svoj uspeh. Zar da se ona nekome ne dopadne? Pa svi su u njenoj varošici oko nje obletali, svaki činovnik, koji bi došao, prvo bi se prošetao ispred njenih prozora.

Sutradan poručnikova tetka ne dođe. – Šta je to? – govorila je Drenkina tetka. – Sigurno ima neki posao... – Ne dođe ni drugog dana. Sad je i Drenka tužna i gotovo uvređena. Njena tetka malo se uznemiri. Trećeg dana tetka se ljuti: – Zašto ne dođe da kaže, to je red, hoće da se ženi ili neće? Devojka je došla čak iz unutrašnjosti, i on se sada pravi važan. Šta ima da razmišlja. Ima da kaže: dopada li mu se ili mu se ne dopada...

Tek četvrtog dana dođe tetka.

Drenka utrča u drugu sobu i stade iza vrata da sluša.

Čim ju je Drenkina tetka spazila, poznala je po njenom licu da ne donosi povoljne vesti. I ona odmah poče.

– Ah, draga moja, kako se jedim. Ovako zlatna devojka. Nije da mu se nije dopala, dopala mu se, ali on ostaje pri svome. Kaže, devojka je vrlo simpatična, mila, ali on ima neke bube u glavi. Treba da upoznam prvo dušu jedne devojke. Ne mogu ovako, prvi put da vidim, pa da se odmah zaljubim... Pa ti ćeš se zaljubiti posle. U ovakvu devojku mora svako da se zaljubi... A on meni neprestano priča o duši. Vidiš kakvi su današnji mladići: jesu li naši muževi tražili dušu da upoznaju. Nego smo se udavale, mi smo znale našu dužnost u braku, da dočekamo, ispratimo muža, da mu ugađamo, i oni su nas voleli, i nikad nisu kazali da mi nemamo dušu.

– To je, draga moja, samo izgovor: „Hoće da upozna dušu..." Sigurno ima neku, pa neće da se ženi – govorila je Drenkina tetka.

– I ja to mislim. Zato se muškarci danas i ne žene. Nekad je muškarac jedva čekao da se oženi, a danas, zašto da se ženi kad mu se žene nude sa svih strana. Devojke, slatka moja, pa idu muškarcima u stan.

– I takva će neka da ga uhvati. Ovakva, kao moja Drenka, ne ume da uhvati.

– Ljutila sam se na njega i grdila ga, ali ništa ne pomaže. Neće da se ženi, i bojim se da ne ostane neka bećarina. Razmaženi su svi ovi naši zagrebački oficiri. Zagrepčanke luduju za njima. Svaka bi se odmah udala za oficira, pa zato oni toliko biraju.

Drenka je slušala iza vrata, iznenađena, uvređena u svojoj sujeti. Kako je samo uobražen. Kao da ona nema dušu. Valjda zato što nije slušala simfonijski koncert. Baš i ne mora da je uzme. Šta je on bolji i lepši od nje. Ona je prva devojka u njenom mestu, a ovde ima puno poručnika kao on.

Tetka uđe u sobu Drenki da joj malo zavijeno saopšti, ali Drenka joj odmah priznade:

– Sve sam čula, tetka. Šta se vi sekirate? Ne moram da se udam baš za njega. Ako on traži dušu kod žene, imam i ja prava da tražim dušu kod muškaraca. Eto mu njegovih Zagrepčanki, pa neka se ženi. Imam ja, ako hoću, na svaki prst po jednog prosioca. Eto, baš onog dana, kad sam dobila od vas depešu, prosio me je jedan mladić još kako fini, lepši od njega.

Posle ručka Drenka je ležala i čitala novine. Držala ih je u ruci, ali je sve gledala jednu stranu. Neko čudno osećanje je bilo u njoj. Ona to da dočeka, da se u nju neko odmah ne zaljubi. A ona je tako verovala u svoj uspeh.

Okrete jednu, drugu stranu, dođe do oglasa i „korespondencije". Ta korespondencija uvek ju je interesovala. Prosto je zavidela devojkama koje nepoznati mladići vide i zovu ih na sastanak. To su za nju bile romantične avanture.

Čitajući, zastade najednom.

Šta je ovo? Jel' moguće?

Čitala je:

Gospodin, koji se na kolodvoru sukobio s jednom plavom gospođicom, i njen neseser je pao, a ona uzviknula: „Kaj, pardon? Zašto ne pazite?", želi da se upozna s gospođicom jer je ostavila na njega najlepši utisak, i čekaće je 15. ovog meseca u četiri sata u parku Zrinjevac.

Bože, da l' je ovo moguće? Zove me na sastanak? Dabome, dopala sam mu se odmah, a ne kao onom poručniku. A kako li je izgledao onaj? Čekaj... Crnomanjast, imao je crn kaput, zagasitograo šešir... lep je bio... Siromah, a ja mu još tako podviknula! Eto, šta je kavaljer. Ona, Drenka, uvek tako na juriš osvaja muškarce. Baš ću da idem na sastanak u inat onom uobraženom poručniku. A kad li je to petnaesti? Pa to je danas! Danas! Već je dva sata...

Ona skoči, ode tetki u sobu, iscepa iz novina onaj oglas da tetka ne pročita slučajno, jer joj je ona ispričala za taj događaj, pa bi se setila...

– Tetkice, znate, ja bih danas išla malo do Mire, moje prijateljice. A gde ćete vi?

– Pa idi, zlatna moja, i nemoj da se sekiraš. Znaš da me glava zabolela zbog tog poručnika. Moram u četiri sata na jednu sednicu.

– Tetice, verujte, ja to već zaboravljam. Šta da se jedim? Valjda sam bila u njega zaljubljena? Ima još koliko lepših mladića od njega – govorila je Drenka, malo umirene sujete zbog onog oglasa.

U četiri sata Drenka je bila na Zrinjevcu i odmah, u glavnoj aleji, spazi onog mladića. On joj brzo pođe u susret, predstavi joj se, reče da je pravnik, izvini se za onaj događaj.

– Pošao sam u Brod nekim poslom toga dana, i vi ste na mene ostavili tako dubok utisak da sam se rešio preko oglasa da vas potražim čim se vratim u Zagreb.

Šetali su se po parku, a zatim pođoše nekim ulicama. On je pitao Drenku odakle je, gde je odsela, koliko će ostati. Drenka je s njim mnogo slobodnije razgovarala nego s poručnikom. U odnosu prema njemu ona je opet bila Drenka za kojom trče, kojoj se udvaraju, a prema poručniku ona se osećala kao Drenka koja se nudi, i čeka da je on udostoji svojom simpatijom. Šetali su se čitav sat, i kad ona reče da mora kući, on je zamoli da se opet sastanu na jednom ćošku u sredu.

Drenka je pristala i vraćala se zadovoljna.

Fini dečko, pravi Zagrepčanin, i vrlo pažljiv, tako se ponašao i davao joj na znanje da je vrlo poštuje.

Kad se vratila kući, tetka ju je dočekala veselo:

– Kaži dragička!

– A šta ima novo?

– Našla sam jednog artiljerijskog poručnika. Bože, kako da se samo ne setim njega. Njegova sestra od tetke udala se za brata moje rođake. Danas je i ona bila na sednici. Videla nas je jednom na ulici, s druge strane, pa pita: „Koja vam je ona lepa devojka?" Ja joj pričam o tebi, a ona kaže: „Pa, hajde da mi bude snaha. Imam brata od tetke, zlatan jedan mladić, artiljerijski poručnik, a pre neki dan on mi kaže: 'Rešio sam da se ženim...' Ne znam da li ima neku devojku, ali i da ima, ja ću ga naterati da dođe da vidi vašu kuzinu..." I tako smo rešile da prekosutra ona dođe s njim na žur k nama... Ovde mislim da će se svršiti... to je kaže, vrlo skroman mladić, lepo vaspitan. Sad, videćemo da li je lepši od onog pešadijskog.

Tetka je tako lepo pripremila za žur, Drenka je obukla roze haljinu.

– Čini mi se da si još slađa nego u onoj plavoj. Prosto ne znam gde su tim poručnicima oči?

Malo razočarana u pešadijskog poručnika, Drenka nije očekivala dolazak artiljerca sa istim uzbuđenjem kao onda u operi, a možda je ovaj pravnik malo stišao njen zanos za Trideset petim pukom.

Ipak je u duši bila skrivena neka tuga i ljutnja na taj Trideset peti puk, koji je ona toliko idealisala, i koji se sad pokazuje vrlo nezahvalan prema njenoj tolikoj pažnji.

Lusteri su bili upaljeni, dočekali su ih u crvenom salonu, na čijoj je poleđini odskakala Drenka sva roze, kao inkarnacija proleća. Poručnik artiljerijski bio je lepši od pešaka. Viši od njega, s crnim očima, lepa profila, tako tanak u struku, a kosa glatko zabačena u visoko čelo.

Drenki je srce opet zatreperilo. Ah, ti poručnici, toliko je uzbuđuju da, pored sveg njenog zaklinjanja pred njegov dolazak da će ostati hladna i ravnodušna, ona je namah osetila kako joj je sva krv iz srca jurnula u lice, i odmah je kazala sebi: *Mogla bih i u njega da se zaljubim.* I posle tog priznanja opet ona ista zbunjenost koju nikad nije osećala u društvu civila, s kojima je koketovala, šalila se, dok je u prisustvu ovog Trideset petog puka odmah padala u neku sentimentalnost, i nije umela da razgovara. Neprestano je grdila sebe: *Hajde, pitaj ga nešto, nemoj da ćutiš, izgledaš glupa.*

A Drenka nije bila glupa devojka. Bila je prosečan tip današnjih devojčica. Imala je četiri razreda gimnazije, čitala je romane, pratila feljtone po novinama, kriminal. Posećivala je bioskope i pozorišne trupe kad bi došle u njenu varošicu. U Zagrebu je uvek išla s tetkom u pozorište. Volela je i sport. Čak je umela i da jaše jer su imali konje, a bila je i dobra domaćica. Nije po ceo dan glačala nokte, već je nameštala sa ukusom i sobe, i ponešto je znala i da skuva - bila je prosto ideal udavače. Samo muškarci imaju nekad čudan ukus, i ne umeju to da ocene.

Njih dvoje, ona i poručnik, sedeli su malo dalje, i njihov razgovor je bio pomalo nategnut, s pauzama, kad nema kontaktnih tema, i kad mladić uvek mora kao kavaljer da pita i daje inicijativu konverzaciji, što je neprijatno svakom mladiću, i često devojke imaju neuspeh samo zbog tog zategnutog razgovora, jer mladići misle da nemaju nimalo duha.

I tako je poručnik izmišljao pitanja.

– Kad ste doputovali?

Odgovor, pa posle pauza.

Sad se Drenka priseti:

– Imate li konja?

– Imam dva.

– Kako se zovu?

– Tamara i Demon.

– Lepa imena.

– A jašete li vi?

– Umem, ali mi tata ne da, boji se.

Opet mala pauza.

Poručnik razgleda po salonu i misli: *Šta sad da pitam? Treba postaviti neko pitanje, ali da ne padne kao sa neba...?*

– Kako se provodite u vašem mestu?

– Dosta dobro.

– Igrate?

– Mnogo volim da igram.

Opet pauza.

Tako je lep, mislila je devojka.

Ima lep ten i umiljate oči, mislio je mladić.

– Drenka, zlatna moja, hajde posluži liker – zamoli tetka.

Poručnik pođe diskretno očima za njom. Njegov pogled kao rendgen skrozirao je devojčicu. *Lepe grudi, jedra isuviše, trebalo bi da je mršavija...*

Oči mu usjaktiše kad ih zaustavi na njenim oblim bedrima, i znalački je proučavao. Sad je pogled klizio na njen muslin, do ivice suknje, odakle se ukazuje noga. Oči mu malo potamneše: *Dosta debele noge... Da je malo viša...*

Drenka priđe, ponudi mu liker. On je pogleda i nasmeši se na njene oči.

Njeni obrazi su bili rumeniji od muslina, a oči sentimentalne i nasmejane. Bila je zadovoljna i njen je zaključak glasio: *Udala bih se za njega...*

Malo je bilo strepnje u njoj jer ti poručnici umeju da budu tako uzdržani da ona ne zna kakav utisak ostavlja na njih. *Da li su oni uvek takvi ili samo kad dolaze na gledanje...?* I već je imala jedno iskustvo, pa nije dopuštala sebi da onako s pouzdanjem veruje u svoj uspeh kod Trideset petog puka.

Tetka nije čekala odgovor od njene sestre, nego je sama otišla odmah sutradan.

Vratila se tako uzrujana.

– Zamisli šta kaže... Ne bi bili par. On je visok, ona mala, a on voli visoke i vitke žene.

To je bilo drugo Drenkino razočaranje. I ona prasnu:

– Neću više da čujem za te poručnike. Oni su svi uobraženi. Meni do danas još niko nije kazao da mu se ne dopadam što sam mala. Da vi znate, teto, tog Vinka, što me je prosio, kako je lep mladić. I nije ništa manji rastom od ovog artiljerca, pa je do ušiju zaljubljen u mene, a lepši od obojice poručnika. Hvala im lepo, ne bih se ni ja udala za njih pa da dođe sada ceo Trideset peti puk da me moli da se udam za jednog... Ako su oni razmaženi, i ja sam isto tako razmažena.

Tog dana Drenka je imala randevu s pravnikom. Bila je to za nju uteha, i opet, pod nekim izgovorom, ode na sastanak.

Mladić ju je čekao vrlo srećan. Šetali su se, razgovarali o Zagrebu, on se raspitivao za njene roditelje, i tako, u veselom razgovoru, dođoše do jedne višespratne zgrade. On zastade pred kućom:

– Ovde stanujem, na trećem spratu. Hoćete li biti ljubazni da me pričekate pred kućom. Ja ću da ustrčim i da uzmem jednu knjigu koju imam da odnesem drugu.

– Izvolite samo.

Mladić potrča, ali se brzo vrati.

– Znate šta? Zašto biste vi tu čekali. Hoćete li da svratite do mene da bar vidite moju sobu?

– Ne hvala. Ja ću da ostanem pred kućom.

– Vi kao da se bojite. Zar vam tako malo ulivam poverenje? Nisam rad da zebete.

– Ne bojte se, neću nazepsti.

– Pa zar vas ne interesuje da vidite sobu jednog studenta?

– Verujte, ne mogu.

Utom je odozgo išla jedna grupa mladića...

– Gospođice, nezgodno je da tu stojite. Ovi mladići su tako drski, odmah će vam dobacivati.

Ona uđe u kapiju.

– Ovde ću da pričekam.

– Kad ste već ušli, bolje hajdete gore. Čudiće se portir koga čekate.

On je uhvati za ruku i čisto povuče.

Mladići se približiše kapiji, i baš sedoše tu da razgovaraju.

– Vidite, kako tu da stojite?

I Drenka ustrča s njim uza stepenice u njegovu sobu.

To je bila lepa, elegantna soba: velika postelja, divan, fotelja... Nije ličila na sobu studenta. Nije videla nigde ni knjige, dve-tri samo na jednoj polici i novine. Na stolu je stajala slika jedne dame. Ona priđe, pogleda.

– Moja sestra.

Drenka pogleda sliku, pa njega.

– Ja i moja sestra ne ličimo. Ona je na oca, ja na majku.

Na zidu je bila slika neke lepe dame. Drenka pogleda.

– Moja kuzina.

– Hoćete li da uzmete knjigu?

– Hoću.

On priđe onoj poličici, uze jednu knjigu, pa je ostavi. Drenka je sve vreme stajala.

– Zašto malo ne sednete.

– Molim vas, nemojte.

– Skinite mantil, ovde je tako toplo... Evo, da popijete jednu čašicu likera.

– Hvala, ne pijem.

Ah, zašto sam došla, mislila je Drenka. *Ovo nije student...*

On joj priđe, poče da joj skida mantil. Ona se branila i pritiskivala pešеve uz grudi.

– Nazepšćete posle kad izađete. Bože, što ste divljakuša.

– Molim vas, hoću da idem... – *Ko zna kakav je ovo mladić...*

– Ah, gospođice, samo pet minuta sedite, posle ćemo da idemo.

Drenka popusti i on joj skide kaput.

– Izvolite, sedite.

Ona sede na kraj fotelje.

Mladić ju je gledao.

– Kako ste lepi.

Priđe, sede na ručicu fotelje. Drenka se još više odmače u kraj.

Ala sam pogrešila što sam došla.

Mladić pruži ruku preko naslona fotelje, naže se.

– Kako imate lepe grudi.

– Molim vas, hoću da idem.

Htede da ustane, ali on je steže za rame i ne dopusti joj da se digne.

– Zašto bežite? Kako ste slatki!

Njegov izraz lica se menjao, oči su mu dobijale čudan sjaj. Drenka se uplaši, skoči naglo sa fotelje, polete da uzme mantil, on polete za njom, dočepa je u zagrljaj, obavi svojim snažnim rukama kao gvozdenim obručem. Ona mu se odupre o grudi, ali muškarac je bio jači, privuče je sebi, poljubi usne...

– Zar vi mislite da ću vas pustiti? – govorio je mladić glasom prigušenim od strasti.

– Pustite me! – vikala je devojčica.

On je dočepa, baci na postelju, nastade strašna borba između devojčice i razbesnelog muškarca. Ona se očajno branila, i videvši da će podleći, vrisnu iz sveg glasa:

– Upomoć! Upomoć!

U predsoblju se čuše koraci, neko zalupa na vrata, jedan ženski glas.

– Šta je to? Zašto pravite skandal?

Mladić skoči, zadihan, razbarušen, devojka skoči.

– Šta se derete, glupačo jedna, kao da ću da vas ubijem! Da skupite celu kuću. Prostakušo palanačka! A ja sam mislio da se oženim vama.

Na vratima opet lupnjava.

Drenka izlete iz sobe i sukobi se s jednom gospođom. Jureći niza stepenice obuče mantil. Sva se tresla.

Kako sam mogla da propadnem...

Izlete na ulicu. Išla je kao luda.

– O, gospođice, zar vam nije hladno? Zašto ste tako dekoltirani? – uzviknuše dva mladića i udariše u smeh.

Drenka se pogleda. Nije ni videla, plastron na haljini je bio pocepan, i visio je, grudi su se razgolitile.

Ona priklopi mantil, metnu šešir, uspori korak.

Jedva je disala, noge su joj klecale, pa se nasloni na jedan zid.

Nitkov jedan, kako je hteo da me namami. Ona je još mislila: fini dečko. To znače ti oglasi. Koliko se devojaka namami na te pozive, tako naivne. I još onako drsko govori: *Hteo sam da se oženim vama... Da je upropasti, pa da se njome oženi.*

Pošla je lagano i vide jednu poslastičarnicu. Uđe, zatraži čaj. U mantilu nađe jednu čiodu i prikači plastron. Napuderisala se...

Da me tetka ovakvu spazi... Nikad nije mogla da pomisli da se njoj ovako nešto može desiti u Zagrebu... A kako su idealni kavaljeri u njenoj varošici. Zar bi Vinko ovako nju napao...

Ona se seti Vinka, rastuži se, i dođe joj da zaplače: *Kako je on zlatan mladić.*

Kad se malo umirila, ode kući.

Tetka je opet dočeka radosna.

– Zlatna moja, tebi je suđeno da se moraš udati za oficira. Danas mi je bila u poseti jedna prijateljica, pa kod njene prijateljice u stanu ima jedan pešadijski kapetan. Hvali ga da je krasan mladić, kaže da neće da čuje za Zagrepčanke. Ne bi se, kaže, ženio ni sa Zagrepčankom, ni s Beograđankom jer su to sve vetropirke, i svaka više voli korzo nego kuću. On traži devojku iz unutrašnjosti, lepo vaspitanu, skromnu, dobru domaćicu... Vidiš, za takvog si ti mladića. Ja sam se dogovorila s mojom prijateljicom da preko njene prijateljice ona udesi da on dođe u neku kafanu, a nas dve da dođemo, pa da se vas dvoje vidite...

– To je sve lepo, teto, što se vi zauzimate za mene, ali hvala vam, neću više da se gledam. Sutra se vraćam kući.

– Šta to govoriš? No, otkuda sad ta promena kod tebe? Ti toliko voliš oficire, pa valjda ćemo naći u ovolikom puku jednog za tebe.

– Neću, tetka. Razočarala sam se u oficire. Možda oni mene smatraju za neku palančanku, i zašto bih im se ja nudila.

– Nemoj, dušo, tako da govoriš. Danas se devojke tako udaju, neka uhvati, druga se gleda, čas sa onim jednim, čas s drugim...

– Meni to nije potrebno. Imam suviše obožavalaca. Sutra putujem.

Voz je jurio pokraj istih hrskavih polja, čednih u svojoj belini, i nosio Drenku onoj patrijarhalnoj varošici.

Zagreb je sve više ostajao iza nje, gubio se sa svojim poručnicima, mladićima i porušenim ambicijama.

Drenka nije bila tužna. Neka čudna psihička promena dogodila se u njoj. Koketna i razmažena devojka sad je sve ozbiljnije shvatala i razmišljala. U njene misli neprekidno se uplitao Vinko.

Kako je bila nemilosrdna prema njemu. Čak mu nijednu kartu nije poslala. Nije ni njegovu ljubav shvatila. Htela je da se uda za muškarce koje ne poznaje, koji nemaju ljubavi za nju, bila je u stanju da odgurne mladića koga već toliko dugo poznaje, njegov karakter, njegovu dušu, ljubav, i da se uda za nepoznatog čoveka.

Kako su devojke nekad nerazumne, kako ne shvataju brak. Njih u braku nekad rukovodi neka fiks-ideja. Uobraze da treba da se udaju za čoveka izvesne profesije, makar da ih taj čovek i ne voli.

I ona je bila ambiciozna, a baš te ambicije potpirivale su u njoj isti kavaljeri njene varošice, i sad, u Zagrebu, usahle su sve ambicije kao kad iščezne u zemlju neki potočić... Videla je tamo toliko lepih devojaka, i lepših, inteligentnijih od nje, koje su je zasenile, i u tom izobilju lepote ona je bila obična Drenka, koja ne inspiriše onu ljubav kakvu je mogla da nadahne u njenom malom gradu, gde njena lepota nije imala takmaca. I kao što su poručnici bili nezahvalni prema njenom obožavanju, tako je i ona bila nezahvalna prema svojim kavaljerima.

Voz juri, ona je sve bliže njenoj varoši i neki osmeh je na njenom licu. Osećanje uvređene sujete iščezlo je. Opet će biti prva i najlepša devojka, ali sada drugojačija, i neće sa osmehom odgovarati na ono tako ozbiljno pitanje: „Hoćete li da se udate za mene?“

Kad ju je mama ugledala, odmah je kazala:

– Ništa se nije svršilo.

– Ništa, mama. Pa kako i hoćeš da se svrši. Ne može muškarac prvi put da me vidi, pa da se zaljubi. Da su ti poručnici ovde, verujem da bi se svi zaljubili u mene. A u Zagrebu je vrlo teško uhvatiti jednog poručnika. Mogu da se smatram vrlo srećnom devojkom jer ovde za mnom svi trče. A u Zagrebu je puno lepih devojaka i one se sve otimaju za oficire. Zato su oni svi razmaženi, a ovde mene jednu smatraju za najlepšu.

Mama duboko uzdahnu.

– Tako sam sanjala da imam zeta oficira.

Odmah predveče Drenka stade na prozor. Tu pored njene kuće bio je i korzo. Mladići su prolazili i svaki bi zastao i nasmejao bi se.

– Dobro veče, gospođice Drenka. Kad ste doputovali? Kako nam je bilo neobično bez vas.

I ona se javlja, smeši, odgovara im, i opet je tu u svojoj varošici kao neka mala kraljica, kojoj se svi klanjaju.

I kako su joj bili svi simpatični, ti njeni kavaljeri, drugarski i iskreni, koji su kroz simpatije uvek zadržavali i jedan ton poštovanja, i nijedan se ne bi usudio da je namami u onakvu klopku kao onaj Zagrepčanin...

Sad se ukaza i Vinko. On pritrča prozoru, ona mu pruži ruku, on je poljubi.

– Koliko sam tugovao za vama. Pa nijednom kartom da mi se javite? Zar sam ja to zaslužio...?

A Drenka je izmišljala, velikovaroški lagala:

– Tetka je imala težak srčani napad, pa sam bila toliko zbunjena...

– I zaboravili mene...

– Kako možete tako da govorite...

On ju je gledao lepim, toplim, zaljubljenim očima, i ona se smešila na te oči nekim drugim osmehom...

Koliko je lepši od sviju i koliko je ljubavi u njegovim očima...

On prošaputa:

– A znate li da mi dugujete jedan odgovor? Hoćete li mi sad reći: pristajete li?

– Pristajem – prošaputa Drenka.

On joj samo steže ručicu opuštenu preko prozora.

– Da znate koliko vas volim...

– Znam – prošaputa Drenka.

– Mogu li sutra da dođem da vas zaprosim?

– Možete.

I Vinko odjuri kroz mrak sav obasjan nekom duhovnom svetlošću, a Drenka zatvori prozor i prošaputa:

Nikada ne treba bežati od onoga koji iskreno voli.

Mondenka

Kad veliki zimski sat s teškim klatnom, koje se lagano pokreće, izbi deset onim svojim razvučenim baritonom, u tišini spavaće sobe mlada gospođa otvori oči. Iz stava savijenih kolena, koji se ocrtavao ispod finog atlasnog pokrivača boje breskvina cveta, gospođa pređe u drugu pozu, izvuče ruke, skrivene u svilenim rukavima pidžame, prebaci ih preko glave, zatim se okrete desno, pogleda drugi krevet, koji je bio prazan... – Otišao – prošaputa, i čisto joj je bilo milo što je ostala sama u ovoj svojoj koketnoj spavaćoj sobi, punoj čipaka, maglovitih zavesa od tila, flašica s mirisima, koje su parfimisale sobu. Bilo joj je prijatno da se izležava u postelji, opružena svom dužinom, i da posmatra zrak sunca koji se provlačio kroz zavesu kao kroz maglu i klizio po pokrivaču, koji je na nekim mestima, gde bi ga pomilovalo sunce, iz rozikaste boje prelazio u purpurnu, i taj pokretljivi purpur igrao se na tepihu, i odatle odbijao na njeno lice... Ona pogleda svoju ruku rumenu od sunca, uze ogledalo sa stočića i izvrši jutarnju inspekciju lica, kad nema na njemu ni pudera ni ruža. Indiskretan zrak sunca ukaza joj kolutove oko očiju, i bledilo lica, i ona oseti nezadovoljstvo i prošaputa: – Ne vredi, noću dugo sedeti. Ovo je već treća noć kako dockan ležem.

Ostavi ogledalo, malo laskavo, i pruži ruku, pritisnu zvonce. Pojavi se sobarica.

– Cigarete i kafu. Po drugi put, Fani, vodite računa o cigaretama, nemojte kao sinoć.

– Odmah sam jutros uzela od gospodina novac i kupila cigarete.

– A kad je otišao gospodin?

– Još u pola osam. Žurio je.

Fani izađe i vrati se s kafom i duvanom.

Gospođa zapali cigaretu i, znalački i sa uživanjem, kao pravi pušač, povuče dim.

Kako se samo sinoć najedila. Vratila se u dva kući, posle kockanja u jednom salonu. Legao njen muž, legla je i ona. Samo da pročita dve-tri stranice francuskog romana. I baš na jednoj strani opisivao se trenutak pušenja i slast duvana. I ona oseti silnu želju da popuši.

Tabakera je bila na noćnom stočiću. Ali u tabakeri nijedne cigarete. A za pušače je najstrašniji trenutak kad nema duvana, i to u doba kad ne može da se kupi. Ležati bez cigarete, nije mogla da izdrži. Niti bi zaspala celu noć. Pruži ruku, drmnu muža. Ovaj je već počeo da hrče.

– Imaš li cigaretu?

Kroz san on joj odgovori:

– Vidi, tabakera je u desnom džepu.

Skočila je, pretražila sve džepove, tabakere nije bilo. Sigurno ju je zaboravio.

– Pa ovde ti nije tabakera – govori ona nervozno.

– Ako nije, ti lezi onda, pa spavaj – obrecnu se on.

– Ne mogu da zaspim bez cigarete – govorila je još nervoznije.

Poče da tumara po sobi, da otvara sve fioke, da lupkara, ljuta. Muž su uspravi u postelji iznerviran.

– Ti mi nikad ne daš mira da zaspim. Sutra moram u sedam da ustanem, a ti ćeš da se izležavaš do jedanaest.

– E, baš me briga što ti ne možeš da zaspiš. Moram naći cigaretu, pa makar celu kuću prevrnula.

Sad je lupala i vratima, tražila po trpezariji, salonu, toliko se nervirala, počela je da zvoni besno sobarici, Fani ulete, u spavaćoj košulji, uplašena.

– Imate li jednu cigaretu?

– Ja ne pušim, milostiva.

– Pa zar ne puši ni vaš...

Htede reći ljubavnik.

– Nikog nema kod mene, milostiva.

– Trčite, tražite od šofera.

– Šofer je, milostiva, izašao čim vas je dovezao.

– Onda traži po kući. Mora negde da ima cigareta.

Muž se besno okrete u krevetu i odskočiše madraci pod njim... A Fani poče da traži svuda, čak i ispod kreveta, i ispravi se sva srećna... Ispod stočića je našla cigaretu.

Gospođa se vrati u postelju sva izmučena i pogleda prezrivo tog trbušastog gospodina, čiji se trbuh video kroz pokrivač kao neko balonče... Gospodin je ljutito pogleda, i opet se ljuto okrete na drugu stranu, zatrese ceo krevet, i ne reče ništa. A gospođa nastavi čitanje romana, uzdignutih, ironičnih obrva, sladeći svoju cigaretu, i kad povuče poslednji dim, oseti kako joj se oči sklapaju.

– Fani, jel' gotovo kupatilo?

– Jeste, milostiva.

– Dajte mi novine i poštu.

Sobarica donese novine i pisma.

– Milostiva, kuvarica pita kakav želite melšpajz?

– Ah, što je ta kuvarica dosadna! Pa recite joj neka mesi šta hoće. Nemojte svakog jutra da mi postavljate takva pitanja. To je njen posao, pa neka ona o tome vodi brigu.

Brzo je pogledala naslove članaka u novinama, a zatim ih ostavi, uze pisma.

Pisala je njena krojačica čudeći se što ju je zaboravila i već čitavih dva meseca nije šila kod nje...

Ah, te probe kod krojačice tako su dosadne! Bolje je kupiti gotovo...

Ostavi pismo i uze drugo pismo. Piše joj prijateljica iz Nice.

Sjajno se provodim. Upoznala sam se s jednim Amerikancem. Vrlo originalan. Žene su ga opasale kao obruč, i ne pušta nijedna da se ma kojoj približi više. Ovde je i jedan maharadža. Debeljko jedan, sav sija u licu kao da je namazan vazelinom, ali mu to ne smeta da ga najlepše žene najzaljubljenije gledaju... Nekoliko filmskih zvezda, negdašnje veličine nemog filma, pronose ovde svoju potamnelu slavu, i produciraju se na evropskim plažama prikupljajući obožavanje koje su izgubile zbog tog filma. A ti, draga moja, zar ne misliš da poletiš do Nice... Ostavi malo tvoju strast za kockom i tvoju pasiju za originalnim flertovima. Imaš li još neki onako interesantan flert kao prošlog leta? Prati mi sve mondenske vesti...

Sat izbi pola jedanaest i gospođa zbaci pokrivač, spusti prvo jednu nogu, pa drugu, s manikiranim noktićima kao roze bombonicama, ustade, proteže se, i utrča u kupatilo... Lagano poče da se svlači i zastade naga pred ogledalom. Okretala se sa svih strana, posmatrala sve linije. Bila je zadovoljna svojom lepotom. Zatim se spusti u kadu, ustalasa vodu, oseti prijatno milovanje kao toplotu proletnjeg sunca, i opruži se držeći se na rukama. Njeno telo dobi boju nežnog lotosa ispod sloja vode, i ona poče da se zabavlja razmahujući rukama kroz vodu i dižući iskrice kao sitne kristalne perle. Uživala je u prelamanju vode, i posmatrala je svoju ruku, čas malu kao u patuljka, čas dugačku; izbacivala je nogom talasiće, uzdizala se na rukama, i njihala kroz vodu kao da pliva, pa bi se utišala i onda lagano prevlačila mirišljavom sapunicom po rukama, vratu, grudima...

U elegantnom penjoaru od japanske svile, koji se pritezao oko stasa, i iz čijih su rukava izvirivale ruke, oble i vitke kao kaširane od somota, s plavim papučicama i veliko belom ćubom od svile, ona sede pred ogledalo i nastade kozmetičko udešavanje. Tu je bila čitava kolekcija raznih tubica, teglica i flašica *Elizabet Arden*. Ona poče da se šminka... Jedna pomada za obraze, druga za kapke, treća za vrat, tečni puder, senke oko očiju. Tu je bila četkica za prevlačenje trepavica, pinceta za čupanje obrva i tanki krejon, koji je izvlačio onaj crni luk nad okom. Popravi i svoje talase električne ondulacije i udubi se u svoju sliku.

Bila je vrlo lepa, stilizovana, ne obično, već umetnički, i njene oči u tom okviru senki bile su čarobne.

Sobarica zakuca.

– Milostiva, došao je onaj mladi gospodin, student, pita jeste li tu...

– A šta ste vi kazali?

– Rekla sam da ne znam, nego da vidim jeste li kod kuće.

– Dobro, recite da nisam kod kuće.

Sobarica izađe.

Gospođa se predomisli: – Fani! Ne, uvedite ga u salon, neka pričeka.

Smešila se glačajući nokte.

Ah, taj mali je zaista interesantan... i tako ludo zaljubljen... Prijatno je igrati se strašću tih mladića, neobuzdanih i nasrtljivih...

I taj je dolazio u kategoriju njenih interesantnih flertova. Upoznala ga je kod jedne prijateljice, drug njenog brata. Pevao je lepo i ona ga je slušala, koketno gledala, pozvala da sedne na divan do nje, tražila mu je neke note. To je bio samo izgovor – „note" ili „roman". Htela je prosto da dođe njenoj kući, da ostane s njim nasamo u njenom salonu... da ga uzbudi malo svojom koketerijom, a te mladiće je tako lako uzbuditi. Da se zaljubi, to nije mislila. Ona i zaljubljivanje! Toliko je pametna da ne pravi gluposti. Čuvaće ona njenog bogatog i trbušastog muža, pored kog ima tu dragocenu slobodu, luksuz i provod. Ali s vremena na vreme ona voli uzbuđenja, ta prolazna, koja traju koliko i zagrljaj, i samo uzrujavaju njenu epidermu, a nikako srce... I taj mali je došao tako jednog dana... I sad ga evo opet, sa zaljubljenim očima, uzdrhtalih ruku, koje tako stežu da oseća u svakom mišiću njegov puls... Ona završi manikiranje, ostavi šatulicu, ispravi se, oseti neku jezu slasti, priteže još više penjoar i uđe u salon.

– A otkud vi?

– Otkuda? Zašto se čudite? Došao sam da vas vidim. Jel' vam to neprijatno?

Njegov glas je drhtao, a oči su mu gorele.

– O, zašto neprijatno? Vi ste simpatičan mladić. Hoćete li cigaretu?

– Neću cigaretu. Hvala.

Gledao ju je i njegove oči su govorile: *Hoću samo vas.*

Ustade naglo sa fotelje, sede na divan, približi joj se, prošaputa.

– Hoću vas...

– Gle, kako vi postajete nasrtljivi dečko.

Nasmeja se, htede da ustane sa divana. On spazi njen gest, dočepa je snažno, posadi sebi na krilo, steže je rukama kao kleštima, i zari svoje usne u njene.

Ona se jedva otrže kao bajagi ljuta, a tako zadovoljna, kao svaka žena kad poljubac dođe bez uvoda, napadno, drsko i strasno.

– Sad imate da idete.

– Zašto me terate? Vi me uvek uzbudite, pa me oterate. Neću da idem.

I on pođe za njom, opet je dočepa, sad još luđi, i u tom trenutku zazvoni telefon.

– Kad ću da dođem?

– Kad? Šta vi mislite, da sam ja neka žena koja flertuje sa studentima. Vi ste pravi balavac.

– Balavac koji ume lepše da voli nego vaši mondeni.

– O, pa ja ne odričem da ste simpatični. Imate lepe oči, lepa usta.

Gledala ga je vragolasto.

– Vi ste koketa i volite da mučite. Ali ja to ne dopuštam.

Telefon opet zazvoni.

– Zbogom! Ha! Ha! Ha!

Pruži mu ruku.

On uhvati prste, prinese ih ustima, ljubiše ih dugo, dugo. Ona je bila malo uzbuđena, ali kao lukava žena savlađivala je ta uzbuđenja. Samo ga pogladi po kosi, a njegova glava se zanjiha, pade na njene grudi i tople usne pritisnuše poljubac na njen vrat, mirišljav od finog sapuna i kozmetike.

Izleteo je iz sobe, a gospođa se slatko proteže i nasmeja.

– Ipak su prijatna ova uzbuđenja... Mogla sam ga zadržati još, ali neću danas, neću... Bolje onaj randevu posle podne...

Ode na telefon...

Prijateljica je pitala hoće li sutra da ide u operu, uzela je ložu... Zvala je petnaestog da dođu kod nje na remi. Upoznaću te s jednim mojim rođakom, vratio se iz Francuske... Divan je, znam da će ti se dopasti, a i ja sam mu mnogo pričala o tebi...

Ostavi slušalicu i sede za pisaći sto.

Sad ću da pišem Lili u Nicu...

Pisala je o svemu i svačemu, sve te intrige po salonima, a u svakom salonu je bila poneka intriga.

Ah, toliko je pritvornosti u ovom našem otmenom svetu. Ja sam se ograničila samo na salone svojih intimnih prijateljica. Pa ti mondenčići, tako su uobraženi, pretenciozni i indiskretni...! Trče za damama, a posle ispadne da su sve žene zaljubljene u njih, i da ne mogu da odbiju njihova jurišanja. A i žene su krive. Svaka voli da kritikuje svoju prijateljicu i sve se međusobno ogovaraju. Ja sam prečistila moje flertove s mondenčićima. Ti znaš da volim uvek nešto originalno. I, šta misliš, koji je moj poslednji flert? Začudićeš se... jedan elektrotehničar. Drugi put ću ti o tome pisati.

Tog poslepodneva gospođa je imala randevu u Topčideru.

Ležala je i čitala. Bilo je tek četiri sata. U Topčider će se krenuti tek u pola šest. Tamo je čeka u jednoj usamljenoj aleji njen elektrotehničar.

Eto, ti flertovi su imali draži za nju. Jedan radnik, grub, sirov, snažan, koji ne moli, ne preklinje, već s pravom grli i ljubi kao da je ona njegova svojina.

A kako su se upoznali...

Ležala je ona posle podne, čitala i sva se zanela u roman.

I najednom ono strašno drečanje motocikla, drzak, tako ide na nerve, tako trgne iz najslađeg sna, i bezobzirno, ne vodeći računa da li ko spava, nastavlja svoju urnebesnu huku.

To je bilo pred njenim prozorom da je bacila knjigu, skočila sa divana, pritrčala da vidi taj bezobrazni motocikl i tog bezobraznog sopstvenika.

I baš kad stade na prozor, prestade motocikl. Ona vide jednog čoveka u kombinezonu od platna, sagnutog, kako nešto popravlja.

– Ah, pokvario mu se motor, baš mi ćef!

Čovek je neprestano nešto opravljao, a gospođa je stajala na prozoru. On nikako da opravi.

Ispravi se, uzdahnu, okrete se prozoru, ugleda gospođu, i čisto se nasmeši.

Opet poče da opravlja, a gospođa uvek na prozoru.

U onom savijenom položaju on je gledao gospođu.

Lep mladić! Kako su mu samo velike oči...

Mladić, ohrabren gospođinim pogledom, uspravi se.

– Vidite, pokvario se motor...

– A vi ne umete da popravite?

– Umeo bih, ali mi treba alat.

Gospođa htede nešto da kaže, ali ućuta... On se osmeli.

– Imate li vi auto?

– Imam.

– Da li bih mogao od vašeg šofera da potražim nešto?

– Čekajte, zovnuću šofera.

Posle pet minuta pojavi se na prozoru, a šofer izađe na ulicu. Mladić mu nešto zatraži. On mu donese. Već je popravio.

Gospođu je zainteresovao mladić.

– A otkud znate sami da opravljate...?

– Oh, to nije teško.

– A šta ste vi?

– Ja sam... elektrotehničar.

– Jel' to ovi električari što nam opravljaju elektriku?

– Da, ti električari.

– Ah, da li biste bili ljubazni da mi opravite nešto na radiju.

– Vrlo rado.

Jedna visoka figura pojavi se u gospođinoj trpezariji. Tako je snažan i visok da mu gospođa jedva dostiže do ramena. I oči, oči, ogromne, crne, hipnotizerske, drske, da je gospođa osetila kako je proždiru oči tog radnika.

Kako samo gleda, čisto se zbunila, što se njoj ne događa, zaboravila je da koketira, nekako se uplašila od tih očiju. Takve oči nije imao nijedan mondenčić, ni onaj student.

– Evo, vidite, šta je tu pokvareno...

On je pogledao, odmah našao kvar, i popravio.

– Hvala lepo... Koliko treba da platim?

– Ništa...

– Kako ništa? To je vaš zanat.

– Zar ja ne mogu da opravim nešto besplatno tako lepoj dami.

Ona ga pogleda iznenađeno: *Gledaj, molim te, radnik, pa kako ume da pravi komplimente...*

– Imate li još štogod da vam opravim?

– Nemam.

Mladić se pokloni.

– Zbogom.

Gospođa mu čisto pruži ruku... malo sa ustezanjem.

Mladić je uhvati za ruku i gledaše je onim hipnotizerskim očima da se gospođi zamagli u svesti, i ona ga pogleda onim svojim čarobnim očima. Ostadoše nekoliko trenutaka tako, gledajući se. Ona, mondenka, i on, radnik...

Ima trenutaka kad se u očima čita ono što usne ne smeju da izgovore. Da li je muškarac to pročitao, razumeo? Gospođi nije bilo jasno kako se usudio, kako se to dogodilo.

Mladić je najednom zagrli, poljubi tako kako je niko do tada nije poljubio, i odjuri.

Ona nije umela da se makne s mesta. Stajala je nasred trpezarije, čula je kako je motor zahuktao i odjurio, i tek kad se ta tutnjava izgubila, ona se osvestila.

Čudan mladić! Drzak, ah, kako je drzak!

I to ju je očaralo, ta njegova drskost. Nasmeja se.

Koliko je muškaraca koji izgube sve izglede na uspeh kod jedne žene samo zato što ne smeju da budu drski...

I što je najčudnovatije, nije se naljutila.

Oh, za nju su imali najviše draži ti drski i nagli poljupci... Nema vremena da misli, da koketira, da se odupre.

Ali sutra u isto doba zahukta pred prozorom motor. Skočila je i pogledala. Onaj elektrotehničar.

On je vide, priđe prozoru sa osmehom i onim napadnim očima.

– Hteo sam da vas pitam da li vam dobro funkcioniše radio?

– Vrlo dobro.

On priđe još jedan korak bliže, sasvim uz prozor, i prošaputa:

– U subotu ću vas čekati u Topčideru, u šest sati.

Gospođa se nasmeja.

– Čekajte samo... – i udalji se s prozora.

I gospođa ode na randevu. Zašto da ne ode? Glupost bi učinila. Nepoznat, tako simpatičan, ona koketna, vešta, neće je zavesti, a ume tako da zagrli, da poljubi da bi bilo šteta lišiti se tih senzacija. I još uz to radnik. Samo kad nije mondenčić. Bar je diskretan. Otići će jednom, dvaput, i posle ga neće više viđati, neće se sretati s njim kao što se nekad sretala sa svojim bivšim flertovima, i bila predmet ogovaranja i gledala njihove podsmešljive poglede.

Danas ću ići! I otišla je.

Čekao ju je u onom kombinezonu, u usamljenoj aleji. Suton se već spuštao, motocikl je bio na travi, a on je sedeo na klupi...

I bez uvoda, bez komplimenata, bez reči, kad ju je ugledao, uzeo ju je u naručje, i ljubio, ljubio tako mahnito, tako dugo da ona nije mogla reč da izusti. Naposletku je digao svoje usne sa njenih i prošaputao zamućenih očiju:

– Nikad me dosad nijedna žena nije osvojila na prvi pogled.

Ona mu je verovala. Gde bi on, radnik, i mogao da vidi tako elegantnu, lepu damu? I za nju je on bio jedna nova interesantnost, radnik, tako snažan, da je bila kao neka ptičica u njegovom naručju, grub u svojoj nasrtljivosti, i nežan u pokretima, koji su milovali njena pleća, stezali njen stas.

On je diže, stavi je u svoju korpu.

– Sad ćemo se voziti.

Motocikl je jurio besomučno ravnim drumom. Ona je obožavala tu jurnjavu, nije se plašila ničega. S vremena na vreme on bi zaustavio motor da je zagrli, pa bi opet nastavio put kroz suton, koji se sve više zgušnjavao.

– Morate me vratiti kući, već je dockan.

Bila je sva opijena tom avanturom.

Nedelju dana nije čula motocikl, i to ju je dražilo, čudila se tolikoj uzdržljivosti tog radnika, koji je mogao nedelju dana da je ne vidi, dok bi svaki drugi muškarac dojurio odmah posle dva dana i tražio priliku da je vidi, kao onaj student što svake večeri šetka ispod njenog prozora.

Večeras je imala da ide na partiju remija kod svoje prijateljice.

Bila je nekako mrzovoljna.

Prijateljica ju je dočekala sva srećna.

– Sad ću ti predstaviti mog rođaka.

Mlada gospođa ugleda tog njenog rođaka i gledaše ga iznenađeno kao da ne može da veruje očima. Pred njom je stajao visoki, snažan gospodin u smokingu, ogromnih hipnotizerskih očiju, sav elegantan, saže se, poljubi joj ruku kao svi mondenčići u salonu, progovori svoje ime, i ona samo ču profesiju „arhitekta".

A taj arhitekta bio je njen elektrotehničar.

Domaćica se udaljila. Mlada gospođa ustade, pogleda ga gordo, i prošaputa:

– To vam nikada neću oprostiti, razumete, nikada.

– Šta mi neće oprostiti?

– To što niste elektrotehničar, već ste i vi monden.

Mladić u grao

Bila je radoznala da vidi toga što joj ovako nežno piše, i moli da se prošeta danas od Slavije do Kalemegdana, gde će na jednom ćošku videti mladića u grao koji uzdiše za njom... Takva pisma uvek su simpatična mladim devojkama i Meri je pevušila veselo jednu ariju iz opere.

Htela je da bude lepa. Obukla je haljinu od plavog bureta, stavila je plavo bere, obula bele cipele i imala je izgled neke hortenzije sa onom bujnom zlatnom kosom, od koje je rolnica bila svijena ispod berea.

Išla je i posmatrala svaki ćošak i svakog mladića u grao. Iznenadila se najednom: otkuda ovoliko mladića u grao odelu? Pred jednom radnjom imao je pomoćnik tu boju. Ispred nje je išao jedan elegantan mladić opet u grao. Na sve strane su se pojavljivali „grao mladići" kao golubovi. Ona je već posumnjala da će ga naći. Na jednom ćošku trojica su razgovarali. Jedan je bio u grao. A na drugoj strani opet je jedan u odelu iste boje čekao tramvaj. Svi kao standardizovani.

Već je blizu Londona. Prelazi onu veliku širinu. Tri automobila zaustaviše prolaznike. Ona pogleda vizavi. Tamo je stajao mladić odeven u grao. Bio je od onih koji se dopadaju na prvi pogled. Crna kosa kao grguljavo runo, zabačena unazad, nije mogla da miruje i sa tog runa podizali su se pramenovi i lepršali uvis kao perje na indijskoj kapi. Mladić je morao rukama da stišava te vlasi. Gledao je baš Meri. Ona je žurila, okrenute glave ulevo, da ne bi na nju naleteo auto i išla je u pravcu mladića.

To je on... Tako je verovala i bilo joj je milo da to bude taj „grao mladić". Pogleda ga s koketerijom. Mladić je imao lepe, gorde i sanjalačke oči filmskih starova, sa znalačkim pogledima za žene, koji uvek imaju neku zavisnu privlačnost upijanja u ženske zenice. Meri ga pogleda i nekoliko sekundi zadrži pogled na njegovim očima, pođe dalje, instiktivno i koketno se okrete jednom, zatim drugi put. I ugleda mladića koji se uputi za njom. Sad ona menja svoju taktiku. Ne okreće se više i prelazi na drugu stranu ulice. Ali opet auto. Ona neće da se okrene, ali mora, i opet susreće oči mladića, koji uporno gleda i kao da govori: *Da, to sam ja, onaj mladić u grao i pratiću vas.*

Upornost mladića uvek pobeđuje otpornost žene. A kad se između te dve taktike ukrsti koketan i zavojevački pogled, oni uvek prave kompromis. I onda se čuje jedno:

– Pardon, gospođice...

Tada se oči žene naprave iznenađene kao da nisu dale nikakav povod. A vešto oko muškarca oseti drugu misao, koja blista u zenicama.

– Ah, to ste vi dakle.

– Jest, ja.

– Mladić u grao.

– Da, mladić u grao. – On se smejao. I ona se smešila.

Prepreke poznanstvu nema.

– Vi ste mi pisali da ćete me čekati na jednom ćošku.

Mladić se zagleda u nju, a zatim se nasmeja.

– Jest, ja sam pisao.

– Samo je trebalo da opišete sebe, ili da stavite neki cvet, a ovako ste me zbunili: „Mladić u grao". I tek kad sam došla, opazila sam da je gotovo svaki deseti mladić u grao odelu.

– I tako biste prošli pokraj mene... Ali ja sam ipak imao sreću... Jelte, smem li reći da sam imao sreću?

– Kakva može biti sreća obično poznanstvo? Ali vi se niste ni predstavili.

– Zar je potrebna ta konvencionalnost? Zovite me, eto, kao što sam se potpisao: mladić u grao... A kako ću ja vas zvati?

– Meri.

– Meri? Lepo ime.

– Skraćeno od Merima.

– Plava Merima.

– A kuda ćete sada?

– S vama... Zar me ne primate u društvo? Mogli bismo ići na Mali Kalimegdan.

Mladić u grao bio je vrlo prijatan. Imao je meku intonaciju, neki uporan pogled koji kao da je govorio: „Ja ću te osvojiti" i netremice ju je gledao i dok je išao pored nje, da je nju zbunjivao taj lepi pogled njegovih oholih očiju, a njene plave koketne oči čisto su kapitulirale pred upornošću njegovih pogleda.

Šetnju je pratio prijatan razgovor. Mladić je bio inteligentan. Smeša šarmantne drskosti i osvajačkog samouverenja. Govorio je o svemu i svačemu, a uvek ju je držao pod vlašću svoga pogleda, koji je već počeo da zbunjuje Meri. Ona je ipak vešto okretala razgovor, uvek je davala živ tempo izbegavajući udvaranja, a mladić, shvatajući njene namere, govorio je očima: „Ja vam se neću udvarati, ali moje oči će vas osvajati."

– Molim vas, koliko je sati?

– Zašto žurite?

– Moram kući.

– A ja bih tako sedeo s vama... Viđao sam vas često i uvek sam želeo vaše poznanstvo. Davali ste mi utisak da ste gordi.

– Ja gorda?

– Sad vidim da niste. I nadam se da ovo neće biti naš poslednji susret.

– Ne znam ništa.

Ona se smeškala, a to je već bilo odobravanje.

Pratio ju je kući. Hvatao se već suton. Ona je stanovala čak na Neimaru, i uvek je išla autobusom, ali ovog puta, u društvu mladića, učinio joj se taj put vrlo kratak. Razgovarali su veselo kao da se davno poznaju, što se događa kad se mladić i devojka odmah dopadnu jedno drugom. Zaneti razgovorom, nisu ni opazili jednu žensku siluetu koja ih je pratila od Slavije. To je bila mlada devojka i njene oči su gorele čudnim sjajem, ne ispuštajući taj par, koji je išao s druge strane. Tako je išla sve do blizu njene kuće. Sakrivena iza bandere, u senci jedne vile, posmatrala je kako razgovaraju i videla scenu kako mladić drži, više nego što je uobičajeno, ruku mladoj devojci. Da je mogla čuti, doznala bi kako je pita kad će se opet videti, na šta mu je devojka neodređeno odgovorila. On je onda tražio broj njenog telefona. Tako dadoše jedan drugome brojeve telefona, mladić poljubi ruku, devojka utrča u kuću. Ona silueta izađe tada iz senke kuće i pođe u susret mladiću.

Prošlo je tri dana od tog susreta... Meri je opet bila vesela. Maločas je razgovarala s mladićem telefonom, i on ju je molio da opet izađe, a on će je čekati na istom ćošku. Pristala je. Počeo je da je interesuje i uzbuđuje taj lepi mladić u grao odelu. Nije znala ni ko je, ni šta je... To je zabavno jer sve liči na avanturu... Obuče se elegantno, naparfemiše se svojim orhidejama i pođe. Taman je htela da zavije za ugao svoje ulice, kad joj priđe jedna mlada devojka.

– Pardon, gospođice, imala bih s vama nešto da razgovaram.

Meri je iznenađeno pogleda.

– Nešto da razgovarate?

– Da... I pošto ne bih želela ovde na ulici, kako je u blizini Karađorđev park, hoćete li tamo da svratimo?

– Ali žurim, gospođice. Zar mi to ne biste ovde mogli reći...?

– Žurite? Sigurno na kakav sastanak.

Njene crne oči blesnuše.

– Šta se to vas tiče, gospođice?

Devojka uze viši ton.

– Tiče me se. Baš me se to tiče.

– Ne razumem vas.

– Razumećete me kad vam budem objasnila.

– Pa zašto mi ne objasnite? Čemu ti zagonetni odgovori? Uopšte vas ne poznajem, i čudi me vaš ton.

– Ne poznajete me, jeste. Onda ću vam se predstaviti: ja volim onog mladića što vas je pre neko veče dopratio do kuće.

– Volite onog mladića! – iznenadi se Meri.

– Jeste... I zato moram s vama da se objasnim. Molim vas, hajdemo u park. Nemojte da se protivite. Ovog trenutka vrlo sam nervozna.

– Gospođice, vi nemate razloga. Dobro, ići ću s vama.

Išle su ćuteći, sele na klupu, a onda se Meri okrete.

– Dakle, objasnite mi sve, gospođice. Rekoste da volite tog mladića.

– Da, volim, ludo ga volim i razumete li što vam kažem: ne dam ga nikom.

– Pa zašto vi to meni govorite, gospođice, kao da ja imam nameru da vam ga otmem.

– Da li vi imate nameru da ga otmete ili ne, ne znam, ali znam da vam se one večeri udvarao, znam da se dopada svakoj ženi, i hoću da sprečim da se dopadne vama. Sprečiću svim sredstvima, jeste li me čuli, sve što mogu da upotrebim, iskoristiću, pa čak i ono krajnje, zapamtite – i ono krajnje! Da, za sve sam sposobna, ubiću i vas i njega i sebe.

Oči su joj sevale i sva njena tamna lepota kao u kreolke imala je nečeg gnevnog, ljubomornog i osvetničkog. Plava i nežna Meri čisto se uplaši od njenog tona i pomisli da nema neki revolver ili vitriol u tašni. Uvidela je da ovde mora da upotrebi oprezne i pažljive reči. Zato poče da je umiruje blagim rečima.

– Gospođice, meni je vrlo žao ako vi mislite da ja hoću da ga preotmem. Ja sam ga onog dana prvi put videla i nisam zainteresovana za njega.

– To sumnjam, gospođice.

– Verujte da ne znam ni kako se zove, ni šta je.

– Pa kako ste se upoznali s njim?

– Prosto, išla sam ulicom i on mi je prišao.

– Da, to i on kaže. Ja sam mu one večeri napravila scenu na ulici i on se o vama vrlo ružno izražavao.

– A šta je govorio, gospođice, to me veoma interesuje?

– Kazao mi je da ste mu izgledali kao neka laka ženska s kojom može da se zabavlja i zato je pošao za vama.

Meri skoči.

– Ja, laka ženska? To vam je on kazao? Kako je drzak! E, kad je tako, onda ga neću štedeti. Nisam htela da vam kažem jer vidim da ste uzrujani, ali on mi je pisao i pozvao me je na sastanak. Evo, pročitajte ovo pismo.

Nervozno je tražila po tašni i izvadi jedno pismo pisano pisaćom mašinom.

Crnomanjasta devojka pročita i prošaputa:

– Mladić u grao. Jeste, to je on.

– On mi je sâm priznao da je pisao ovo pismo. Iz ovoga možete videti da je on trčao za mnom, a da ja nisam „laka ženska“. Sada uviđam da je on pokvaren mladić, i vas žalim što ga volite jer vidim da patite.

Devojka se ražalosti.

– Mnogo patim zbog njega. On je mangup, svi mi kažu, ali ne mogu da se oslobodim te ljubavi, volim ga bezumno. Ah, on ume da bude i nežan i drzak, i bezobrazan i umiljat, što god hoćete. Udvarali su mi se toliki mladići, ali niko nije umeo da me osvoji kao on. Muči me, ume da bude tako gord, a ja ga ipak volim.

Energija popusti u mladoj devojci, sav onaj osvetnički ton iščeze, ona se rastuži, oči joj se zamagliše i ona briznu u plač. Suze su moćno sredstvo da zbliže dve žene.

Meri se ražalosti pred njenim bolom jer je imala čisto i osetljivo srce i poče da je teši.

– Nemojte da plačete. Budite uvereni da se neću nikad više sastati s njim. Ja nisam od onih žena koje otimaju muškarce. Mene bi to ponizilo.

– Kako ste divni – šaputala je kroz jecaje devojka. – Nisu sve žene takve. Ja sam se razočarala u svoje prijateljice. Moje najbolje prijateljice koketovale su s njim. A mi, žene, treba uvek da budemo saveznice, onda bismo manje patile zbog muškaraca. Kako bih volela da imam takvu prijateljicu kao što ste vi. A kako sam rđava. Maločas sam vam pretila. Hoćete da mi oprostite? Tako sam ja samo u gnevu govorila.

Ona uhvati Meri za ruku.

– Oh, sve vam praštam jer razumem vaš bol.

– I nećete se sastajati s njim ako vas pozove? Čuvajte se tog mangupa. Kad ja patim, nemojte i vi.

– Nikad. Takav mladić, koji za mene kaže da sam laka ženska, nije dostojan moje pažnje.

– On to može da kaže. On trči za ženama, a prezire ih jer veruje da su sve lude za njim ovako kao ja. Verujte da bih bila najsrećnija da mogu da ga zaboravim. Ali jedno hoću da vas zamolim: ako vas pozove na sastanak, hoćete li da mi to javite, pa da ja odem na sastanak umesto vas.

Meri malo zaćuta.

– A što se dvoumite?

– Ne dvoumim se, nego se bojim kakvih scena i da tu ne upletete i mene...

– Kakvih scena? On uopšte ne sme da zna da sam ja vas našla i da smo mi u savezu protiv njega. Napravila bih se kao da sam slučajno naišla.

– Tako može, samo sumnjam da će mi on pisati kad ga ja ne budem gledala.

– O, ne znate vi njega. I mene je tako osvajao. Kad se on zainati neku ženu da osvoji, ne odustaje od toga. Toga se ja plašim. Šta je on sve radio dok je mene napravio ovako šašavom za njim.

– Dobro, gospođice, ja ću vam dati svako njegovo pismo, ali ostaje tajna da se mi poznajemo.

– Kako sam srećna što ste tako dobri.

– A kako da vam pošaljem pismo?

– Možete samo telefonom da mi javite da ste dobili pismo. Imate li telefon?

– Imam.

– Onda, evo vam moga broja. I da vam se predstavim, ja sam Boba Janković.

Meri se tada raspita ko je onaj mladić i doznade od Bobe da je to jedan beogradski mondenčić, vrlo otmen mladić, inteligentan, samo mangup. I one se dogovoriše da ga zovu „mladić u grao“.

Tako se rastadoše srdačno kao prijateljice, i Meri ne htede da joj kaže da je toga dana baš pošla na sastanak, i da ju je telefonom on pozvao i isto tako, kad je pitala: „Alo, ko je tu?“, on je odgovorio „Mladić u grao“.

Vratila se Meri kući tužna. Bilo joj je zaista žao što se tako završio taj susret. Setila se lepog mladića s talasavom kosom i gordim, zanosnim očima, koji joj se odmah dopao jer je bio baš njen tip. Ali kad je ponovila one reči: „laka ženska", gnev joj je tako obuzeo srce da je dugo sedela namrštena i ljuta i ponavljala u sebi: *Kako može tako pritvoran da bude jedan mladić?* A tako joj je lepe reči govorio pri sastanku. Nisu to bili banalni komplimenti, već kao neko iznenađenje kod njega, *da je u njoj našao divnu i milu devojku i nada se da će njihovo poznanstvo dobiti jedan drugi, iskreniji ton...* I došao je baš u trenutku kad ona nikog nije volela i niko joj se naročito nije sviđao. I to njeno toplo srce, u tom času tabula raza, bilo je začas ispisano hiljadu puta rečima „Mladić u grao".

A ovog trenutka jednim zamahom sve je izbrisano. Posle toga sedela je kraj prozora i udisala miris jasmina, koji je dolazio iz bašte. Tako je bio tužan taj miris i kao da je uvek čula naizmeničan plač i pretnju one gospođice.

Bilo je kao što se nadala. Sutradan ju je mladić u grao pozvao telefonom. Pitao ju je zašto nije došla. Sasvim hladno, Meri je govorila: – Izvinite, nisam mogla jer ja ne pravim nikad ulična poznanstva. Možete pomisliti da sam neka laka ženska, a to ne želim. Zato me zadržite u prijatnoj uspomeni, ali se više nećemo sastajati.

On je počeo da se čudi, da pita zašto je taj ton, ali je Meri spustila slušalicu.

Bilo joj je teško, ali je i laskala sebi što je tako hrabra i grdila je mladića: *Šta on misli, da se zabavlja sa mnom, a voli drugu? Izviniće on, nije Meri takva. Našao s kim će da se zabavlja.*

Ipak se začudila sutradan kad je dobila drugo pismo od njega. Pisao je:

> *Vi ste nemilosrdni, ali se uvek nadam i verujem da ću raznežiti vaše srce. Čekaću vas sutra u sedam sati na Kalemegdanu, u krugu. Ništa drugo ne tražim, samo vas molim, prođite da vas vidim. Jedan vaš pogled doneće mi najveću sreću.*

Koliko je drzak... mislila je Meri. *Lepo je kazala ona devojka: kad se on zainati da osvoji, hoće to po svaku cenu. E, baš da ti ne odem. Misliš da sam laka ženska. Pokazaću ti ja kako se lako osvajam... To mi se sviđa. Poslaću mu Bobu na sastanak. Tako mu i treba. Hoće čovek na dve stolice da sedne.*

Nađe brzo broj Bobinog telefona i saopšti joj da joj je mladić u grao zakazao sutra da će je čekati u krugu na Kalemegdanu.

Boba ode na sastanak. Bila je oprezna. Nije htela da sedne u krug, već na jednu od poprečnih staza, odakle je mogla videti svakog. Njega nije bilo. Sedeli su neki mladići, jedni su odlazili, drugi dolazili, ali on nikako da se pojavi. Prođe sedam. Ona se diže sa svoje stolice i sede u krug.

Desno od nje sedela su dva mladića. Nije ni obraćala pažnju na njih. Svu pažnju je upravila na one koji dolaze. Mislila je da će doći malo kasnije. Čudila se samo njegovoj netačnosti, jer je uvek bio tačan. Jedan mladić od one dvojice ode.

Boba se okrete i pogleda ga. *Gle, i ovaj je u grao.* Mladić baci jedan pogled na nju. Bio je nešto zamišljen. I Boba je bila tužna. *I ovaj kao da je moje sudbine.* Radovala se da on ne dođe, a osećala je i neku zluradost, da se pojavi, pa da nju vidi umesto one druge. A jedno pitanje joj se nametalo: ima li smisla hvatati ga i trčati za njim kad je on sve hladniji prema njoj. A ona je osećala tu hladnoću davno po razređenim sastancima, njegovom zakašnjavanju, stalnim izvinjavanjima, što je on korektno činio, ali nekad ta korektnost u ljubavi vređa. Okrete se ona mladiću i pogleda ga, pogleda i on nju. *Simpatičan mladić*, pomisli Boba. *Ima lepe plave oči kao i njegovo odelo.* Trže se zatim, ugleda jednu kovrdžavu glavu na lepim ramenim, koja se približavala. Srce joj zalupa. *Ah, nije on*, odahnu ona. *Sigurno neće doći*, najedared je ubode jedan misao. *Ako me je video, pa pobegao? Možda je to. Ne možda, nego sigurno. Svakako je dolazio, samo me je spazio i sklonio se.* Nije mogla više da sedi. Ljubomora je počela da je pritiska kao košmar, oči su joj blistale. *Ah, bednik jedan, pobegao je.* Išla je brzo, a ispred nje se pomaljala senka jednog čoveka iza nje. Uvek je pokraj nogu bila senka glave kao da je neko prati na istom odstajanju. Ona se okrete i ugleda onog mladića što je sedeo desno. Ljubomoru ublaži jedan osmeh. *Ovaj me prati.* Ali je opet obuze srdžba jer je ljubomora bila jača i ništa nije moglo da je ublaži. *Nek ide bestraga. Svi su jednaki i svi su mangupi. Ali ipak sam mu osujetila sastanak. Ona je dobra devojka. Retke su takve iskrene prijateljice.* Žurila je i senka je žurila za njom. Ona utrča u tramvaj i ode kući.

A Meri nije mogla da odsedi to veče kod kuće. Htela je da se prošeta bar korzom. Možda će ga videti. Neka samo zna da ona nije laka ženska. Išla je s jednom drugaricom. Smeškala se. *Ala je čekao na*

Kalemegdanu. Volela je da ga vidi. Zašto? Nije joj ni samoj bilo jasno. Grupa mladića stajala je na ivici trotoara održavajući špalir i okretali su se i desno i levo kao zaljubljeni mačorčići. – On – prošaputala je Meri, i poznade njegovu grguljavu glavu i kosu koja se nestašno dizala i on ju je gladio rukama. Baš će proći pokraj njega. *Javiću mu se, zašto da mu se ne javim?*

Pogleda ga, oči se susretoše, on joj se pokloni i pogleda je gordim i sanjalačkim pogledom i Meri oseti neku toplinu kao da su te oči neki rendgen koji probija do srca. *Ljut je što nisam otišla.* Ušla je u autobus s prijateljicom. Na jednoj stanici se okrete i spazi u autobusu i mladića. *Prati me.* Bila je srećna. Mladić se progura i stade kod vrata za izlaz, vizavi mlade devojke i neprekidno je gledaše onim upornim očima.

– Slušaj – šaputala je drugarici – ti ćeš me pratiti do kuće. Onaj se kapricirao da mi priđe, ali ja neću. To je jedan mangup.

Išle su brzo. Ona je ušla u kuću, pritrčala prozoru.

Mladić u grao stajao je pred kućom i gledao u njene prozore.

Uporan je, lepo on kaže, ali sa mnom neće lako izaći.

Bila je uzrujana i nije mogla da objasni svoje duševno stanje. U njoj su se borili razum i srce. Razum je nalagao da je dala reč onoj devojci da se neće više s njim sastati, a srce joj je šaputalo da joj se dopada. Htela je da odbrani sebe: *Ona hoće silom da ga osvoji kad je on ne voli. Glupa devojka. Ne voli je, to se vidi. Zar bi trčao za mnom. Ah, što trči za mnom? Možda ovako sa svakom devojkom. Svi su jednaki. Čekaj da vidim da li još stoji.* Ugasila je elektriku. Prišla je prozoru. Jaoj, što ga ne mrzi da stoji! Bila je sva ushićena. Gledala ga je. *Baš je lep. Što bih ga dočepala za onu kosicu! Divna usta ima.* Trgla se. *Glupost, zanositi se. Kako ona Boba pati zbog njega. Možda bih i ja patila. Mangup jedan. Vidi se da je mangup, kako samo gleda, zna da ima lepe oči i to iskorišćava. Nećeš ti mene zaludeti. Eno, sad puši. Ah, da mu bacim jedan cvet. Koješta! Cvet? Uobraziće? A šta da uobrazi? To je koketerija. Da, s njim treba malo koketovati, vući ga za nos, nek misli da ga volim. Treba malo nade da mu dam, kako bi inače trčao, a na sastanak neću ići. Ovu ružu ću da mu bacim.* Izvadi jednu crvenu ružu, zavitla je i baci kroz prozor.

Posle dobi još jedno pismo.

Ne znam da li ste dobili moje poslednje pismo. Pogrešio sam broj kuće. Napisao sam broj dvadeset osam, a posle sam video broj dvadeset šest. Čekaću vas i sutra u krugu na Kalemegdanu.

Prođite, ljubavi moja. Ako ne dođete, smatraću da ne želite da vidite čoveka koji uzdiše za vama. Vaš verni „mladić u grao".

Sad je u Meri bila velika borba. Da li da ode na Kalemegdan ili da javi Bobi? Posle one večeri kad je stajao pred kućom, sve više je mislila na njega. Izašla je dvaput na korzo, ali ga nije videla. Tražila ga je očima svuda, zagledala je svakog mladića u grao odelu i vratila se neraspoložena kući, i sad evo pismo. Uzela je jednu margaretu, kidala je listić po listić i šaputala francuski. *On me voli mnogo, strašno, malo, nimalo; on me voli, mnogo, strašno itd.* I poslednji listić je kazao. *On me voli*... Ali Meri je donela zaključak. Boba će ići na sastanak. Njen karakter je pobedio.

I te večeri opet ode Boba na sastanak. Meri je sedela kod kuće. Bolela ju je glava. Pogledala je na sat. Sedam. Htela je da se nasmeši, ali nije mogla. Mislila je kako je on čeka, a Boba nailazi. Ljutila se na sebe što nije kao druge devojke, koje ne bi ustupile tako lepog mladića. Danas se otimaju mladići, a ona je došla njoj da zapreti revolverom, i ona se odmah uplašila. *Ali mi je i to devojka, koja tako ide da preti da će da ubije da bi sačuvala mladića.* Telefon zazvrja.

– Alo, ko je tu?

– Mladić u grao.

– Vi? Otkud vi?

– Što se čudite? Hteo sam da vam zahvalim za onu ružu.

– Ah, pa to nisam ja bacila.

– Nego ko?

– Moja služavka.

– Ali po vašem naređenju. Jelte? Zašto ste pobegli one večeri?

– A zašto vi večeras niste na Kalemegdanu? Zovete me na sastanak, pa ne dođete.

– Kad sam vas zvao?

– Pa evo, imam pismo.

– Moje pismo?!

– Jeste. Mladić u grao...

Mladić se nasmeja glasno.

– To ja vama ne pišem.

– Ne pišete?! A zašto ste kazali da mi pišete kad sam vas prvi put videla kod Londona?

– Video sam da vam je neko zakazao sastanak, pa zašto ne bih ja igrao ulogu mladića u grao kad sam bio u istom takvom odelu, a onaj vam nije kazao svoje ime.

– Tako, znači vi niste taj mladić?

– Nažalost, nisam, jer vi sigurno idete na sastanak.

– Naprotiv, ne idem.

– Zašto?

– Zašto? Pa zato što sam mislila da ste vi...

– To treba da znači da vam se ne dopadam. Sigurno sam vam dosadan?

– Niste.

– Pa kakav je uzrok?

– Tako što neću da se ponašam kao laka ženska. Zbogom.

Sad je tek bila zbrka u njoj. Pitala se ko li joj to piše. To je neki drugi mladić, koji je voli, a ona je glupo verovala da je ovaj voli. Nije joj bilo krivo što nije išla na sastanak, već joj je bilo krivo što joj ovaj nije ta pisma slao. Ali, svakako ju je neko morao tamo čekati. Tog je Boba morala videti. Pozvaće je telefonom i sve ispričati. Opet se predomislila. Ako joj kaže da joj ovaj ne piše, nego drugi, onda ga opravdava. Onda su potpuno istinite njegove reči. *Mislilo sam da je laka ženska.* Sad joj je jasno, zašto je to kazao. Ona se okretala i smejala na njega, i on, kao i svaki muškarac, poleteo je za njom. I još budala, bacila mu je ružu kroz prozor. Sad ispada da je ona trčala za njim, a neki, koji je voli, uzalud je čekao. Ali sad ovo pismo neće da pošalje Bobi. To je u nju neko zaljubljen i otići će da vidi ko je. Posle, ako je Boba zapita da li joj piše mladić u grao, ona će reći da ne dobija nikakva pisma.

Mladić u grao više nije nikako pisao. Meri se čudila. Jednog dana je videla Bobu na ulici s jednim mladićem. Sutradan ona je preko telefona zamoli: – Hoćete li da se sastanemo, imam nešto interesantno da vam pričam.

Došla je Meri sva vesela.

– Začudićete se kad vam nešto budem kazala. Pronašla sam pravog mladića u grao koji piše ona pisma.

– Zar to nije ona vaša ljubav?

– Bože sačuvaj.

I ona poče da priča.

– I drugi put kad sam otišla, videla sam jednog istog mladića. To je onaj što ste me videli s njim. Bilo mi je to malo čudno. Prvi put je pošao za mnom. A drugi put se upoznao. I otada smo se često šetali.

– Zato ja otad ne dobijam pisma.

– Sad meni piše i potpisuje se „mladić u grao".

– Nalazim da je glup. S tim grao odelom napravio je zbrku. A otkuda znate da je on?

– Onda kad ste vi prošli, on je kazao za vama: „Ova gospođica je uobražena." Ja ga tad zapitam, jer sam nešto sumnjala: „Čini mi se da ste vi njoj pisali?" „Otkuda znate?" „Pa ona mi je pričala." „Šta, ona vam je pričala?" „Jeste, znam i kako ste se potpisivali - 'mladić u grao'." „Priznajem, ali zar vam je to kazala?"

– Ala ste lukavi – uzviknu Meri.

– Vi se ne ljutite?

– Ni najmanje. On mi se ne dopada.

– Ja sam mu baš to kazala: vi se njoj ne dopadate, pa je slala mene na sastanak s vama.

– Kako vi to izvodite – čudila se Meri. – Pa to ste vi zaboravili vašu ljubav.

– Kad on na mene ne misli, neću ni ja na njega. Eto, ustupam vam ga.

– Zahvaljujem vam. On je mene uvredio i ja ga ne gledam.

– Što vas je uvredio? A znam, ono, laka ženska.

– Razume se.

– Slušajte, sad ću vam sve priznati. Nije on to kazao, nego sam ja izmislila. Htela sam da mu se osvetim, da ga vi ne biste gledali.

Naivnu Meri sve je to iznenađivalo.

– Ne ljutim se. Nisam baš ništa izgubila. Vidite kako je sve nestalno u ljubavi. Vi ste voleli njega, pa ste ga zaboravili čim ste sreli drugoga.

– Ah, ovo je zlatan mladić.

– Vidi se da je zlatan mladić – nasmeja se Meri. – Pozvao je jednu devojku na sastanak, a otišao je s drugom.

– Tako vam je to u ljubavi. Borba, večita borba. Ja sam se u toj borbi izvežbala.

Rastali su se prijateljski i Meri joj požele uspeha s mladićem u grao numera dva.

Bila je raspoložena, a tu prijatnost stvarala joj je pomisao da mladić nije kazao one uvredljive reči za nju. Sad je bila oslobođena svoje date reči i htela je da dopusti srcu slobodu. Tri-četiri dana nije videla mladića s kosom kao crno runo. Čudila se gde je i rešila je da ga potraži na plaži. Kupila je koketan kostim. Njena bela koža, još neoprljena, bila je kao krin uz plavi triko. Gledala je svuda i spazila je njegovu kovrdžavu glavu u vodi. Obradovala se. Stala je da je vidi, i on ju je ugledao. Nadala se prijatnom provodu. Ali on izađe i s njim jedna gospođica. Bila je ljubomorna. Eto šta je učinila. Izbegavala ga je i on je našao drugu devojku. Sad joj je bilo pokvareno raspoloženje. Pogledala ga je i videla da je posmatra. Prošetala se pokraj njega i nije ga ni pogledala. A osećala je zadovoljstvo da je on vidi onako belu i vitku. Zagledali su je drugi muškarci, i ona se radovala da on opazi te poglede koji miluju njenu siluetu. Samo još da vidi onu gospođicu s njim. Da li je lepša od nje? Ah, ništa. Kratke noge i malo zdepasta. Kako ju je to poređenje razveselilo. Sunce je zalazilo, parovi su se spremali, prišao je kabini i mladić s grguravom kosom, spremala se i ona. I desilo se da se svi nađu u jednom tramvaju. On je pratio onu gospođicu i devojka između njih je bila kao senka. Rastala se sa svojom drugaricom, sela u autobus i sišla je blizu svoje kuće. Tada je tek videla da je sišao i mladić.

Prišao je.

– Dopuštate li da vas pratim?

– Dopuštam. A gde je vaša dama?

– Moja rođaka? Otišla je kući.

Meri je osetila sreću, samo kad nije neka simpatija.

– Otkad vas nisam videla...

– Sami ste izbegavali moje društvo i bili ste mi vrlo čudni. Bacate mi cvet kroz prozor, a nećete da izađete na ulicu kad vas čekam. Pomislio sam da ste neka koketa koja vuče muškarca za nos.

– Možda sam imala razloga, a priznajem bila sam uvređena s vaše strane, ali neopravdano.

I ona mu ispriča za one reči „laka ženska" i ceo susret s Bobom.

– A, to li je? Dakle, ona se umeša. Vi ne znate kako je ona prepredena. Neću vam kriti, zabavljao sam se s njom, ali kad sam vas sreo, bio sam već prekinuo s njom.

– Ona je tako patila.

– Patila? Ta se brzo uteši. Sad se već šeta s drugim.

– To je taj mladić u grao koji je meni pisao, a pošto smo mislile da ste vi, ona me je molila da ona ide na sastanak i tako se upoznala s njim.

Mladić se nasmeja.

– To ste mi učinili uslugu da je se otresem.

– Zašto tako govorite? Ona vas je baš volela.

– Volela? Nemojte biti tako naivni. Eto, vidite, to je laka ženska. Da vi znate kakve je sve u stanju mahinacije da upotrebi da osvoji muškarca, ili da ga uhvati. Samo to joj nije vredelo kod mene. Sad me ogovara kod svih devojaka, naziva mangupom, a pretila mi je i revolverom.

– I meni.

– Ne bojte se, neće ubiti nikoga. Suviše ta voli ljubav i muškarce i vrlo brzo se uteši.

– A ko zna šta je ona sve prepatila dok je uspela da se tako brzo uteši.

– Vi žene uvek branite svoj slabi pol, mada se za svaku ne bi moglo reći „slabi pol", jer ona na primer ima više lukavstva i energije od mnogih muškaraca.

– Možda će joj to doneti sreću.

– A može lako i da je upropasti.

– Ah, došla sam do kuće. Zbogom.

– Šta, zbogom? Vi mislite da ću da vas pustim?

– A kako možete da me zadržite?

– Mogu zato što sam uporan.

On se nasloni na kapiju.

– Ne dam vam da uđete.

– Zašto?

– Zato što mi čini zadovoljstvo da vas gledam i da razgovaram s vama.

– Molim vas, pustite me, već je dockan.

– Neću.

Meri se uhvati za bravu.

On joj steže ruku. Zatim je uhvati za mišice, zagleda joj se u oči.

– Kako ste slatki!

Gledali su se nekoliko trenutaka a njihovo uzbuđenje raslo je kao plima. U jednom trenutku ona zaklopi oči i oseti poljubac njegovih usana, o kojima je toliko snevala...

– Sad ćete me pustiti.

– Hoću, ali pod jednim uslovom. Da mi kažete gde ćemo se sutra videti?

Ona mu reče, a on će:

– Ali pazite, ako ne izađete, drugi put vam neću dati dva sata da uđete u kuću.

– Ah, vi ste tako šarmantan mangup – prošaputa Meri, otrže se od njega i pobeže u kuću.

Dugo nije mogla da zaspi. Bila je uzbuđena i kao neki mali strateg pripremala je svoju ljubavnu taktiku. Želela je da ga dugo voli a tu su bili potrebni obazrivost i takt: privući ga, ali mu ne dati da dopusti sebi toliku slobodu da se zasiti njene ljubavi. Ponavljala je sve reči Bobine o njemu, i sve njegove o Bobi. I šaputala: – Ona ga je hvatala. Ja neću da ga hvatam. On uobražava da ga sve žene ludo vole, a ja ću se praviti naivna, ali moram biti i ja pomalo lukava. Boba kaže za njega da je nežan, drzak, mangup i bezobrazan, i za svaki taj ton moram naći i ja jedan ton. Kad bude nežan, biću ironična; ako je mangup, biću koketna; kad je bezobrazan – gorda... On kaže za Bobu...

Ali san se već prikradao i Meri zaklopi oči sa osećanjima sreće i blaženstva koje mladoj devojci donosi istinita ljubav.

Iznenađenje na jednom balu

Pod okriljem zelenih brda i plavičastih ogranaka velike planine uživali su u patrijarhalnoj harmoniji stanovnici jedne varošice u Južnoj Srbiji. S patrijarhalnošću života i egzotikom domova spajalo se i moderno, doneto iz drugih gradova, čak iz Beograda: humane ideje, igre, moda i ljubav. A ovde-onde, pokraj niskih kućeraka, živopisnih, sa čardacima, natkrivenim strehama, uzdizala se moderna arhitektura, gledajući s visine na to staro, orijentalno, što još životari od danas do sutra.

Život nije bio nimalo dosadan, jedna nota ljubaznosti provlačila se svuda, klasne podvojenosti nije bilo, i svi su se znali, pozdravljali, posećivali, od najviših vojnih i civilnih vlasti pa do meštana, siromašnih zanatlija.

Bile su četiri interesantnosti u gradu: jedno humano društvo, koje se staralo o zbrinjavanju školske siromašne dece, lepi komandant, jedna majorica, koju su zvali „Pola Negri" zbog sličnosti sa istoimenom glumicom, i lepa direktorka, čuvena zbog toga što je umela da se umili direktoru, i što je on, strog za sve što se ticalo škole, bio mekušac i slabić prema direktorki.

Sve intrige plele su se oko te tri ličnosti. Znalo se za naklonosti direktorkine prema mladim i lepim studentima, i u njenoj milosti bio je nastavnik francuskog jezika, lep mladić, malo parizlija, pomalo književnik, vrlo dopadljiv, zato i uobražen jer, čim je došao, stvorio je rivalstvo između nastavnica crtanja i istorije, dveju lepih gospođica. Umeo je vešto da balansira između njih tri (treća je gospođa direktorka), da održava stalnu ljubomoru u njima, i da uživa u toj situaciji kad se diskretno bore tri žene oko jednog muškarca.

Cela varoš znala je da je komandant veliki obožavalac „Pole Negri" i žalili su komandantovicu, jednu otmenu damu, plavu i nežnu, koja je uvek imala neki melanholičan osmejak u očima kao da je htela reći: „Ja sam se pomirila sa svojom sudbinom, znam da me on uvek vara..." Ali ona njega nije varala i zato ju je cela varoš poštovala.

Bio je još i jedan mladi doktor o koga su se otimale mlade, bogate meštanke, i svi su mislili da će se doktor odlučiti za lepu miraždžiku.

Veselost i humor u društvu održavao je apotekar, jedan debeljko s licem kao lubenica, na kome su se kolutala dva dobrodušna plava oka, uvek nasmejana... On je bio udovac i vrlo veselo je podnosio svoje udovanje. Bilo je još i drugih ličnosti, jedna potpukovnica, korpulentna dama pegava lica, sujetna na svoju otmenost, dve-tri mlade učiteljice i još dosta činovnika i činovničkih žena.

Cela ta varošica svake zime skupljala se na balu humanog društva, i to je bio uvek najzanimljiviji bal zahvaljujući energičnoj predsednici, koja je imala toliko fantazije da uvek izmisli ponešto interesantno za bal.

A predsednica je bila – popadija, inteligentna, emancipovana žena, vrlo preduzimljiva, umešna da skupi prilog od trgovaca ne obazirući se na njihove primedbe: „Pa dokle ćete vi humane dame da prosjačite... Znate li vi da je danas kriza, i da su nam prepolovljene mušterije..."

A popadija je umela tako lepim rečima da ubedi trgovce da je svaki dolazio do uverenja da treba pomoći siromašnu decu. I kao prava hrišćanka i žena jednog sveštenika, ona je okupljala oko sebe siromašnu decu i snabdevala ih je zimi toplim odelima.

Tako je i ove zime mislila da s gospođama-članicama priredi bal, i sazvala je širu sednicu da se dogovore da bi dobile još novaca pokraj ulaznica.

Jedna je predlagala lutriju, druga tombolu, treća biranje kraljice s prodajom karata, ali sve je to već bilo, a popadija je htela nešto novo, za šta bi svako rado dao novca. Na sednici ne doneše nikakvu odluku i popadija im naposletku saopšti:

– Drage gospođe, sve to što ste predlagale već smo imali na balovima. Lutriju smo priređivale, i to, ipak, i nas košta, a treba i od trgovaca da prikupljamo priloge, pa će se oni pobuniti. Tombola je već izašla iz mode. Nego, evo šta mislim, pa ako se vi složite, mi ćemo to iznenađenje prirediti na balu.

Popadija im izloži svoju ideju. Sve gospođe udariše u smeh, a neke se malo uozbiljiše: – Da li će to da upali? Znate, ova varošica je starinska. – Gospođicama se dopade predlog: – Svi muškarci će to voleti – i tako doneše odluku da prirede iznenađenje, ali da se to čuva kao najveća tajna, i tek na balu gospođa predsednikovica će reći:

– Naravno, za to iznenađenje imalo je da se plati, i to samo muškarci...

I posle četiri dana humano društvo je platilo za bal ulaznice na kojima je pisalo: *Usred bala biće jedno veliko iznenađenje.*

Svi su bili zainteresovani šta će se dogoditi na balu, raspitivali su se kod članica, ali od gospođa se ništa nije moglo dokučiti. One su samo odgovarale: – Dođite na bal, pa ćete videti.

Sala u najvećem hotelu bila je dupke puna. Na kasi je padao dobrovoljni prilog u izobilju i već je bila puna kaseta banknota. Sala se sva šarenila od lampiona, serpentina, koje su se unakrst pružale, a unaokolo po zidu venci od šimšira. Pokraj balskih toaleta od tila, krepova, velura, svile, stajao je smoking, frak, uniforma, sako, marengo, ili žaket, što je bilo dopušteno u jednoj varošici, gde ne može da se stavi pri dnu: *Za dame balske toalete a za gospodu večernje odelo.* Mešale su se sve muške boje: grao, teget, braon, ali svi su doneli istu želju, da pomognu društvu, da se naigraju i lepo provedu.

I nastala je igra.

Prvo kolo poveo je komandant s komandantovicom. Ona je imala haljinu od zelenog krepsatena, i svi tonovi na njoj, plava kosa, plave oči, zelena haljina, bili su tako nežni da je izgledala kao neka slika s pastel bojama. I ta ženstvenost imala je nečeg devičanskog. Svi su nalazili da je komandantovica te večeri bila lepša od „Pole Negri", koja je bila u crvenoj haljini, duboko dekoltovanih leđa, s dugim minđušama, koje su visile na lančiću i pri dnu imale kao jednu dijamantsku suzu.

Direktorka je imala haljinu od crne svile s čipkama, i njena bela koža erotično se belasala kroz šupljikavu materiju da ju je nekoliko puta vrlo milo pogledao nastavnik francuskog jezika.

Nastala je igranka i gospođice su poletele kroz salu u naručju svojih kavaljera.

Svi posetioci bala bili su vrlo zainteresovani za iznenađenje, pitali su jedni druge šta će to biti, neki su saletali pitanjima gospođu predsednikovicu, a ona se smeškala: – Čekajte, videćete, ima još vremena.

Bilo je završeno jedno kolo i trebalo je posle da dođe tango.

Gospođa predsednikovica se pope na podijum.

– Gospođe, gospođice i gospodo, svi ste zainteresovani da saznate kakvo je to iznenađenje. Ali pre nego što vam budem saopštila, molim vas da sve dame i gospoda, koji nisu igrali, odigraju ovaj tango, koji će biti humani tango, i u polovini igre saopštiću to što smo pripremili za večerašnju zabavu.

Svi kavaljeri, i stariji i mlađi, poletеše damama. Veseljak apotekar pokloni se pred gospođom direktorkom; komandant priđe kao starijoj gospođi potpukovnici obilazeći majoricu; mladi, lepi doktor pritrča „Poli Negri", jedan lepi pešadijski kapetan obgrli stas gospođi komandantovici...

Muzika je svirala zanosni, raznežavajući tango...

U polovini igre gospođa predsednikovica opet se pope na podijum i dade rukom znak muzici da prestane:

– Gospođe, gospođice i gospodo, znate da u našem gradu ima dosta siromašne dece. Ta deca idu u školu neobučena, nekad i gladna i ne smemo dopustiti da taj naš podmladak propada. Poznavajući humanost našeg srca, što ste toliko puta dokazali izdašno pružajući svoj prilog, iako je kriza danas zakucala na sva vrata, nadamo se da ćete i večeras pokazati istu darežljivost. Ali, da bi taj vaš humani gest poticao iz samog srca, dogovorili smo se da vam večeras priredimo jedno iznenađenje, ali to iznenađenje ima da plati svaki muškarac („Da čujemo! Da čujemo...!", zagrajaše i muškarci i žene. „A zar ženske neće da plaćaju?")

Predsednica nastavi:

– To iznenađenje, nadam se, neće nikoga uvrediti... Dakle, evo šta je... Sada ima svaka dama da dopusti da je muškarac poljubi. To će biti humani poljubac i svaki muškarac će posle platiti taj poljubac.

– Pristajemo! – uzviknu prvi apotekar i pogleda lepu direktorku.

– Živela predsednica!

– Živelo humano društvo!

– Plaćamo!

– Ništa lepše niste mogli izmisliti!

Mladići su bili razdragani, devojke zbunjene, neke vesele jer su imale pokraj sebe svoje simpatije, muževi potražiše očima svoje žene, žene muževe...

Bilo je tako ispremetanih simpatija da neki osetiše bes, drugi ljubomoru.

Predsednica nastavi:

– Poljubiti jednu ženu, kad je u pitanju milosrdno delo, nije greh. I Hristos je kazao: „Ljubite bližnje svoje"... I nadam se da će gospođe i gospođice dopustiti da ih muškarci poljube... Zamislite koliko će siromašne dece biti obuveno i odeveno vašim poljupcem... Ali da bi gospođama i gospođicama uštedeli stid, rešili smo da se taj poljubac izvrši u mraku.

(Živela predsednica.)

Muškarci su blistali od uzbuđenja, žene su privremeno skromno oborile oči, direktorka je bila besna: *Zar ova životinja da me poljubi?*

Potražila je očima nastavnika francuskog jezika i sva je zadrhtala. S njim je igrala nastavnica istorije. Ali još je više zadrhtala kad je u naručju svoga muža, onog „šmokljana", kako ga je ona zvala, videla onog đavola, onu malu nastavnicu crtanja. Komandant je isto tako bio besan držeći u naručju gojaznu i pegavu potpukovnicu, dok se doktor smešio na „Polu Negri", a pokraj njegove žene stajao je onaj lepi, pešadijski kapetan sa crnim očima iz kojih je izbijao vatromet.

– Ima li koga da ne pristaje? – zapita predsednica.

– Svi pristajemo – zagrajaše mnogi muškarci, dok su neki ćutali, kisela lica, pokraj nesimpatičnih dama, ali iz učtivosti, manje razdragano, i oni odgovoriše: – Pristajemo...

– Ko neće da poljubi damu, ne mora, ali nadam se da ćete svi platiti poljubac. Posle ćete redom prilaziti stolu – reče im predsednikovica.

– Kad već plaćamo, svi ćemo da poljubimo – odgovoriše muškarci.

Sad se elektrika ugasi. Jedan, dva, tri...

U sali nastade pomrčina kao u noći. Tišina, pa onda se ču: „Oh!" Jedna ženska se zakikota.

Minut u pomrčini i elektrika sinu.

Neki mladi parovi toliko su se zaboravili da odvojiše usne tek kad elektrika sinu.

Komandant pogleda ženu. Ona je stajala mirno kao da ništa nije bilo. Direktorka je besnela: *Životinja, svu me ubalavio.*

Apotekar prvi polete.

– Da platimo!

On pritrča stolu i galantno izvadi pet stotinarki:

– Plaćam za humani poljubac!

Muškarci požuriše za njim.

Direktor dade dvesta dinara, još mnogi po sto, mladići po dvadeset, trideset dinara, niko manje od dvadeset... Komandant pogleda pešadijskog kapetana. On izvadi stotinarku. *Poljubio je*, pomisli i nešto mu steže srce... Priđe mladi doktor, dade dvesta dinara sav ushićen. *Poljubio je i on*, zadrhta opet komandant, ali onaj poljubac kapetana njegovoj ženi više ga je pekao.

Onaj đavo, nastavnica crtanja, nikako nije smela da pogleda direktorku; i izgubi se s jednim kavaljerom u restoranu, a nastavnica istorije ostade drsko pokraj nastavnika francuskog jezika kao da je htela da prkosi direktorki.

Banknote su se gomilale pred predsednicom, čitava hrpa, gospođe izbrojaše, predsednikovica ustade i saopšti:

– Gospodo, zahvaljujem vam u ime siromašne dece. Humani poljubac je doneo tri hiljade dinara. Više nego što smo očekivali. Sad molim da nastavite igru.

Zabava se pretvorila u veselje, muškarci su zadirkivali jedni druge: „Jesi li je poljubio?"... Ali je svaki sad kategorički odbijao. „Nisam, kako da poljubim!" Niko nije hteo da prizna, svi su tvrdili da su dali prilog iz čistog humanog osećanja. Jedini je apotekar dizao oko sebe buru od smeha. Sa sviju strana su ga zadirkivali: „Pa ti si skinuo direktorki sav ruž sa usana." I on se namerno cele večeri šepurio s tim ružom, što je toliko najedilo direktorku, i govorio je glasno: – Reklamira ruž moje apoteke...

Taj humani poljubac najviše je najedio komandanta i direktorku.

Posle te zabave ljubavna situacija se izmenila. Direktor, koga su se svi nastavnici bojali, jer je tražio apsolutnu tačnost i rad, i jedino u očima žene je bio šonja i mekušac, zauze sada energičan stav prema direktorki.

Bila je jedna slava i trebalo je da idu na mnoga mesta, pa i kod komandanta. Direktorka se obukla i ušla je u muževljevu kancelariju. Kad tamo stoji mala nastavnica crtanja! Ona se zbuni, i kao da bi objasnila cilj svog dolaska, poče da moli direktora:

– Molim vas, gospodine direktore, da mi zamenite taj sat. U utorak već imam tri sata, pa mi dodajte tog dana na onaj peti čas od četvrtka, jer tog dana dolazim samo zbog tog časa.

– Dobro, dobro, videću može li raspored da se menja.

– Možete dati nastavniku francuskog taj peti čas, jer on ima već treći i četvrti sat toga dana.

– Ako samo može, jer ja ne volim da menjam raspored – govorio je hladno direktor, ali veštom oku direktorke nije umakao onaj njegov nežan pogled kojim je gledao kada je ušla, a posle najednom otpočeo hladno i strogo.

Nastavnica se pokloni direktoru i brzo izađe iz kancelarije. Direktorka pogleda za njom i reče ironično:

– Pa treba da joj zameniš taj sat. Ti ćeš sad ceo raspored da menjaš zbog nje. Zašto ne bi kada ste se one večeri iscmakali. Ko zna da li vam je to prvi put. Vidi samo kako se uvija oko tebe: „Molim vas, gospodine direktore..." Ali nemoj misliti da sam ja budala.

– Dosta – prekide je direktor tonom kakav ona nikad nije čula. – U kancelariji ne dopuštam nikakva privatna objašnjenja. Jesi li me razumela?

– A tako dakle?! Hoćeš li još da me izbaciš... Sad mi je jasno, da ti ne bi opet ovako banula iznenada kad imaš randevu.

– Ni reči više, jesi me razumela? – prosikta kroz zube direktor, navuče kaput, pođe vratima. – Dosta je meni tvoga tutorstva. Ako hoćeš, hajde na slavu, a ako nećeš, svejedno mi je, ići ću sâm... Ali ja ću tvoje račune sve da pregledam...

Direktorka je htela još nešto da kaže, ali ućuta jer naiđoše kroz hodnik neki nastavnici, i među njima nastavnik francuskog jezika. Ona se savlada, javi im se i sasvim ljubazno reče mužu:

– Pero, prvo idemo na slavu predsednika opštine, pa posle komandantu.

Ćutali su celim putem. Nju su mučile dve ljubomore. Kako je bila glupa one večeri kad je kazala nastavniku francuskog jezika: „Nemojte da mi prilazite da igrate sa mnom." Sama ga je bacila u naručje nastavnice istorije. Ne bi joj bilo nimalo krivo da su pričali, da je od njega dobila humani poljubac. Lep muškarac kad poljubi lepu ženu, to nije uvreda, ali ružan muškarac kad se hvali da je poljubio lepu ženu, to ona ne može da mu oprosti. *I kakve račune ima ovaj sa mnom da prečišćava? On je uvek bio šonja i nikad ništa nije umeo da vidi.*

Počela je malo da se pribojava njega i tih mladih nastavnica. Ona njega nije cenila samo zato što je bila lepa žena, i što je za nju njena lepota bila iznad svih njegovih vrednosti intelektualca i savesnog direktora. Lepota žene za nju je značila svu vrednost u životu, i nije se trudila da kultivira svoj duh i da dovede te dve lepote u ravnotežu. I sad je videla da su ove mlade nastavnice moćnije od nje jer su umele sa svojim duhom da udruže šarm i inteligenciju i da svojim duhom ocene vrednost njenog muža, da mu se možda približe, i da mu pokažu da je ona prazna, lepa žena i ništavna, koja ima samo telo i ništa više, te nije dostojna njega.

Ćutala je i razmišljala o tome, a direktor je sasvim zaboravio na te „račune". To je samo onako kazao izmišljajući da bi otklonio sumnju. *Oh, kakve samo očice ima. Zelenkaste, pa crne trepavice, a usta kao od somota... Budala sam prava, uvek žrtva svoje dužnosti, za mene su nastavnice samo nastavnici, a nikako žene. Kako me samo gleda, kakav umiljat pogled. Mogao sam je svu izljubiti. Ali ipak moram da vodim računa o svom direktorskom dostojanstvu. Potrudiću se da joj zamenim sat. Neću reći da zbog crtanja menjam, nego ću kazati da je to zbog francuskog jezika. Nešto ću izmisliti. Moraću da napravim izmenu još nekih predmeta da se nastavnici ne sete.* Uzdahnu opet kad se seti onog poljupca. *Đavo ova popadija, kako se samo dosetila: humani poljubac...*

Posetili su predsednika i svuda se samo pričalo o humanom poljupcu. Niko se nije ljutio jer su muževi dokazivali ženama da nisu nikog poljubili, a žene su isto tako odricale... i direktor nije hteo dopustiti direktorki da mu kaže da je poljubio nastavnicu. To isto je potvrđivao nastavnik francuskog jezika direktorki: – Zar vi mislite da mene zanimaju nastavnice? Vi ste za mene najlepša žena, a ja ne mislim još da se ženim. Ako bih samo počeo da flertujem s jednom nastavnicom, ona bi odmah htela da se oženim njome.

Sumnja je mučila i komandanta. Ispitivao je ženu: – Da li si bila toliko luda da dopustiš da te jedan moj oficir poljubi? To bi za tebe i mene bilo poniženje...

Komandantovica je hladno odgovorila:

– Ja sam uvek vodila računa o svom ponašanju, više nego ti o svom. Cela varoš govori o tebi i majorici, i to je bila prilika da ti se osvetim, ali ja nisam htela jer sam čestita žena i uvek ću takva ostati. Nije me mladić ni pipnuo, čak je pustio ruke, nije me držao kao u tangu...

Ta ista sumnja mučila ga je i o slavi, i kad je čekao priliku da se uveri kad dođe kapetan... Bilo je puno gostiju u salonu. Direktorka, direktor. Baš se desio u tom času i apotekar. Sav je zablistao kad je video direktorku, i svi su se nasmejali. Nasmejao se i direktor, što bi bio ljubomoran na tog veseljaka i šaljivdžiju? Svi su ga zadirkivali, a on je gledao da uhvati svaki direktorkin pogled, ali ona se baš trudila da se tako okrene da ga ne gleda, i razgovarala je s domaćicom. Komandantovica je bila vrlo lepa, u haljini od violet svile s hermelinom oko vrata... Jedni gosti su odlazili, drugi su dolazili, uvek pun salon. Pojavi se grupa oficira i među njima kapetan.

Sad ću da motrim, pomisli komandant. Ništa nije video. Poljubio je ruku njegovoj ženi, kao i drugi, i seo. Komandant pogleda ženu: *Lepa je, zaista je lepa. Ona može da se dopadne muškarcu...* On je to i ranije znao, ali nije mislio o tome. Tek je sad počeo o tome da razmišlja kad je njena lepota dovedena u opasnost da se drugome dopadne. Osećao je neku nervozu, razgovarao je veselo, ali kroz sve su se upletale misli o ženi... i sumnja pomešana s nekom bojazni. *Ona je poštena, uvek mi je bila verna, ja sam je varao, ali sam je cenio, voleo, volim je i sada. Druge žene su mi samo kaprici, potreba za promenom, koju oseća svaki muškarac, ali nju sam poštovao zbog njene čednosti. Bacao je češće pogled na nju, i tek je sad uviđao svu njenu draž. Ona ima lepa i topla usta, on je to morao osetiti ako ju je poljubio...* On, njen muž, nije to davno osetio. Usta žene posle više godina bračnog života za muža su isto što i izvetrelo vino. Ali on je znao njihovu slast iz prve godine bračnog života, kad ju je ljubio strasno i govorio: „Tvoja su usta kao božanska jagoda, slatka i sočna." I bio bi u stanju i sad da je ljubi, da vidi jesu li ista takva, ali se bojao da ona ne oseti tu ljubomoru u njemu... Tešio se da nije kod nje više prva mladost, i opet je priznavao da je zavodljiva žena, da može da osvoji mladića jer je i on kao mladić uvek ludovao za tuđim ženama... Dolazio je sada i prekor što ju je tako napuštao. Znao je da je željna ljubavi... Nikada do sada nije se zapitao da li ima u toj ženi čežnje da se zaljubi u koga... Mislio je da je u njoj sva priroda uspavana, a sad je došao, možda, taj poljubac da je probudi, razbukti, da joj pokaže kako je prazan njen život i koliko je lepote u ljubavi.

Razgovarao je s gostima, pritvorno veseo i najednom je pomislio: *Brzo ću se okrenuti da uhvatim pogled kapetana. Ako je gleda, onda ju je poljubio.* Naglo se okrenuo, pogledao. Kapetan je pušio i razgovarao s jednim drugom do sebe. *Ne mogu ništa da doznam, vešto se krije, ali nju ću da hvatam. Ona neće umeti da se krije... Ako ju je poljubio, to je prvi poljubac preljube.* Osećao je koliko bi bilo opasno za njegovu ženu ako je osetila poljubac muškarca, i to lepog i mladog, kao ovaj kapetan, ona se neće zaustaviti. To može da bude katastrofalno za njihov brak.

Brzo se opet okrenuo, pogledao ženu... Ona je razgovarala s direktorkom kao da u sobi i nije kapetan. *Možda se varam... Ona je idealna, ona to ne bi nikad učinila, ne bi krila od mene.* I oseti neku nežnost, zaljubljenu toplinu prema svojoj zanemarivanoj ženi.

Grupa mladih oficira odlazi i napolju drugovi saletaše kapetana.

– Jesi li poljubio komandantovicu?

– Nisam, koliko puta da vam kažem.

– Lažeš!

– Baš si lud!

– Silna žena!

– U inat komandantu, ja bih je poljubio.

– Kako bih smeo da je poljubim? Gde bih posle od komandanta? Mislite, ne bi me on premestio.

– Ih, što si budala!

Rastadoše se. Ostade s njim njegov najintimniji drug.

– Slušaj, sad meni možeš da kažeš: jesi li je poljubio?

– Dobro, tebi ću reći iskreno: Nisam je poljubio, nisam i nisam. Što bih krio od tebe?

– Pa zašto si onda dao sto dinara?

– Zato što je ispred mene onaj suplent dao sto dinara, a on ima manju platu od mene i ja nisam hteo da kaže predsednica: „Vidiš, ovaj kapetan ima veću platu, pa manje daje."

I drugovi se rastadoše.

Kapetan dođe svojoj kući, skide samo mundir i onako, poluobučen, baci se na postelju, prebaci ruke više glave i ostade dugo ležeći i sanjareći. Zatvori oči i vide kako ulazi jedna vizija: žena u zelenoj haljini. On je drži u naručju. Mrak najedared oko njih. *Neću je poljubiti, ona je žena mog komandanta*... Ali on oseća da to nije komandantovica, nego žena, samo žena, vitka i topla, i oseća toplinu njenog tela na svojoj ruci. Ona je nepomična, nijedan mišić joj se ne pokreće. Samo mu se učini da mu se neki topli dah približava licu. On zadrhta od tog daha i, instinktivno, njegova ruka pritisnu njen stas. Žena zadrhta sva, izvi joj se telo, njene grudi nasloniše se na njegov mundir, u njemu zatreperiše svi nervi, strasno je pritisnu na grudi, spusti glavu prema tom vrućem dahu i nađe jedna usta, topla, meka, sočna, koja mu kroz taj jedan jedini poljubac otkriše svu čežnju jedne zaboravljene žene, želje, ljubavi, strasti i milovanja.

I sve je bilo u sekundi. Ona se otrže, on pusti ruku, i kad se elektrika upali, oni su stajali mirno jedno prema drugom.

Ali on to nikome neće reći nikad, s čvrstinom muškog karaktera koji ume da čuva tajnu, čime je moćniji muškarac od žene, jer ona ne ume uvek da čuva tajnu, i priča je, da bi se pohvalila, samo svojoj najintimnijoj drugarici.

I večeras na slavi oboje su bili hladni, ali jedan samo pogled, koji mu je ona dobacila krišom, trenutno, govorio je jasno: *Mi se moramo opet ljubiti.*

I posle je opet bila ravnodušna kao da on nije tu, ali to je samo bila ravnodušnost čestite žene, koja je prvi put osetila na svojim usnama strastan poljubac jednog muškarca, poljubac kakav ona toliko godina nije dobila od svog muža, i on ju je bacio u čitav vrtlog novih, zaboravljenih uzbuđenja.

I ležeći na postelji, lepi kapetan je preživljavao sva ta osećanja, koja su ga isto tako uzrujavala, jer dobiti običnu ženu, koja se lako namamljuje na flert, ne znači u životu muškarca ono što i dobiti otmenu, idealnu ženu, lepu i čulnu.

* * *

Humani poljubac je imao svoj epilog.

Nastavnica crtanja je udesila raspored po svojoj želji. Nastavnik francuskog jezika isprosio je nastavnicu istorije. Doktor se nije ženio, jer ga je čvrsto privezala svojim čarima „Pola Negri". Direktorka, da bi se utešila i povratila pokolebanu veru u moć svoje lepote, i da bi se osvetila nastavnici istorije i svom mužu, primala je krišom poklone od apotekara, skupocene parfeme i kozmetiku, koju je on naročito poručivao za nju iz Beograda. Ona je bila od onih žena kojoj udvaranja muškaraca vraćaju ugled u sopstvenim očima i taj ugled je posle jedino merilo za ocenjivanje vrednosti muža i drugih žena. Komandant se ponovo zaljubio u svoju ženu i bio je na oprezu prema lepom kapetanu.

A komandantovica kao svaka idealna žena nije mu se osvetila. Jedina njena osveta bila je u tome što je na usnama svoga muža uvek ljubila usne kapetana.

I kapetan se uvek čudio i govorio je u sebi: *Kako su glupe poštene žene. Onako me poljubila, očima mi govorila da joj se dopadam, i sad opet – verna žena.*

I to je, ipak, pokolebalo u njemu ono ubeđenje kakvo danas imaju svi mladići o udatim ženama, da one ne varaju svoje muževe samo kad nemaju za to zgodnu priliku, a čim se ukaže – one kapituliraju pred svojim vrlinama.

Beleška o autoru

Milica Jakovljević Mir-Jam rođena je u Jagodini 22. aprila 1887. godine.

U Kragujevcu je završila osnovnu školu i devet razreda učiteljske škole.

Bila je učiteljica u Krivom Viru 1907–1913. Tokom Prvog svetskog rata živela je u Kragujevcu, a godine 1919. prelazi u Beograd i bavi se novinarstvom u *Novostima*, *Štampi* i *Vremenu*.

Od 1926. do 1941. godine radila je u *Nedeljnim ilustracijama*, u kojima je objavljivala priče i ljubavne romane u nastavcima. Govorila je francuski i ruski. Nikada se nije udavala.

Pod pseudonimom Mir-Jam objavila je romane: *U slovenačkim gorama*, *To je bilo jedne noći na Jadranu*, *Greh njene majke*, *Otmica muškarca*, *Nepobedivo srce*, *Ranjeni orao*, *Samac u braku*, *Mala supruga*, i zbirke pripovedaka: *Dama u plavom*, *Devojka sa zelenim očima*, *Prvi sneg*, *Časna reč muškarca* i *Sve one vole ljubav*.

Posthumno je objavljena njena nezavršena autobiografija *Izdanci Šumadije*.

Napisala je i pozorišne komade: *Tamo daleko* i *Emancipovana porodica*.

Najslavniju dramatizaciju *Ranjenog orla* načinio je Borislav Mihajlović Mihiz, a po njenim romanima snimljene su i televizijske serije.

Milica Jakovljević bila je rođena sestra biologa, književnika i akademika Stevana Jakovljevića.

Umrla je 22. decembra 1952. godine, a to, nažalost, nisu zabeležile nijedne prestoničke novine.

Sadržaj

Prosedi laf	5
Čednost ili miraz?	16
Lepa žena je prošla ulicom	27
Intelektualka se udaje	31
Kleopatrina pidžama	42
Na omorini	51
Njegova prva opasna situacija	57
Muškarac u novom odelu prošao je ulicom	69
Kad je mala činovnica zaljubljena	73
Iz dnevnika muškarca... koji neće da se ženi	84
Prva oksidisana plavuša u palanci	87
Zaljubljiv čovek	91
Krvave ruke	97
Reducirani činovnik	105
„Dražesna udovica"	116
Zelena i plava korespondencija	127
Mama se ošišala	135
Časna reč muškarca	142
Razmaženi puk	149
Mondenka	165
Mladić u grao	174
Iznenađenje na jednom balu	189
Beleška o autoru	200

Knjige Milice Jakovljević Mir-Jam u izdanju Izdavačke kuće TEA BOOKS d.o.o. (digitalna i/ili štampana izdanja)

Časna reč muškarca (priče)
Dama u plavom (priče)
Devojka sa zelenim očima (priče)
Greh njene majke (roman)
Izdanci Šumadije (autobiografija)
Mala supruga (roman)
Nepobedivo srce (roman)
Otmica muškarca (roman)
Prvi sneg (priče)
Ranjeni orao (roman)
Samac u braku (roman)
Sve one vole ljubav (priče)
To je bilo jedne noći na Jadranu (roman)
U slovenačkim gorama (roman)

www.ingramcontent.com/pod-product-compliance
Lightning Source LLC
Chambersburg PA
CBHW020944310726
48980CB00001B/42

* 9 7 8 8 6 6 1 4 2 0 7 2 6 *